当代中国馆

桑梓有灵

王才兴 著

中国文联出版社

图书在版编目（CIP）数据

桑梓有灵 / 王才兴著. －－北京：中国文联出版社，
2016.6（2023.3重印）
ISBN 978－7－5190－1607－4

Ⅰ.①桑… Ⅱ.①王… Ⅲ.①长篇小说—中国—当代
Ⅳ.①I247.5

中国版本图书馆 CIP 数据核字（2016）第 123646 号

著　　者　王才兴
责任编辑　曹艺凡
责任校对　茹爱秀
装帧设计　中联华文

出版发行　中国文联出版社有限公司
地　　址　北京市朝阳区农展馆南里 10 号　　邮编　100125
电　　话　010－85923025（发行部）　　　　85923091（总编室）
经　　销　全国新华书店等
印　　刷　三河市华东印刷有限公司

开　　本　880 毫米×1230 毫米　　1/32
印　　张　9
字　　数　202 千字
版　　次　2023 年 3 月第 1 版第 2 次印刷
定　　价　75.00 元

时光的打捞（序一）

丁 一

我的挚友王才兴是一位长期在政府部门工作的机关干部，上世纪六十年代出生在无锡与苏州相邻的偏僻江南小村朱米山，他的吴侬软语中带着浓重的苏州口音。他的行事风格总是那么质朴那么踏实又是那么谦虚，身上总离不开农村人的影子，但更多的是文人的血性，这从他嗜酒的状态便暴露得一清二楚。与王才兴交往不多却觉得神交已久，见面时就像老友重逢，总有一种亲切萦绕在心，是文字上的更是心灵上的。

王才兴是"文化大革命"结束后，通过高考被苏州大学中文系录取，几年大学本科汉语言文学专业读下来，文字功底和语言基础自然都十分扎实。然而，由于长期在机关从事文秘工作，写惯了官样文件和代领导作笔的发言和总结稿，每天都被大量的事务缠身，分不出多少精力去种植文学创作这块精神食粮的自留地。直到天命之年，魂牵梦萦了数十年的文学梦变成现实，近几年来他的创作欲望越来越强烈，终于义无反顾走上文学创作之途，并且一发而不可收，一篇篇散文佳作在他的笔下诞生得活色生香。可以这么说，以他现在的年龄在文学这个圈子，出道已属很晚，但大器晚成出手不凡，在无锡地区的作家群中，他的散文不比一些早出道的作家逊色。前不久无锡市惠山区作家协会召开会员大会，增补王才兴为作家协会副主席，他的散文创作成果得到了作家们的普遍认同，在惠山区的作家队伍中名至实归。相比如今许多在位的作家，文字日益光滑而空洞，已经难以提供给读者更质朴、诚恳的经验，远离生活也远离敬畏和诚实，即使写得再宏大再庄严，也不过是一种心灵的造假。而王才兴对生活和历史敏锐的思考，对写作保持着深沉笃定的敬畏和清澈见底的诚实，这些品格正是散文写作的核心价值。

王才兴是可以称之为散文创作现象的。

追根溯源理由只有一条，除了他见长的文字功底，更重要的是他勤勉不怠写得很正，所有题材都来自于扎扎实实的生活却又高于生活，这非常难能可贵。前不久，他通过 QQ 邮箱发来散文集《桑梓有灵》样稿，他克让允恭让我作序，承蒙厚爱我很欣然，恭敬不如从命。这部书稿中，共收录了《往事》《风情》《人物》《吃语》《物语》五个专辑，其中前面四个专辑录有48 篇散文，《村里的树》《竹刀》等数篇，我曾编发过，在北京的《华夏散文》月刊上发表后，得到全国读者的好评，都说王才兴的散文生活底子厚实，文风朴素语言老道，建议刊物应多发这样的好散文。虽然王才兴的行文规矩我基本是熟悉的，但收到这部文稿我还是前后认认真真读过两遍，而且读着读着就入迷了，沉醉在他的文字里。自尊，是一切原创思想的源泉，王才兴的文字自尊体现在地道的家乡味之中，他的文字来自于内心的自省，也为他散文创作中的自律提供了保障。在我文学编辑的职业生涯中，能读到生活底子如此厚实文笔又如此朴素的文稿，就是好文章了。

散文的语言十分重要。要求语言的表达以口语为基础，淡扫蛾眉清新自然才能达到优美洗练的文字效果。王才兴笔下的《汰浴》便是一例，汰浴是江南人的口语，翻译成京话也就是洗澡。到了冬天，乡下人就不常汰浴。谁家浴缸烟囱"炊"烟袅袅，睦邻便知道主人家在烧浴汤，关系融洽的就会抱了衣服上门来汰浴，叫"趁汤下面"。但他们都会抱着几个稻草，这是村里的礼貌和传统，就像现在的潜规则，显示不揩油，不占便宜。遇到村里大人开了夜工出了汗，如脱粒轧稻后，就会各自一手抱衣，一手携带稻草，前往烧浴汤的人家去汰浴。而烧浴汤的常常是大气又好客的主。男男女女七八人，坐在地上，屁股下垫着稻草，聚在逼仄的浴缸间，说着荤素搭配的段子，嘻嘻哈哈，没有顾忌，没有邪心，一个个依次轮流汰着。轮到最后一个，夜已深沉，浴缸里早已浑浊不堪，但却没有丝毫的怨言和不满，还戏谑"浑水里汰萝卜，越汰越白净！"读者读到了这样的文字，难道不是一种享受？难道不想自己也前往烧浴汤的农人家里去汰一把浴，体验一下那浑水里汰萝卜，越汰越白净的滋味！活脱把江南农村的一个生活场景写成了永恒，这是江南最后的呐喊与歌唱。

真知真见真性真情是散文的灵魂。那《孵太阳》中的殷婆婆，就像鲁迅笔下的祥林嫂："殷婆婆唯一的女儿嫁在浙江，每每浙江回来，总有那香甜的炒山芋干带回，让我分享。这年春节，殷婆婆到浙江女儿家去了。春暖花开，我一直去她家门口转悠，盼她回来，融融的春意里，她低矮的小屋，屋前泥地杂草丛生，满是缝隙的木板门，紧锁着，门锁锈迹斑斑，成褚黄；夏季到了，她还是没回；冬天孵太阳的日子到了，我终于没有见到她。老人们照旧在墙角下，暖洋洋，懒洋洋，孵太阳。没有殷婆婆的唠叨声，好婆她们的瞌睡似乎没有以前香甜；没有她脚炉里的煨黄豆，孵太阳，我提不起劲。"童年的往事在他的笔下被描绘成一种淡淡的孵太阳时光，一种对殷婆婆浓浓的思念之情，老到辛辣的笔触跃然纸上直抵心灵。

王才兴笔下的人与事十分普通却令人难忘。

"把散文写得平淡一点，自然一点，家常一点，好的散文是发自内心、真实平淡的。"我国已故乡情作家汪曾祺如是说。南京作家苏童对散文写作也有约定的原则：写人不能忽略作者对记叙对象的情感深度，散文中的人写得是否成功，很大程度上要依赖于你平时对人的观察是否细致深入，如果说这是老生常谈，那么，另外一点容易被忽略的是你对记叙对象的情感深度。以情感人是永远不过时的写作法则，要努力把你的情感融进文学中。不要掩饰你的情感，真诚的情感融入是最能打动人心的。王才兴熟悉的父辈祖辈们，都是脸朝黄土背朝天社会最底层的农人，日出而作日落而息，垈地、下种、莳秧、耘田、洒药、收割、脱粒、翻晒、开砻（碾米），生生不息。他们流血流汗，几乎都为粮食而生，为温饱奔波。朱米山的村人，夏天，大多袒露着被暑阳烤得发亮的胸膛，黝黑而刀刻似的脸膛上写满了岁月的痕迹和沧桑。冬天，常常是稻草绳腰间束紧，白天孵孵太阳拾拾狗屎，天一黑就钻进破索索硬得像铁一样的老棉胎被窝早早睡了逃饿。无论春夏秋冬，村上的劳力总是挑着泥篮和粪桶，终日默默行走在田埂上。而那些村妇，从小唱的是芦花花，毛毛草，二八姑娘各自嫁，走不尽的田埂路，妈妈家到婆婆家。他们始终匍匐在饥肠辘辘的边缘，和饥饿挨得最近。糠菜半年粮，许多日子以南瓜、山芋、稀粥、糠饼代粮。许多农人，长时间吃着南瓜山芋，瘦成了山芋干似的。那篇《依依墟烟》就是最好的写照：记忆里最温暖的是烧煤球。父母利用早晨和深夜时间，做些竹匾，到苏州市里，走街串巷，换得城里人多余的粮票和煤球票。从苏州运回的煤球，要到冬天燃用。在冰天雪地的冬日里，生着煤球炉，家里暖烘烘，也有了充足的热水，而围坐在炉火旁烘手的日子，简直是一种幸福和奢侈，给人无限的温馨。

　　散文写作的观念，即散文的内容和对象是散文作家的感情体验。那篇《粮食啊粮食》便是散文感情体验的极致。王才兴把农村的日子写得上天入地：不知道为什么我们总是吃不饱，鲁迅在《社戏》里描述，偷食阿发和六一公公家蚕豆里情景，村里的孩子似乎都有类似的经历和体验。夕阳西坠，放学后的我们，提着竹篮镰刀，在田野里晃悠，似乎所有的时间都在玩耍和寻找食物上。青涩的眼光，如同觅食的鸟眼似的敏锐。农人家的蚕豆、山芋、黄瓜、番茄、萝卜，仿佛都是大自然的馈赠，摘来生吞，在偷和吃里，寻找快乐刺激。六月里，隔壁村桃树上的"生毛桃"，像梅子般碧青，我们像猴子似摘下，塞进嘴里，没有甜味，只有青涩的酸味，吃得口水直流。瓜果都是皮包着水，吃下去在肚子里根本存不住，撒泡尿，咕噜一滑就空了，它们永远无法填饱我们肚皮那个幽幽的黑洞。田埂两旁，栽满稻秧的水田中，常有青蛙，泥鳅等光顾，一旦进入眼帘，我们穷追不舍，捉住了，放在裤管里，卷几下藏好。回家用剪刀，开膛挖肚，在饭镬上蒸了，喷香鲜美。我生长在城里，记忆中的童年和王才兴所描写的童年有很大区别，没有见到过成片成片宽广的田野，也没有在墙角撒泡尿的记忆，更谈不上捉了青蛙、泥鳅开膛挖肚放在饭镬上蒸；那些蚕豆、山芋、黄瓜、番茄、萝卜等农产品，永远只知道它们是端上饭桌的美味佳肴，却从没想过它们是什么来历；而且永远也分不清什么是韭菜什么是麦苗。所以毛主席他老人家让我们上山下乡，彻底改造"四体不勤，五谷不分"的小资产阶级生活面貌，也许很有必要吧。

喊火烛倒是一定会出现的，小时候我住在棉花巷那条高墙深深瘦长得见不到头的巷子里，每每冬夜，便能听到那"笃、笃、笃"由更夫敲打开竹管声响，那悠远而绵长富有韵律的声音，仿佛瞎子阿炳在拉着他的"二泉映月"远而及近向我走来，正如王才兴所描写的那样：冬天的晚上，农事清闲，家家入睡很早，我们都蜷缩在被窝里，躲避肆虐的寒冷。七点过后，"笃、笃、笃"，冷寂的村庄外传来竹管"笃、笃、笃"的声响，由远而近。喊火烛的"腊开"，操着沙哑的声音来了。从北边的村庄一路喊来，到我们村，是最后一站。"寒冬腊月，火烛小心，夜夜当心，水缸满满，灶仓清清"，随着叫喊声，细心的村人，即使上床睡了，也会去灶门口看一看有没有火种，再将灶仓门口补扫一把，看看前门后门有没有关紧，村人知道，穷困的家庭已无法承受任何的劫难，一切都要小心安全。不过，城里人却不会去灶门口看一看有没有火种，将灶仓门口补扫一把，看看前门后门有没有关紧。因为城里人是烧煤球炉的，那更夫的叫喊自然也就改成了"寒冬腊月，小心火烛；大门关关，提防贼偷。"

《药香味》和《猪事》两篇散文堪称经典。

《药嵌中有一段话这样写道：我拎着晒干的药草，揣着兴奋，步行二三公里的泥路，把干货送到镇上的药铺，变钱，几角、几元不等。那药铺店的老板，矮小得不足一米五，戴着金丝眼镜，说话带口吃，结结巴巴：金、金钱草，二、二角二一斤。我内心觉得好笑，但不敢笑出声。我知道，先前的辛苦，只有通过他才能变为现钱。别看他哼哼呵呵，一团和气，内心有他的小九九。那光滑的小秤杆，秤出的分量，永远比家里秤的斤量少。计算钞票时，永远是四舍五入的方法，总比我的预算少几分或几角钱。无奈，还是接受被克扣的现实。店铺主人表面很热情，每次完了买卖，总会推荐可以入药的材料，桑椹、鸡黄皮、桔子皮、楝树果、甲鱼壳、地鳖虫、知了壳、肉骨头等。这些东西，一年四季都可以捡觅到。这样的描写是可以不分年代的，文字里的咬劲十足，即使生活在唐宋元明清，也一定是这个样子。卖药材的过程被描写得既可爱又心酸。《猪事》中的场景是在我下乡插队后才遇见过，卖猪的场面轰轰烈烈。每月初二，是收猪的日子。近百头被稻草绳捆绑的猪猡，横七竖八躺着，挺着大肚子，新鲜出炉的猪屎猪尿冒着热气，和人的嘈杂声、猪的嚎叫声混合在空气里。卖猪人不断向收猪人递着蹩脚的香烟，哈着腰说好话，努力想把猪推销给他，早日变为现钱补贴家里开销。收猪人嘴上叼着烟，耳朵根塞满了烟，一脸严肃。他沉着老到，不动声色。精明的他知道，主人在半夜把猪肚灌得满满的。他故意拖延时间，要让猪猡拉了几大泡尿屎之后，才不紧不慢地开始他的绝活。他眼光一扫，用手拍拍猪身，用脚踢几下，似乎能立马判断出猪的出肉率。手下人用大木秤称好猪的斤两，他开始挥舞手里的大剪刀，在猪毛上"簌簌"几下，留下猪规格等级的记号。总共不到一小时，他就大功告成。收下的，欢天喜地，嘴里夸着收猪人的眼光，数钱回家；退回的，垂头丧气，把猪抬回，一脸悻悻，仿佛做了亏心事，失了尊严。王才兴用自己的眼睛，通过不同的视角与社会和记忆对话，从这个意义上讲，散文是社会生活中一种重要的力量，散文的意义是把时光打捞进文字。

散文泰斗巴金说"我的任何散文里都有我自己……我是怎样一个人，就怎样写……心口相应，信口直说……反正我只是这样一个我"，说的是表现自我。写真实的"我"，是散文的核心特征和生命所在。那篇《我的父亲母亲》散文的核心特征就非常特出，在《桑梓有灵》中同样不能忽略。每个人都有父亲母亲，由于每个人的父母的社会背景生存状态与生活方式有着千差万别，因此子女对父母的情感表达也有着量与质的区别。王才兴笔下父亲被描述得活灵活现，既有点滑稽又让人同情更令人唏嘘：父亲和母亲拌嘴，常数落母亲是"文盲"，那神态不无得意，满含对母亲的鄙夷。父亲念过一年半书，7 岁时，在邻村上过半年私塾，后来交不起学费，只能辍学；解放后又念过一年速成班。村里同辈的识字人少，念过一年半书的父亲俨然以读书人自居，常常以此炫耀，家里的长凳、扁担、竹编、梯子、蛇皮袋、热水瓶等农具家什上，父亲都会用我的毛笔墨汁歪歪斜斜留下"王启德用"的墨迹。房内五斗橱抽屉里，父亲永远备有一本硬抄本和一支圆珠笔，封面上写上"毛主席万岁"以及他的大名，里面密密麻麻记载着一些陈年旧账，某年某月，捉小猪一只，某年某月，卖猪收人民币 45 元，某年某月吃喜酒出礼 5 元等等。再有，就是一些外地亲戚的详细地址。后来，家里安装了电话，父亲的笔记本上，就多了许多的阿拉伯数字和留有许多错别字的亲戚姓名，甚至，挂在墙上的一幅书法作品，令人啼笑皆非。

　　散文大多是自由散漫的文字，如泰戈尔所喻散文像涨大的潮水，淹没了沼泽两岸，一片散漫；亦如汪曾祺所说，散文具有大事化小的功能。散文在许多时候拒绝阐释，面对散文我们也许更多的是做一个不以阐释代替阅读乐趣的读者。散文的技术特征和经营迹象并不突出，需要用心体悟。2008年第4期的《文艺争鸣》曾刊出过散文理论家，广东省作家协会副主席、广东省作家协会文学评论委员会副主任，博士、教授谢有顺的一篇《散文是在人间的写作》中写过这样的话：现代社会正在使我们的感官变得麻木。尤其是在城市里，我们所看见、听见的，吃的、住的、玩的，几乎都千篇一律，那些精微的、地方性的、小视角的、生机勃勃的经验和记忆，正在被一种粗暴的消费文化所分割和抹平，没有人在乎你那点私人的感受，时代的喧嚣足以粉碎一切，甚至连你生活的时间和空间，这些最本质的东西，都可能是被时代的暴力作用过的，它早已不属于你个人：你到一个地方旅行，可能是置身于一种复制的人造景观的空间假象中；你接到很多短信，朋友们向你表示节日的问候，可这样的节日（时间的象征符号）和你的生活、历史、信仰毫无关系。我们正在成为失去记忆的一帮人，而在失去记忆之前，我们先失去的可能是感觉，正如我们的心麻木以前，我们的感官系统其实早已麻木了。我想起几年前的一次乡下之行，傍晚的时候，看到暮霭把万物一点点地吞噬，才猛然发现，自己有好多年没有看到真正原始的黄昏和凌晨了。

　　如今，散文界有一种远离事物、细节、常识、现场的写作，正在成为当下的主流，写作正在演变成为一种抛弃故乡、抛弃感官的话语运动。这种写作的特征是：向上。仿佛散文写作只有和天空、崇高、形而上、"痛苦的高度"密切相联才是正途，而从大地和生活出发的一种向下的写作，则很容易被轻视。殊不知向下的写作向度更重要，因为故乡在下面，大地在下面，一张张生动或麻木的脸在下面，严格地说，心灵也在下面。它决非是高高在上的东西。散文只有和在下面的大地和心灵结盟，才能获得真正的灵魂高度，才能获得散文的尊严和生命力。可喜的是在《桑梓有灵》的那些散文里，诸如《捉黄鳝》《黑夜沉沉》《苏州婿嫚》《朋友阿昌》《猫的浪漫生涯》《粮食啊粮食》《被咒死的好婆》《想起农家乐》《当兵》《薛典老街》《晾干的记忆》《木杆秤》《搓草绳》《老师啊老师》《"泼皮"素描》等等，都几乎是贴近地气的原生态的宣泄与表白，这非常难能可贵。

散文是最长情的厮守，不缺魅力。王才兴的散文创作还刚刚开始，相信他在日后的创作生涯中，会写出更多更好的散文和其他文体的作品。王才兴还很年轻，从这个意义上来说，年轻就是财富就是资本，特别是他的创作半径还没有达到所设定的范围和长度，他会一篇又一篇的写下去，而且会以一本又一本的文学新著，来告慰自己的人生告慰朱米山的生活。

多语了，是为序。

（丁一，中国散文家协会常务副会长、中国散文诗研究会副会长、中国作家协会会员、国家一级作家，任职中国国际文化出版社副社长、副总编辑。）

王才兴其人其文（序二）

婚　臼

惠山肇兴，王才兴入值区委办，有幸和他共事有年，平时彼此忙于公务，绝少谈及文学创作这等雕虫小技，因而只知道他擅于"炮制"领导讲话、工作总结之类的公文，竟然不知他也是"文学青年"，艺事称能。直至今年春节后不久在江南晚报上读到他的散文《孵太阳》后，才留心关注他的作品，近日，妻在网上帮我找到他的一些新作，拜读之余，深深感到相见恨晚矣。先是惊讶，继尔是惊喜，再之是惊叹，末了，又竟然使我这个从不搞文学评论的门外汉，也禁不住要饶舌几句。

（一）

王才兴从小生活在乡村，生于斯，长于斯，对于生他养他的那块故土，他不仅有着深深的眷恋，而且对于他所熟悉的父老乡亲更有着一种铭心刻骨的爱。他的作品从关心关注现实入手，专写一些普通人、"小人物"的凡事琐事和生活状态，通过他笔下的人物，用文字呈现和寄托一种悲悯情怀和人文关怀，以及对人生、对生活、对生命的道德影响与价值判断，寓思想性与艺术性于一体，在平凡中揭示非凡。《孵太阳》《淴浴》《行亲眷》《唱乡巷》《猪事》《竹刀》等等作品，大致都反映他的这种审美情趣与视角。

表面上看，这些土得有点掉渣的作品不值得我们投去关注的一瞥，其实不然，文学的本源来自于大地，来自于民间，根植于普通百姓之中。只有对生活有真知、有感悟，只有与百姓同呼吸、共悲喜，作品才有真正的气质内蕴，才能传播真善美，才能打动人。《孵太阳》里的好婆、殷婆婆，现实生活中随处可见，但许多人熟视无睹或视而不见，王才兴却人弃我取，人轻我重，以他独到的视角撷取平常生活中的画面，从中发现美，简单梳洗后奉献给读者。这些土里土气的人与事，饱含了王才兴的生活积累、判断、观照、体验，也饱含了他驾驭从平常、普通乃至毫不起眼的生活中洞察人生、尊重生命、嘘唏命运的能力，更反映出他追随时代、与时代同行的"载道"情怀、责任与担当。

生活是文学创作的惟一源泉，也是孕育优秀作品的不二源头。一九八〇年夏秋间，在长达半年的时间里，笔者有幸在京城聆听了刘白羽、魏巍、蒋子龙、李瑛、秦兆阳、李存葆、陈兴旭、卢新华、陈立德等一二十位当代名家的辅导讲座，记得他们在辅导中反复强调生活积累的重要性。王才兴的这批散文便是寄寓在深厚的生活积累之上。从邻里相处到亲友往来，从学校生活到集体生产，还有那小偷、老中医、采购员、普通社员、家庭妇女等各色人等，王才兴秉承现实主义的批判精神，把那些"陈芝麻烂谷子"视作珍宝，聚焦聚力，厚积薄发。生活的沃土滋养了他的文学情思，也因此，他的人物也好，故事也罢，笔端的才思泉水般的喷涌，而又满含沁人心脾的泥香，具有很强的可读性，字里行间，颇堪咀嚼。同时，由于他取材寻常，既不争奇猎艳，又不随波逐流，十之八九普通得再普通不过，以至粗心如我最初也忽略了它的存在。殊不知，王才兴正是通过他的文字来讴歌那些与我们朝夕相处、习以为常、可亲可爱的父母、亲友与乡邻，进而讴歌我们这个时代的主旋律、正能量和好声音。有道是：以小见大，寓奇于常，看似平常最奇崛，为平民立传，为百姓放歌，是之谓也。

（二）

最近，王才兴托人捎来了他准备结集梓行的作品，次第读后，很快又成了他的粉丝。文学作品要感动人，帮助人们洗涤心灵，需要作家对生活有真实的把握与领悟，需要作家在记叙中有准确、生动的描写。王才兴大概就是这样一位作家。且看《苏州婶嫂》中的婶嫂："当苏州婶嫂抖抖瑟瑟通过跳板来到岸上时，我们都汇拢过去搀扶她。婶嫂是正宗的苏州人，人长得很标致，个子不足一米五，小巧玲珑，雪白的皮肤，一口地道的苏州话，说得软绵绵，甜兮兮，大家都亲近而尊重她。她不习惯走泥路，在一高一低的乡间田埂，娇小的身影像跳舞般走到老家，已气喘吁吁。"这段不足 150 字的文字把婶嫂下船到走路回家的情景写得极具画面感。一位活生生、颤巍巍的苏州城里人的形象呼之欲出，让人立马想到沈复《浮生六记》中的芸娘。

王才兴的散文长于叙事，从《黑夜沉沉》《依依墟烟》到《铁饭碗》《起绰号》到《朋友阿昌》《猫的浪漫生涯》《想起农家宝》等等，都律动着他叙事状物从取材到主题、从形式到内容的真才实学。《当兵》中的刘老汉的儿子，从谋求当兵到退兵到补兵再到退兵，故事一波三折，行文跌宕起伏，一如《猫的浪漫生涯》中的那只小猫，故事并不复杂，过程却有波澜，有悬念，既在意料之中又出人意表。阅读那样的文章，有如穿行在曲径通幽的庭院中，景随步移，赏心悦目，引人入胜，实在令人大快朵颐。

文学塑造形象并非都须写一些"高大上"的人与事。那些发自作者内心的真实情感与体悟，那些个人的生活断面或遭遇转化为历史的观照，为那个渐行渐远的年代留一份真实的记录，是王才兴叙事散文的当家好戏。不管是婿嫚还是刘老汉及其儿子，也无论是《药香味》中的老中医周崇德、《铁饭碗》里的隔壁邻居，抑或是《朋友阿昌》中的阿昌、第五辑《物语》里的采购员，乃至《"木腔"小记》里的"贫农代表"等，都不只是儿时记忆的简单翻版，而是一个年代的缩影和画卷。除对早已被夷为平地的小村和搬进高楼的乡邻的深情眷恋外，王才兴试图用他的文字为故乡为父老乡亲撰写成另一种文学版的村史和家史。因而，他秉笔直书，真实记录，不忌讳更不回避一些尴尬事：小偷小摸，误伤人命，诱奸憨女，那些见不大得阳光的负面，那些并不鲜见的伤痛，包括特定年代的生活的困顿、劳作的艰辛，以及身世家世都不惜曝光在太阳底下。历史就是由这样一个个精彩的片断组成。历史的眼光穿透时空的局限，文字的背后蕴藏着他详细解读的许多密码，他为读者提供了另一种版本的村志和家谱。

往事如烟，往事也并非如烟，一个个鲜活的生命，一幕幕动人的经历，真可谓夕阳不老，青山常在，如梦如歌的岁月倾注着王才兴心中那咏叹人生、洞察兴衰、寄寓历史的沧桑感，变幻的时空始终张歙着他胸中的那种对过去、对未来的思考，镌刻在历史横断面上的岂止是作者的记忆。

（三）

据我所知，王才兴长期生活在无锡，作为吴乡的一员，无疑他对吴乡生活、吴地文化是稔熟的，这也是他散文创作的另一个取之不尽的生活宝库，更是他的作品凸现精气神和地域风貌的关键所在。阅读他的作品，我比较关注他笔下的吴乡生活气息和风情。以《溶浴》为例，不是吴乡人就绝难体会到那种特有的感受。20多年前，我首次在乡下浴缸（锅）里洗澡时就遭遇到那种尴尬。起初觉得难为情，接着耽心被烫着，后来又觉得洗不净。这种体验很别致，也很有趣，富有文学情调，现在回想起来还充满诗意。但是，这种诗意是通过作者的努力实现的。《河滩头》《唱乡巷》《行亲眷》《被咒死的好婆》《昔日农家宝》《"木腔"小记》《薛典老街》，连同《孵太阳》《苏州婚嫂》等作品中，那人，那事，那村庄，那渔塘，那一声叹息，那一句对话，那一颦一笑，那一举手一投足，无不充满浓厚的吴乡气息。感谢他那三言两语的描写，就将一幅幅吴乡生活风情画再现给我们。《竹刀》也同样具有这样的效应，它让我们看到了吴乡人的喜怒哀乐和酸甜苦辣，看到了生活的艰难和希望，看到了人生的关切和期待。

王才兴以大地为师，以百姓为主人公，以吴人吴事为主要题材，行文清健淡雅，朴直率真，尽量保持吴乡生活的原貌。比如《猪事》《行亲眷》，虽然没有写到那个具体人，但白描式的叙述把吴地乡村的习俗表现的明明白白，吴乡世俗生活的情调是那样的丰饶，那样的绰约多姿。在他的作品里，你或许看不大到小桥流水、粉墙黛瓦，或许听不大见橹声欸乃、渔舟唱晚，但他却有意无意地还原了吴乡人的生活状况，原汁原味原生态，并且多数作品有人物、有场景、有故事、有细节，往往寥寥数笔，便把吴乡老妪、顽童、农夫刻划得活灵活现，一文在手，犹如遇见乡邻，听到乡音，又勾唤起万千乡思。值得一提的是，他的散文都不是即兴之作或应景之作，篇幅虽然短小，却也认真构思，落笔不雕琢，不巧饰，实实笃笃，读来可亲可信，又如见到吴山吴水、吴风吴月，乡情浓郁，一种地域风情、文化记忆和历史积淀油然而生，跃然纸上，尘封的岁月在他的笔下回荡着如歌如泣的乡愁，剪不断，理还乱。

（四）

王才兴为人质朴、平淡、爽利，做人办事不喜欢拖泥带水，平时喜爱读书或欣赏字画、篆刻，雅兴不小。都说文如其人，王才兴大概也是这样。作为曾经的天一中学的语文老师，他对语言文学有特别的敏感和追求。他的作品以反映吴乡普通人的生活为主（间或也写点历史散文和文学评论），本身就对语言文字有较高的要求。任何人想把方言变成大家喜闻乐见的文学散文作品难度都很大。早年读《何典》《海上花列传》时，就每每为其精粹的吴语写作而拍手称好。前不久读了专讲吴语的《荆蛮古色》一书，越发觉得用吴语写作的困难。我曾建议他尽量用吴语写作。他谦逊地说他不大懂得吴语。其实，真正不谙吴语的是我，因为至今我还弄不懂，听不来吴语口语，但是，我还是从他的作品中感受到他的吴语腔调和文字才情。他的文字宛若他的为人：质朴、冲淡、平和，和他的行文一样不枝不蔓，明快简洁，不时还带点幽默，干净爽利是其特色。《起绰号》《乡下人吵相骂》《喊火烛》《唱乡巷》《木杆秤》等作品里，尽管人物对话不是很多，但他还原地道吴语的努力依稀可见，行文也似乎有意尽量灌注吴腔吴调，偶尔几句古色古香的荆蛮古语，画龙点睛，耐人寻味，也更加让人看到吴语的本色和他遣词用字的老到。

王才兴的泰山大人也娴于书法、篆刻和作文，家学有源、芝兰有根，他本人又喜欢闲暇时与三两知己诗酒留连，文输酬酢，在觥筹往还或烟茶品瀹中咬文嚼字，烹文煮字，读者只要看《孵太阳》《潊浴》等作品，那种原汤原汁的吴语是如何在他的笔下，变成有声有色、鲜活可爱的人与事，便可知他的作品经常占据江南晚报专版专栏头条的缘故了。

上世纪七十年代中后期我学习写作时，曾经拿着自己的习作如长诗、电影剧本、散文等作品到延安、西安、北京等地请教名家，我经常被告知，文字太刻意，要多学习群众语言，要多向老舍先生学习等。几十年过去了，积习至今难改，可见这语言文字关很难过。桐城派散文追求神理气味，就是要求作者用一种平淡的笔触，描绘出人物的性格特征，包括用生动准确的语言刻划主人公的心理状态，使读者读来似饮醇酒，回味再三。林语堂先生指出，优秀的散文只能用一种有生命力的非人工雕琢的语言来完成。以此观察他的散文，一般都没有过多的渲染，也不作过度的刻划，经常三下五除二，干净利索地写人状物，加上三两句精彩的对话，所谓吴乡絮语，吴侬软语，几句传神、到位的言谈，更使文字蕴秀于朴，意美质清，神完趣足，可读性和穿透力都很强。细细琢磨的话，他行文的句式简短、凝练，行文不激不厉，风格冷隽而又明快，富有节奏感和音韵感，兼有明人散人的秉赋和余绪。总体上看，他的文字活蹦乱跳，有呼吸，接地气，有温度，很质感，源于生活，再现生活，时时处处弥散着吴乡百姓的精神血脉。换句话说，王才兴的文字已经初步具有鲜明的个性，尽管吴语写作的空间还不小，我却高兴地看到他的一种文字风格与情调正在滋长和形成中。这不仅可以让我们进一步分享到他的创作感悟和收获，更重要的是他的创作由此而跃入佳境。

精英造化，读者期待。

二〇一五年六月二十七日初稿
二〇一五年七月一日改定

目　　录

【辑二】风情

【辑三】人物

【辑四】呓语

【辑五】物语

后记

【
辑
一
】

··

往事

竹刀

朱米山，偏僻的江南小村。记忆里，我的父辈祖辈都是竹篾匠，他们一生和竹子打交道，青青的翠竹是朴实的元素，钢制的竹刀是坚实的武器。晨钟暮灯，他们编织着竹篮、竹匾、竹筛、竹席等竹器。湿漉漉的岁月，在竹刀下铺开；苦涩的梦，在竹片上延伸。

一、

村里几乎家家都有一把上好的劈竹刀，男人们仿佛为刀而生，为刀而活，个个嗜刀如命。村里有一道不成文的约定，男孩的成人礼物，就是一把劈竹刀。一旦拥有劈竹刀，就意味着踏上了竹篾匠的漫漫人生，他们的欢乐忧愁，未来的命运，注定和劈竹刀攀上了关系。

父亲的那把竹刀，是父亲的父亲的父亲传承的。父亲向我述说它的来历，眉飞色舞。打刀的铁匠原来为军队打造兵器，退役后，在小镇铁匠铺为百姓锤打生活器具。铁匠和太爷爷私交甚好，有一次，铁匠喝多了酒，许诺太爷爷，为他锤打一把上乘的劈竹刀。后来，铁匠拿出一块珍藏多年的长方体的纯碳钢，反复淬火，锤打，使出看家本领，打成眼前这把劈竹刀。这把刀，刀背厚实，刀刃锋利，刀头笨重，握手圆润。劈竹时，入竹嗖嗖，力道铿锵。为感激铁匠，太爷爷用五斗白花花的大米作为酬谢。刀成了太爷爷的爱物，也成了家中的镇宅之宝。有一次，竹刀不慎掉到阶沿石，石头出现一道裂缝，而竹刀完好无损。自此，太爷爷越加珍爱。每每空闲，他总要在磨刀石上擦拭，用碎布在油钵里沾些油，轻轻涂上，藏在布套里。

幼小的时候，爷爷口吐飞沫，常和我唠叨有关竹刀的故事。

元朝末年，朱元璋带兵在我家乡一带连日作战，将士人困马乏，粮草断绝，陷入绝境。村里老百姓纷纷拿出自己仅有的粮草，支援起义军。感激之余，朱元璋许下诺言："今日赠我米面一碗，他日定报相救之恩。"朱元璋得天下后，下旨赐大米万担，堆积如山。因村上朱姓居多，得到如山大米后，村庄就叫"朱米山"。村里百姓目光短浅，得到如此多的大米，就不思劳作，整日吃喝玩乐。此时，开国元勋刘伯温进言皇上：皇上你恩赐再多，长此下去一定坐吃山空。江南多竹林，不如赐予他们竹刀一把，让他们以竹为生吧。朱元璋觉得言之有理，于是下旨赐每户竹刀一把。自此，村人操起了编织竹器的营生，开始了竹蔑匠的生涯。于是，小村人和竹刀有了不解之缘，竹刀融入了小村人的生活，融入了小村人的血液。

二、

朱米山的竹蔑匠，会做竹篮、竹匾、竹筛、竹席、竹鸟笼等竹器，但他们只选择其中一项专做，不求多、不求全。小村的竹蔑匠，就像现代的工业，专业分类很细。他们似乎已经懂得，交错发展，错开竞争的道理；也领悟到个性和活计的完美结合。他们选择自己的喜爱和特长，在竹刀的锋刃里，舒展着自己的聪明，挥写着人生的篇章。

父亲选择的是竹匾。贫寒时光里，家里最富有的就是拥有大大小小的竹匾。三伏天的下午，好婆（奶奶）把竹匾放在树荫底下，让年幼的我躺在竹匾里，她一边摇着蒲扇，一边讲着童话故事，在竹匾里，我进入梦乡。在轰隆隆的阳光里，竹匾敞开胸怀，盛放的是稻谷、麦子、芝麻、黄豆、蚕豆、玉米、萬苣干、梅菜干、草药等，暴晒在院子或屋外。伴着竹子清香的食物，是全家的依赖和慰藉。岁月，在竹匾里延续扩展，绵绵不绝。

清晨，"哗哗"的劈竹声，伴随鸟鸣鸡啼声，惊醒我的好梦。早起的父亲，在门外砖场上，持刀劈竹。父亲把碗口粗的竹根搁在腿上，一头靠在肩膀上，用那把锋利的竹刀，在竹子的底部，劈开一个十字，把木做的"十字架"嵌入。用竹刀厚实的刀背，敲击"十字架"，"啪啪"几响，竹子哗然开裂。把劈开的四片，反复对破，一根竹子很快变成了若干细长条。去掉竹芯的竹片在度蔑齿的小槽中抽过，槽侧的两把小钢刀，把竹片划得光滑齐整。

父亲十七岁开始做竹匾，双手粗糙龟裂，新茧不断覆盖着旧茧。竹蔑锋利，皮肉常划破拉开。满手沟壑纵横，诉说着父亲竹活的艰辛。劈篾是个精细活，技术含量很高，凭的是手指的感悟与把握，没有数年的修行，达不到一定的技术，篾条不是中途断了，便是厚薄不匀。好的竹子，像毛竹，可以劈成12层竹篾，最外层带皮的是篾青，里面的是篾黄。父亲劈篾，常坐在竹背椅上，气清神定，一边用嘴衔着薄薄的竹篾，一边持刀将竹片往下拉。刀、嘴并用，技艺娴熟，纸片般轻薄的竹篾，光洁如绸，一片片从父亲皮肉和竹片的砥砺中流出。

说起篾青、篾黄，还有一段历史故事，在无锡坊间流传。相传，乾隆皇帝最后一次下江南，浩浩荡荡的船只沿大运河直奔江南。龙船刚到无锡地界，皇上决定微服私访，路过双河尖时，看见家家户户都在门前编织竹器。乾隆来到一户人家门前，看见一老汉正在劈竹子，身边堆着两堆劈好的竹篾。乾隆好奇发问，这些竹丝叫啥？竹篾匠随口答道："篾青、篾黄。"皇上一听"灭清、灭皇"，好不生气，心想待会再找你算账。很快，乾隆来到另一户人家，大门前一位年青后生也在劈竹子，于是乾隆又问劈好的竹丝是什么？小年轻答道："篾青、篾黄"，一路走来，乾隆先后问了十几个人，回答如出一辙，此时乾隆皇帝的气已消失，他不想追究也无以追究。从此，无锡人说起"篾青"、"篾黄"，再也无所忌讳。

三、

村里的竹器，远近闻名。在悠长的岁月里，村里人凭着劈竹刀，依赖竹器，过着比一般人殷实的日子。为此，朱米山村的小伙子在附近小村，十分抢手。多少年轻美貌的女子，愿意嫁到村里。日久浸润，她们都融入竹蔑匠的生活，夫唱妻随，操起竹活，编织着人生的梦想。

夜色朦胧，昏黄的煤油灯下，母亲在泥地上铺块海绵垫，弓着腰，盘坐在海绵上，十根指头不停翻动，竹蔑上下翻飞，编织竹垫。三九严寒，漫漫冬夜。母亲坐在冰凉冰凉的竹垫上，冷气入骨，浸透母亲的膝盖和腰间，在寂寞寒冷中，时间在竹蔑里滞留，岁月在竹匾里流逝。如今，七十好几的母亲，每遇阴冷潮湿天，腰关节、膝关节疼痛发作，不能动弹。村里人时常向小辈讲述王老太做竹垫的故事。那时，王老太年轻好强，生儿子的第三天，就做起竹垫。屁股底下垫着破棉裤，殷红的鲜血，浸湿了棉裤，泅满了竹垫。她是村里人生动的榜样，稍有懈怠，长辈就用王老太当教材。她的勤劳，她的精神，一直视为村里人薪火相传的丰碑。

竹蔑匠的艰辛，还来自于砍竹。附近村庄的竹子，被砍光了村里人像猎户寻觅野兽一样，向周围拓展领地。以小村为圆心，扩展至 5 公里，10 公里，20 公里的半径，沿途搜索竹林。男人们带着一袋干粮，一把劈竹刀，徒步到陌生的外村，向农户购买竹子。竹子，是村里人的命根；竹林，又似村里人的幸福源头。发现竹林，就如找到猎物一般。在竹林里，竹蔑匠用老辣的目光，巡视一遍，相中了老竹，挥舞起竹刀。砍竹声声，一株株拳头粗的竹子哗啦啦倾倒，响彻竹林。砍竹子，靠的是力气，凭的是韧性。奋力大半天，只能砍几十根。累了，抽支烟，歇歇，再砍；口渴了，向主人要碗冷水喝，接着干。到最后，手，酸痛不已；人，疲惫不堪。砍下竹子，褪去竹叶竹茎，捆扎好，过秤付钱。回到家门，往往已是夜幕降临，月朗星稀。第二天再去运竹，早些时候，用船运竹；后来，有了拖拉机，就雇了拖拉机驮回。为了防止竹子水分蒸发干涸，影响竹器质量，村里人会把成捆的竹子，浸泡在村边的小河里。几千斤的竹子，足足够他们做上几个月。有了竹子，就如仓中有了粮食，人变得踏实，心里不会发虚发慌。

四、

竹匾完成，父亲母亲就开始唱乡巷卖竹匾。他们轮流肩挑竹匾，辗转乡村街坊，悠扬的叫卖声，绵绵不断，似诉似泣。竹匾换钱，贴补种地的不足，反哺一家老小。

以朱米山为圆心，四周辐射的集镇有后宅、鸿声、荡口、甘露、茅塘桥、梅村、查桥、大墙门、新安、华庄、望亭、黄埭等街镇。每个集镇，有各自约定的赶集日子，有的初一、有的初二，有的初三等。到了赶集的日子，村里人挑着竹器前往，像炫耀像展出。村里人往往深夜两三点钟起床，带上一点干粮，赶赴集市。沉甸甸的竹器，是沉甸甸的希望。夜色苍茫里，用布鞋丈量着窄长的田埂。母亲说，最怕稻穗长高时，肩挑沉沉的竹匾，撞击着稻秆，肩上担子变得沉重不堪。只能顺着窄窄的田埂，横着走，像爬行的螃蟹，举步维艰。黑咕隆咚里，不小心撞上耸起的土堆，趔趄跌跤是常事。一路走两三小时，常常气喘吁吁，满身是汗。赶到集市，歇好担子，开始陈列竹匾。凉风吹来，潮湿的后背，开始发冷哆嗦。肚子饿了，啃几口干粮。

春天里，远近集镇都举办庙会（节场）。庙会的两三天，无锡城乡及吴县、宜兴、常熟、江阴、武进等周边县市，方圆数百里的乡民都来赶节。庙会就像一个大型的物资展销会，也是朱米山人展示和出卖竹器的绝好时机。方圆几十里，哪里有庙会，哪里就出现村里人和竹器的影子。村里人在庙会的隔夜，寄宿到集镇，抢占有利的位置摆摊。父亲记忆最深的是，有一年，相约四五家竹匠，摇着船，来到苏州石湖庙会，十里长街，人山人海，摩肩接踵，带去的竹匾第二天就卖完，父亲轻松自在地玩了半天，这是他记忆里最幸福的一次。村里人崇尚节俭，他们懂得持家，懂得财富来之不易。村里的阿旺庆爷爷，是节俭的楷模。他去赶庙会，从不住宿，天天来回步行。一次在查桥庙会，其他人都劝他住下，为了省钱，他连续三天，每天来回赶路四个小时多，村里人无不感喟，内生佩服。阿旺庆爷爷，靠着勤劳和节俭，在村里第一个造起了两间矮脚楼房。

饥寒年代里，村里人常把竹匾卖到无锡、苏州、上海，换回粮食。岁月静好的日子里，母亲经常回忆，曾经在上海卖了竹匾，换了一百斤的大米，挑了米不能进上海站，只能先坐车到上海近郊真如，再在真如上车，到家乡无锡硕放站下车。再用扁担挑回家，一百斤米，足足两个小时的路，那担子的沉重，无以言说。说话间，母亲的眼里泪花点点。有一阵子，政府割资本主义尾巴，父亲挑了二十只竹匾，被联防队逮住，竹匾全部没收。不善言辞的父亲望着抢去的竹匾，两眼汪汪，默默回家。

"十个蔑匠九个驼"，村里的竹蔑匠，进入暮年时，一个个佝偻着背，像一张张弯弓。这是他们天长日久伏着编竹器，弯腰、曲背而致。晚年的他们，就如干涸的鱼塘。每到年底，村里把鱼塘的水抽干，捉鱼过年。干塘后的淤泥风吹日晒，黑黝黝，皱纹片片。竹蔑匠的皮肤就如这鱼塘风干的淤泥，他们的躯体就如这鱼塘，空荡荡的，内已抽干，留下干枯的躯体。

竹刀，浸透了村里人多少辛酸苦难，那圆圆的竹匾，凝聚过多少血汗。竹刀是村里祖祖辈辈维系的血脉，竹匾牵引我走进小村的怀抱。

黑夜沉沉

　　江南的小村，黑夜浓稠。劳作一天的农人，晚饭后，在汤罐里或者在灶膛炖锅里，舀些温水，开始洗刷一天的劳累。而母亲总是最后一个上床。在昏黄幽暗的煤油灯下，我们常常围在一捆带茎萁的毛豆或蚕豆前，小手在豆荚里灵巧翻剥。起始剥豆，新鲜而有趣。不久，便哈欠连连，睡意袭来。母亲让我们早点睏觉，自己继续忙着针线活。灯光摇曳，母亲弯弓般静坐着，身子影照在白色的墙上，像端坐的玉佛。女工是贫寒时光的必备技巧，每个家庭都有针线、顶针、钢针之类的针线包，所有的衣物，都是破了缝，缝了穿。年幼的我们，从不珍惜母亲的劳动。白天的顽劣，把身上的衣裤弄醒醒不算，还时时把衣裤撕裂，把扣子弄丢。无数个夜晚，母亲总是把我们扯掉的纽扣、扯裂的衣裤修补完整。多少次，我看到了母亲脸上滚落的汗珠，多少次，我听到了寂静里母亲沉重的叹息。

　　深秋的夜晚，清寒的灯光下，母亲在旧砂轮上把菜刀磨得锃亮。把晒得半干的雪里蕻菜垒齐，从根部开始，"咔嚓，咔嚓"，刀起刀落，均匀而有节奏。父亲把切碎的雪里蕻菜放在瓮头里，薄薄一层，均匀洒些盐。当瓮头里的菜一层层垫起，父亲用洗衣的棒槌，不停地塞啊塞，扎扎实实，不留罅隙，不留死角。这几瓮头的腌菜，是冬天和开春后餐桌上的味道，是农家生活的光彩和亮色。清冷的月光下，父亲把大颗大颗的青菜撕开，把茎叶扔到大水缸里，撒上盐，他赤脚跨入缸内，不断踩踏，踩扎实，满满一缸，上面压块大石头。过了个把月，那腌制的青菜，水淋淋从缸里捞出，切成小段，成了吃稀饭时的菜肴。有时，懒得切，整叶的塞进嘴里，咸咸的，酸酸的，滑爽可口。浓黑的天穹是硕大的背景，煤油灯是黑夜里的眼睛；沉重的农活，成了白天的延续，劳作时空的转换。

冬日，漫漫长夜。母亲在做好家务后，会牵着我，去河对面舅舅家串门。外公死得早，外婆在上海，母亲眷顾她未成家的兄弟妹妹，寻隙去看望他们。在舅舅和阿姨的怀抱里，我度过那一个个温馨而单调的夜晚。晚归的路，黑咕隆咚，望不见脚下坑洼的路，要借助电筒那幽幽的点光。有时，忘了持电筒，就在柴堆拔一把稻草，点燃了照明回家。

在很长的一段时间里，每每走过通向舅舅家的水泥桥时，我呼吸急促，心跳加速，双腿发虚。桥底下，发生过悲剧。朱家17岁的女孩，淹死在河里。那天，大队放电影，家家小孩像过节似的开心。朱家有5个子女，平时，家里拥挤不下，让她借居在邻居家。看完电影回家，她敲着邻居家的门，已关闭，再敲自己家门，也关闭。她孤独委屈，游荡在黑夜里，心碎绝望，在桥边的河滩头，扎进水里。黎明时，村人在河滩的石阶上，发现一双塑料凉鞋和一把蒲扇。把她从河里捞出，僵硬的手脚，四肢展开，像浮着的青蛙，一副痛苦挣扎的样子。那情状，目不忍睹。在阒黑的夜里，一个含苞待放的鲜活生命，被吞噬。

逼仄的小村，周围是茫茫的田野。没有电灯的时光，静谧安详。鸡鸭归笼，人事已休，在无尽的黑暗里，犬，懒得吠叫。鳏寡老人阿水金，成了黑夜的主人。阿水金老婆死得早，膝下无子女。他体弱多病，干瘪的躯体，像冬天田野里的枯枝。蒙眬睡眼，仿佛总是半开半阖，一副睡不醒的模样。白天里，他很多的时间在床上慵懒躺着。当阳光褪去，黑暗来临，阿水金两眼放光，精气神十足。村里人数落他"日不见，夜出现"，像只猫头鹰。夜空阒寂，他背着蛇皮袋，迈着轻盈的步子，行走在田埂。此时，他兴奋，刺激。农人地里的土豆、毛豆、黄瓜、冬瓜、南瓜、山芋等蔬果，只要他喜欢的，就摘了，塞进麻袋。黑夜，成了他的粮仓，邻居，是他的长工。

阿水金有他的准则，不专偷一家，分散着，零碎地偷。他知道，村里人自家要养身活命，针对一户，伤害忒重，他仿佛顾及村里人的感受。凡值钱的，像竹笋，鱼塘里的鱼，邻居家的鸡，阿水金偷了，拿到集市去出买，变换些现钱，贴补油盐酱醋。春天的清晨，在后宅的街市上，阿水金在叫卖昨夜偷来的竹笋，村里的麻子在集市里转悠。阿水金瞥见麻子，把头压得低低的。麻子问他，"在卖竹笋？"阿水金的脸涨得像猪肝，急巴了半天，答道："不是自己的，不是自己的，是替亲戚家卖的。"

麻子是个胆小鬼，他怕阿水金报复，阴损他的自留地，一直替他保守秘密。阿水金从此经常讨好麻子。偷来的蔬菜瓜果，会分些给麻子，麻子心里不舒服，无端受人馈赠，心里空荡荡的，不踏实。分粮时，阿水金的名字年年出现在"困难户"的名单上，队里的痢痢头鄙视他，拿他开涮："阿水金，你喜欢吃田里的蔬菜瓜果，稻米就免了。"阿水金像被蜜蜂蜇了一口，一阵刺痛，满脸羞赧。他轻声嘀咕："不吃饭，哪行？"稻米分到手，他脚步零乱地离开，一脸悻悻。

阿水金63岁那年，得了重病。春天里，一个和风祥和的晚上，他握住队长的手不放，神情沮丧地说："我，多年来，对不起乡邻，也对不起集体。乡亲对我好，我来世愿意再和大家做邻居。我死后，两间老屋归队里，算是我的一点补偿吧。"凹陷的眼眶，挤出浑浊的眼泪。队长安慰他，放心地走吧，一切后事由他安排。

阿水金的老屋，是他爷爷在世时砌造的，传到他时，有60年的历史。是晚，夜色沉沉。阿水金虔诚地用他的老屋，赎回他的灵魂，他穿过了漫漫人生隧道，完成了他人生最后的洗礼。

夏夜，无际无涯的炙热包围着村庄。户外空地上，处处是乘风凉的人。人和天对峙着，等待着夜凉。夜深了，天凉了下来，场外的人陆续进屋睡觉。

彩英刚生儿子，坐着月子。村上好姊妹英子，围着彩英转，端水递毛巾，轻轻为她摇着蒲扇。疲倦来了，彩英开始瞌睡，合着眼，朦朦胧胧。"咯吱，咯吱"，一阵响动，惊醒了彩英。她坐起身，瞥见月光下的一幕：春凳上，他男人正新和英子滚在一起，身子扭动着。顿时，她大哭大叫，伤心大骂："死X，不要脸的，勾引我的男人，不得好死。你这杀千刀的，没良心的，几天，就熬不住啦。"英子一骨碌从春凳上爬起，提着裤子，拔腿就往自家屋里逃。"呜呜"，只留下彩英凄惨的哭声。

当时，大队吃食堂，粮食由大队统一管理，正新是大队米票管理员，隔三差五，他悄悄把米票塞给英子。他们已经好上一段时间了。

有年夏天，村里经常来外村人，提着桅灯，光影在墙上，忽上忽下，像战争片里发出的暗号。好事的癞痢头，上前探个究竟，男人说是捉壁虎的。壁虎晚出寻食，伏在壁上，纹丝不动。捉壁虎的出其不意，用木棍迅速摁住壁虎的头，用力摁，直到窒息断气。回家后，把壁虎放在铁板上烧火烘得半干，再在太阳底下暴晒，把水分蒸干。晒干的壁虎，药材店收购作药材，几毛钱一条。

蹊跷的是，那捉壁虎的，到了英子家的后门口，倏地不见了。那晚，癞痢头好生不解，整夜思索。

隔几天，那捉壁虎的又来了，癞痢头死死盯住捉壁虎的。捉壁虎的，到了英子家后门，一闪，蹩进英子家，门关闭了。癞痢头候在门外，耳朵伸得老长，偷听着。

不久，一阵骚动，捉壁虎的夺门而出，把癞痢头撞个向天。癞痢头哇哇直叫，捉壁虎的一溜烟不见了。原来，英子家男人火根睡得正香，被口渴扰醒，起身去灶间喝水。此时，灶仓柴堆里，老婆和捉壁虎的媾和在一起，一片云雨。火根见此情景，怒火万丈，拔起拳头向捉壁虎的头部打去，捉壁虎的头一扭，打了个空。火根顺手揪住英子的头，一阵痛打，把心中的火倾泻在英子身上。英子抽泣着，不吭声。

火根看到灶头上捉壁虎的留下的半袋米，提起来，想扔出去。但又放下，他舍不得。家里缺粮啊，七口之家，两个劳力，七张嘴，常常揭不开锅啊。此时，火根眼中充满仇恨，他想把眼前的女人撕成碎片。但又不忍心，毕竟，她也在撑住这个家。火根开始怨恨自己，不停抽打自己的耳光。他恨自己窝囊，浑身的力气，无法填饱这无底洞般的肚皮。他牙齿咬得格格作响。他想拥抱这黑暗，和黑暗同归于尽；他想拼出所有的力气，把眼前的黑暗打碎，把黑夜的原罪彻底清除。

痢痢头看到了全部，他原先兴奋跳跃的心，变得压抑。他无法高兴，默默地回家。他给自己说，积点德吧，让此事永远留在黑夜，烂在深渊般的黑夜。

夜色茫茫，黑夜沉沉，小村人在炼狱中涅槃。

村里的树

小辰光，村里的空地上，屋前屋后，长满了树，有榉树、朴树、榆树、楝树、枣树、杨树、合欢树、木槿树、柿子树、椿树等。这些树，大都是自然生长着，有的是风吹来的种籽，有的是鸟啄食树籽排泄留下的，极少数在集市上购了树苗栽下的。

阳春三月，树枝冒芽发叶。到得春意浓浓时，众多的白头翁、麻雀、鹧鸪鸟、灰喜鹊等围着树儿啼叫鸣唱，筑窝下蛋孵小鸟。我们个个像顽皮的猴子，在树上爬上起落，鸟窝里的鸟蛋往往成为我们的美餐，嗷嗷待哺的小鸟，成了我们手里的玩物。炎炎的夏日里，日光炽烈，屋前的大树枝茂叶盛，荫翳像撑起的大伞，遮蔽了毒日。树荫底下好乘凉。中午，老老少少端了饭碗，聚在大树底下，凉风习习，边吃，边享受着大自然的恩泽。夏夜，坐在大树底下乘风凉，是村庄特殊的节目，家家倾巢而动，搬出板凳、竹榻、藤椅、春凳，劳作一天的农人，放松筋骨，叙叨着陈芝麻烂谷子的事，我们却在萤火虫星星儿歌童话里，渐入梦境。

印象里，村里有三户人家拥有硕大的枣树。知了声声里，枣子熟了，趁主人不在，我们用石块砖头掷向枣树，那青红相间的枣儿在石块砖头的打击下，"簌簌"坠落，我们哄抢着，枣儿在胸前衣襟上一揩，就往嘴里塞。待主人发现，一溜烟，逃之夭夭。等到台风肆虐，枣儿经不起狂风暴雨摇摆，纷纷脱落在地，我们名正言顺去捡拾，如捡天上掉下的仙果，主人干瞪眼，没有理由阻止。那枣儿的甘甜清香，迄今在舌尖回荡。

木槿树是一种矮矮的树木，老家的小村随处可见。我家后门口的竹林四周长着木槿树，郁郁葱葱，似篱笆围着，仿佛边界的石碑昭示领域的界限。到了秋天，木槿树盛开淡紫或粉红的花，形状像喇叭花，朴素大方。小时候，姐姐摘了槿树叶，搓揉出绿液，一袭披发浸润在浓绿的液体中，荡漾着，在晶莹的阳光下，乌黑发亮的头发忽闪忽闪。楝树，是较贱的一种树，平素不为人注意，只有到了秋里满缀果实时，我们拿来竹竿，使劲敲打，蜡黄的楝树果落满一地，我们把它们晾晒在自己的砖地里晒干后拿到镇上卖给供销社，八分一斤。变了钱，换回玩具、小人书、本子、铅笔，在贫瘠和乏味里，填塞着空荡荡的童年。

村里人一年四季忙于农活，无暇顾及那些树，但内心对树还是钟爱有加。到了冬天，树的椏杈是绝好的柴火。家里男主人，常选择好时辰，把树的旁枝，用锯子截下，再锯成长短整齐的柴爿；粗大的树枝，用斧斤劈开，堆在门口，风晒干。一堆堆，一排排，像展览。谁家堆得多，意味着谁家富有，树柴堆似乎成了家庭实力的象征。木柴火力旺，家家用来烧年夜饭，灶膛里的柴火通红透亮，整只猪头放在铁镬子里，"噗噜噗噜"煨笃半天，木制镬盖的缝隙里直冒白气，灶屋间热气腾腾，弥漫着平日寡有的猪肉香和浓郁的过年气息。

　　修树为啥要选择时辰，古人说，草木有情，而村里人坚信，树是神灵，也有灵魂，不能随便砍伐。也有老叟讲述，鬼神没地方住，依附树来遮风避雨；鬼神依附在树木上，就称它为树神。村里人的规矩，屋前屋后的树，特别是上了年龄的树，不能随便动弹；遇到修树挖树种树，都要看黄历挑时辰，焚元宝烧纸钱，一点不马虎。据说，村里有户人家盖新屋，有老树阻碍，没办仪式，便把树砍了。新屋盖成，主人就抱病不起。我工作的第一个单位，中央大道两旁长着合抱粗的梧桐树，树龄都有几十年。有年夏天，把梧桐树砍了，栽种香樟树。随后，单位事故频发，冬天下雪，围墙轰然倒塌，一个高二学生，活生生压在墙里，鲜活的生命消失了。后勤的老工人诉说，动了大树，激怒了树神，毁坏了风水。他说得有鼻子有眼睛，让人似信非信。但冬天种树搬树修理树杈，似乎比其他季节，更合乎树的生长规律。至于有无树神，本人无从说清，也无以深究。

　　村人喜欢树，还有一层理由，是冲着木材的用途。村民穷得叮当响，哪来钱买木头。村里人的一贯做法是，待树长大，就地取材，用树木制作家里的春凳、长凳、骨牌凳、八仙桌、椅子、床、橱柜、门窗、房屋的柱梁等。最优质的材质首推榉树，榉树比起其他的树，木质硬，经久耐用，制成的家什光滑，不起缝。难怪村人对榉树特别善待，我隔壁的朱老汉，晨起的第一要事，是从裤裆里掏出家伙，朝树上撒泡尿（算是给榉树施肥），他希冀榉树快快成材，待他百年后可睡上榉木棺材。他活了九十岁，可惜后来政府规定火化，他几十年的棺材梦终究没圆上。村上顽童自小受熏陶浸染，玩得尽兴时，也会憋着尿，奔到自家的榉树前，毫无忌惮，掏出小鸡鸡，直射上去，"肥水不外流"最早的出处莫非于此?

河对面同学建兴家,一棵70年的老榉树,又高又大,长在屋边的自留地上。那年,他家请来五位壮汉,整整一天的工夫,才斫伐倒下,枝杈树叶堆满场地,树干躺在河沿边,船一般长,洋铁桶般粗。隔壁村长期在上海滩混的老汉盛根寿获悉后,邀来上海造船厂的干部,要出高价收购,用榉树作造船的木料。消息一经传出,轰动全村,成了全村闲聊时的热点。姓盛的老头操着夹生的上海话,来回斡旋多次,双方为价钱争执、相持一段时间,最终以800元成交。800元,于当时的村人而言,无疑是一笔巨款,羡煞了村里的男女老少。建兴家原本家底殷实,这下成了村里铁定的首富。据说,为这事那姓盛的老头也两头得了不菲的介绍费。

以前,有些讲究的大户之家,往往在屋前种榉树,屋后种朴树,前榉后朴,取其谐音讨个吉利,即前面有举人,后面有仆人。但这是有钱人家显达的梦想和雅趣,跟一般的百姓无关,老百姓饥肠辘辘,吃了上顿愁下顿,如此的福祉,想也不敢想。

前些年,村庄开始拆迁,村里人陆续搬迁到街镇的小区。村里的那些树,像缺了亲娘的孩子,一下子没人稀罕,村户三钱不值两钱,以几十、百来元不等的价钱,贱卖给了从事绿化的老板。那些树连同我生于斯长于斯的村庄,一齐消失了。我没有专程回村作别,但鲁迅告别故乡老屋时的种种情景,那潺潺的水声,由闰土而引发的对路之有无的慨想,不时在耳边萦绕闪现,自己对树及家乡的情愫难以割舍,种种虚妄的冥想,斑驳杂陈,是喜是忧,茫然不清,权当庸人式的呻吟,如此而已。

回忆渔事

江南的四月，细雨绵绵，持续几日几夜，河水直往岸涨，春汛到了。此时，桃花盛开，村里人称之发"桃花水"。发"桃花水"的季节，村里人就开始抓鱼。

发"桃花水"时，水温升高，河水上涨，鱼儿耐不住寂寞，到处乱闯，此时，最适合扳鱼。用四根竹竿的一头分别系住鱼网的四只角，一头相交于鱼网中央的高处，再用一根粗竹竿梢头和麻绳同时系在这个交叉点上，另一端则固定在岸上作整个网的支点，起到"纲举目张"的作用。村里人爱惜渔网，一口扳鱼网要反复使用多年，冬天时，村人常把鱼网置在阳光下晾晒，防止渔网发霉圻裂。个别考究的，还在网上涂上桐油、猪血，晒干，藏在干燥处，用时取出。扳网捕鱼，有点像"守株待兔"，鱼儿路过鱼网，扳鱼人正好起网，鱼儿就成俘虏，常有的是鲫鱼、鲹鲦鱼、鳊皱鱼、鲢鱼、河虾等。但很多时候，十网九空，我们小时候模仿扳网捉鱼的情景，边做着游戏，边唱着歌谣："网网空，一网卟隆咚"。"卟隆咚"，指网中有大鱼时的声响。扳鱼人起网时间的长短，全凭自我感觉，是否有鱼，似乎碰运气，但只要坚持，多少总有收获。扳鱼，考验的是人的信心和耐心。

雨季一过，春光明媚，阳光开始轰隆隆地照在小河上，波光粼粼，河水折射的光线，耀眼得无法直视。岸边的桃树，艳丽无比，成熟的花瓣，随春风漂落到水草上，红的，白的，薄薄一层。清澈的河水，一下子浸润着脂粉气。鱼儿正是产卵期，它们喜欢躲在岸边水草里，打趴，翻滚，产卵。茂盛的水草，是鱼儿温暖的产床，产下的卵儿粘着水草发育。鱼的脾性，村里人都谙熟摸透。此时，我拿出休息一冬的渔叉，用铁砂皮反复擦磨，根根钢刺锃亮锃亮，在光照下闪闪发亮。我守候在河畔，盯着水面，时有小鱼"噼啪""噼啪"，在水草里翻滚戏嬉。等水草搅动出很大的响动，我神经开始紧张，知道大鱼出现了。突然，"哗"的一下，一个打滚，鲤鱼红白的身段跃起，飞得很高。鲤鱼喜欢跳水，所以有"鲤鱼跳龙门"的说法。但鲤鱼还没落到水草，我已使出浑身力气，掷出鱼叉。"嗖"，一道白光，向鱼刺去，五根铁刺穿过鱼肚，牢牢把鱼戳住，鲜血淋漓。鱼竭尽全力挣扎，挥动着尾巴，想逃离这魔掌，但无济于事。在孕育生命、繁衍后代的神圣时刻，这条两斤重的鲤鱼，连同它的成千上万的子孙，牺牲在我的鱼叉下。江南好多地方都推崇鲤鱼，忌讳捕食，不像北方人那样喜欢食用。鲤鱼肉质鲜嫩，我们捉住鲤鱼，照样下锅，做成餐桌上的美味。

说到叉鱼，就会想起黑鱼。产卵期的黑鱼，成双成对，出没在产卵场地，像鸟一样，他们用口衔取水草、植物碎片及吐泡沫，营筑漂浮于水面的鱼巢。随后，雌雄黑鱼相互追逐、发情，雌鱼在鱼巢之下接近水面处，腹部向上呈仰卧状态，身体缓缓摇动而产卵于巢上。与此同时，雄鱼以同样姿态射精于此。产卵后，雌雄黑鱼守于巢底，保护鱼卵，免受侵害。过几天，鱼苗孵化出来，黑黝黝，漂浮于水面，从岸上望河面，鱼苗象一条条蝌蚪，密密麻麻，黑压压一滩，有脸盆大。捕鱼者知道，在小鱼背后，必定有大鱼在护航。只要大鱼的影子出现，哪怕是一个晃动，村里人那明晃晃的鱼叉，就会飞速刺去，黑鱼将遭遇生命之虞。在这浓浓而温馨的深情里，谁能料到，背后藏有如此的凶险呢。黑鱼性情凶猛，专吃小鱼小虾等活食，在江南一带，口碑并不好。但从黑鱼筑巢孵育后代，"舔犊情深"般的保护小鱼的行为中，我们是否应该重新认识黑鱼，改变对它旧有的看法？

春汛只是捉鱼的开端，高潮应该在黄梅季节。"黄梅时节家家雨，青草池塘处处蛙。"梅季的江南，雨季说来就来，一会儿，还是晴空万里，一会儿，大雨铺天盖地，倾盆而下。有时，淫雨霏霏，天空里雾霭弥漫。田野里，白哗哗的雨水从秧田汇聚到沟渠，再从沟渠，滚滚冲向河中。沟渠出口，水流湍急，落差大的，发出"轰轰"的声响，溅起的浪花，高高地抛向空中。河水汪汪一碧，快要溢到岸上。我激动、亢奋，盼望已久的捉鱼时机终于来了。我无法安坐在课堂，神思已飞向哗哗的雨水和水中的鱼。这是鱼儿一年中唯一的，也是最快乐的季节。鳊鲦鱼、鲫鱼、鲤鱼、黑鱼、草鱼、昂公鱼都不约而同赶到沟渠口，争先恐后，奋力逆水沿沟渠而上，在浪花中穿梭、跳跃。鱼儿喜欢逆水，喜欢在逆水中旅游行走。因为鱼的呼吸器官是鳃，而鳃中的鳃丝布满毛细血管，吸收水中溶解的氧气。当逆流而上，鳃丝之间的空隙增大，鱼儿更多地吸收着氧气；水流速度越快，鱼儿吸收的氧气越多，它就越舒坦、快活。但眼前的快乐纯属懵懂莽撞，鱼儿图的是一时的快乐，一时的刺激。它们欢呼雀跃，勇往直前，飞入沟渠，跃进秧田，但哪里知道捉鱼人设了种种的机关，在暗算着它们。

在沟渠里，村人放了圆柱形的竹胎笼，恭候着。竹胎笼由竹蔑编成，四周有铜钱大的眼，可以出水，笼子两头也可以流水，只是嵌着密密的倒刺的竹蔑，鱼一旦闯入，就别想退出。我和村里伙伴阿国抓鱼的办法是，一人在沟渠的出水口，按上网兜；另一人在沟渠的入水口，用木板、泥土把水垒住，水立马小下来。鱼很机灵，水势一旦减小，感觉不妙，慌忙回头游。结果，都进入网兜，大小鱼儿，统统成了俘虏，成为餐桌上的美味。捕捉稻田里的鱼，方法一样，在放水口用网守着，其他进水口统统堵住，水放得所剩无几时，秧苗间到处是"噼哩啪啦"的声响，哪里有动静，哪里就能捉到鱼。记得读高中的黄梅季节，中午吃饭，我和同学卫东打开饭盒，经常是同样的红烧鲫鱼或雪菜鲫鱼，两人相视一笑。现在，他已定居美国几十年，最近我突发奇想，发微信问他，高中时黄梅天吃的鱼是谁抓的，是不是他爷爷抓的（他爸在外地工作）。他告诉我，是自己抓的，他和我一样，放学后，也回家抓鱼。清贫的日子里，抓鱼，既满足了口福，又获得了精神的乐趣。

长长的沟渠，总有一些较深的积水潭。梅雨过后，水位迅速消退，部分鱼还留在积水潭里逍遥。在湿热沉闷的下午，我们常常在水潭两边用泥土筑坝，堵住水流。然后用脸盆、木桶把水从潭内舀出。水位下到一尺左右，就停止舀水。我们开始把淤泥从水下翻起，用脚把水搅浑。浑水呛着，鱼忍不住露出水面透气，鱼头一露，就迅速被捉，这就是"浑水摸鱼"。后来我在书上发现，这种方法，南至广西，北至东北，都在沿用。真想不到，一个深潭，有时竟能抓到大大小小的鱼几十斤。我们兴高采烈，拎鱼回家。我们围在砖场上分鱼，参与者人人有份，按鱼的大小种类搭配，公正公平，大家心平气和，在不见荤腥的日子里，想到晚餐有鲜美的鱼儿，脸上绽出的全是灿烂的笑容。

炎热漫长的夏季，我们除了在河里戏水，偷窃邻居家、生产队的瓜果外，钓鱼也是消夏度假的内容。小学三、四年级，教我们语文的何老师，礼拜天常提着很洋气的鱼竿，来到我村的小河边，一坐就是老半天。我们围着他转悠，平时不苟言笑的他，钓鱼时，一点不凶，眉开眼笑。他钓的鱼，都是拇指大的，他讲钓鱼道理，什么钓的是心态、钓的是心情，我们全听不懂。实在没有耐心，不到结束，我们只能弃他而去。我们钓鱼，没有何老师讲究，鱼钩是自己做的，母亲做针线用的钢针，在煤油灯上烧红，用老虎钳弯成钩。浮子（浮漂）更简单，把麦秆秸或鸡毛杆，剪成一小段，或找来海绵拖鞋底，用剪刀裁成黄豆大的颗粒。鱼线，用扎鞋底的麻线，或一般的尼龙线。我们不像何老师那样，在野河里钓。中午日照当头，大人都在午休，我们偷偷来到邻村的鱼塘，带上一根不长的竹竿，用面粉、山芋、蚯蚓之类。那时，生产队真穷，鱼塘长年累月不喂食，鱼饿极了。鱼钩扔下去，不一会儿，鱼就来咬钩。见浮子动了，我们胡乱挥舞鱼竿，"哗"的把鱼扔到岸上。那三四两的鳊鱼、半斤多的鲤鱼特别馋，见钩就咬。钓得几条，我们没耐心，又生怕发现被逮住，所以决不恋战，一溜烟回家。

南方的冬天，难得会下点雪，有时，河面也会结上薄薄的冰这时，鱼儿大多已经冬眠，在河底淤泥里，做着美梦。下午三四点钟，村里会有一两个摸鱼人出现，我们叫他们"摸鱼公公"。他们全副武装，穿着密不透风的橡皮衣，像宇航员或潜水员，只有头和手露出，看上去十分笨重。冬季河水很浅，摸鱼公公轻轻来到水花生旁，双手伸进水花生下面，在浅滩的泥中掏摸，三下两下，藏在泥里睡觉的鲫鱼，一条条被生擒。村里大人小孩见了，个个歆羡眼红。

隆冬时节，夕阳即将西下。突然，一阵喧闹声响起，七八条渔船飞速来到村庄。船上人用木板敲打着船板，发出"乒乒乓乓"的声音，嘴里发出"噢、噢"的怪声。一下子，小河变得热闹起来，两岸挤满看热闹的男女老少。那阵势那气势，像电视里土匪进村的场景。在河面宽阔处，渔人撒网，抛向河里。急剧的吵闹，鱼被惊醒，在河里乱穿，突入网内，等于自投罗网。但多数渔船使用的是三角形的渔网：三边三根竹竿系住网，中间用一根粗毛竹连接底部和顶端。将渔网伸进河底，围在水花生外侧。那根粗毛竹，被渔人夹在裤裆下，借助大腿的力量。渔人用竹竿在河泥中来回反复推拉，把鱼往网里赶。那竹竿也是特制的，伸进河的一头绑架一个二三尺长的木棍，成十字架。加了木棍，增加了与泥的接触面积，效果更好。起网时，有许多活泼跳动的猎物，除了鱼，还有虾、蟹、泥鳅、黄鳝，甚至田鸡（青蛙）、癞蛤蟆等。有的渔船，养有鱼鹰，被主人赶下水去，鱼鹰一个猛子扎下去，几分钟过后，就衔着鱼，冒出水面。渔人用竹竿把鱼鹰捞上船，从鱼鹰的喉咙里把鱼抠出，再把它扔回河里。小河被折腾了近一个时辰，渔人满载着收获，驾着木船飞快向村外离去，河面渐归平静……

前些年，稻田、沟渠、鱼塘随着村庄大拆迁，一起消失。村里的小河还在，但废弃的垃圾、脏水都灌进河的胸膛，河中堆积的淤泥足有几米深。我想，不久的将来，小河也将消失。我时常梦见家乡的水田、沟渠、鱼塘、小河；也时时梦见在梅雨纷纷里，穿着雨披，光着脚，在水中欢快抓鱼；有时，我还梦见自己就是那汪汪一池里的一条鱼，在嘻嘻玩耍。

捉黄鳝

　　每年的第一顿黄鳝是父亲开灰塘时所得。三月初，开灰塘。一般的做法是在陈年灰塘的旧址开挖。老塘填塞时，泥土松散，方便黄鳝向纵深打洞，藏匿在老塘过冬。父亲的运气好，开灰塘总能挖到冬眠的黄鳝，三、五条不等。那酣睡的黄鳝，有的被活捉，有的被铁铲铲段，血淋淋的，可怜它们还没见到春天的阳光，就稀里糊涂，成了餐桌上的佳肴。

　　四月的江南，草长莺飞。天气渐暖，河里、沟渠水温回暖。那些猴急的黄鳝，欣欣然，伺机出洞觅食。这个时候适合用钩子钓黄鳝。

　　我用自行车轮子上的钢丝，或者洋伞的钢骨子，截取一段，把钢丝在水泥桥墩上磨尖，用老虎钳弯成钩子，另一头用细铅丝绑上筷子或正方的竹片，便于用力使唤。在潮湿的蓬松泥土里，找来蚯蚓。蚯蚓要选细而红的，那乌黑的，常常有股异味，黄鳝不贪；那粗大的，装在钩子上不匹配。

　　和风习习，日光懒洋洋的照在我瘦小的身上。我手握钓钩，提着竹篓，向黄鳝进军。在河滩的石隙中，或沟渠树桩的根缝间。下了蚯蚓的钩子，在黄鳝的面前轻轻抖动。憋了一冬的黄鳝，见有送上门的美食，不顾性命，长大嘴，一口咬住，真可谓"饿煞黄鳝，嗞卟一口"。此时此刻，你千万别提钩，若提钩，黄鳝还没下咽，嘴一松，到手的黄鳝就逃之夭夭。相反，你要把钩子用力一推，让钩子迅速滑向喉咙深处，再迅速的拉出，嘿，钩住了……

五月底的江南，沉醉在一片黄色的海洋里，到处都充斥着麦子成熟的氤氲气息。农事到了割麦、耕地、放水、插秧的节点。那黄鳝便得了"大赦"的信息，纷纷出洞，透着新鲜的气息，寻觅久违的食物。

我们迎来了照黄鳝的季节。照黄鳝，要准备三样武器：照明的灯具、黄鳝夹和竹篓。因电池成本大，我们就用桅灯代替。白天，在桅灯的拎环上绑上一根竹竿，伸缩自如，便加大了照明的范围，用棉花或柔软的布巾，将玻璃罩擦拭得锃明彻亮，加足煤油。最关键是做黄鳝夹，找三根毛竹片，用快刀在下端削出 5、6 个尖齿，位置大小对等，将两根长一些的上下两端用铁丝绑紧，短的一根夹在其中，居中凿个孔，拿螺丝钉或者铁钉铆上，三根竹片固定在一起，做成"X"的形状，原理像老虎钳或剪刀。竹篓是用来盛放黄鳝的器具。

夜幕降临，劳累的农人休憩了。田野里蛙声、虫声一片。几十盏桅灯，在田野上晃动，远望，似萤火虫，又似荒坟里的磷火，是夏夜独特的风景。人弓腰慢步在田埂上，桅灯照在水里，左右前后移动，半径一米范围清晰可见。那黄鳝躺在水田里，见光，纹丝不动，浑然不知。夹黄鳝时，根据黄鳝大小，大的要用力，否则黄鳝"欶"的一声，便逃得无影无踪；小的只要轻轻一夹，力大了，"咔嚓"一声，把嫩脆的骨头夹断。夹黄鳝，关键要做到"稳、准、狠"：靠近头部，合力一夹，连泥带水拖出，黑脊黄肚，任凭在夹子上痛苦挣扎，已经无法改变进篓的命运。照见黑褐色与红色相间的大凡是火赤炼蛇，用黄鳝夹在水里弄出响声，赶它走。照黄鳝附带的"战利品"：泥鳅、青蛙等，只是它们玲珑狡猾，抓到的难度大，几率小。

一条条田埂，一块块水田，依次照过，似"扫荡"，似"围剿"。两三个小时的紧张忙碌，渴睏乏力，慢慢失去了来时的兴奋，看看篓底的黄鳝已高出许多，便踏上了归家的路。

几周过后，稻田的秧苗长得又黑又壮。这时，放黄鳝代替了照黄鳝。下午四五点钟，网船（捉鱼船）上的渔人，会上岸，用长长的扁担，两头挑着满满的竹笼，迈着外八步，来到田陇间。渔人聪明，笼子放早了，会让更多的人看到，多一分遭偷的风险；放晚了，漆黑一片，无法看清。笼子由竹篾编成，一套由两只小笼子构成，成直角，各有一个入口，一个出口，入口嵌着密密的倒刺的竹篾。出口在竹笼的末尾，有一小门，平时关紧。渔人在笼里放些小鱼、小虾、小青蛙、蚯蚓，黄鳝一旦闻到气味，就会游进笼子。待吃完食物，退出时触到尖尖的竹篾，刺得黄鳝在笼中"干瞪眼"，懊悔，为时已晚，乖乖成"瓮中之鳖"。晨曦微露，辛劳的渔人，在田里一只只收起，再从出口倒出"战利品"。村里顽劣的伙伴，会在夜间，偷偷把竹笼提起，摇几摇，如有动静，知道有黄鳝，便偷捉回家，自己享受。但决不敢把竹笼偷走，他们知道渔人的竹笼做有"记号"，如若让渔人发现，渔人会和你拼命。这是他们吃饭的工具，生存的依靠！

此时，我们放黄鳝的方法简单直截。一根小竹竿或者小树干，系上一根尼龙丝线，用老虎钳把大头针弯成鱼钩，鱼钩系在线上，把诱饵装在鱼钩上。傍晚时分，把钓竿插入泥中，线和钓钩躺在水里。深夜，那寻食的黄鳝咬住了钩子，死命的翻转，卷缠在稻叶上，苦苦挣扎，直到体力殆尽。次日清早，黄鳝大半死了，只有耐力好的，才能撑到天亮。倘你放置20杆钓竿，少则五六条，多则十余条，已足够你美美的啜上一顿。

中秋过后，秋风阵阵，树叶开始枯黄，天气日渐转冷。在地下深处，黄鳝早已精心营造好舒适的地洞，它蛰伏在自己的窝里，准备度过那漫漫的冬天……

猪事

小时候，家家户户养猪，猪被村里百姓誉为"农家第一宝"。按人数规定，我家一年养两头猪。"吱吱"叫的苗猪从集市买回，还不满十斤。老经验的父亲会在小猪的两个鼻孔间的肉壁上穿上粗铅丝，弯成一铅丝圈。因为有些不安分的猪，长到几十斤时，整天用鼻子去掘地，是游戏更是寻食。这种行径，破坏猪圈不说，不停运动，会影响长膘。穿上那铅丝圈，掘地就会疼痛，猪就老实多了。

贫困年代，粮食匮乏，猪饲料稀缺。除了秕谷糠、干草糠作为精饲料之外，农户大都以青菜、青草、水花生、水葫芦喂养。猪和人一样，肚里没有油水，食物滑到肠胃，不多功夫，拉一泡尿，屙一堆猪屎，肚子空空如也，饿得整日嗷嗷乱叫。因此，一头猪常常要在猪圈呆上六七个月，才可出栏卖给镇食品站。不比现在，粮食充足，猪饲料丰富，既有现成的精饲料，还有饭店的泔脚，餐桌上的剩菜余饭。那猪食饱了酣睡，醒了再食，既长分量又长膘，比起那时的猪可谓幸福无穷。村里脑筋活络的人，往往通过关系，

到酒厂去买些酒糟作饲料。酒糟含有一定的酒精，

　　猪吃了昏昏欲睡，长得特别快。个别村民想法子从缫丝厂弄到蚕蛹喂猪，蛹是高蛋白，猪吃了不易饿又长膘。只是猪吃了蚕蛹，那猪肉，总有一股异味，好像人犯了事进了档案，无法洗清似的。但有门路的毕竟是少数，更多的猪还是饥饱参半。

　　一头猪出售，可换得现金四五十元钱，在当时，对村人是一笔不菲的收入，全家油盐酱醋日用开销，赖藉于此。村里家家户户都期望猪快快长大，买了可变为现钱，真有点"望猪成龙"的味道。隔壁邻居和供销社收猪人是表亲关系，这在村上似乎是一种荣耀和地位的象征。好多人都想巴结、讨好，待自己的猪长大后，想通过他家招呼一声，早日售出。猪猡由食品站统一收购。每月初二，是收猪的日子。近百头被稻草绳捆绑的猪猡，横七竖八躺着，挺着大肚子，新鲜出炉的猪屎猪尿冒着热气，和人的嘈杂声、猪的嚎叫声混合在空气里。村户不断向收猪人递着整脚的香烟，哈着腰说好话，努力想把猪推销给他。收猪人嘴上叼着烟，耳朵根塞满了烟。他一脸严肃，沉着老到。精明的他知道，主人在半夜把猪肚灌得满满的。他故意拖延时间，要让猪猡拉了几大泡尿屎之后，才不紧不慢地开始他的绝活。他眼光一扫，用手拍拍猪身，用脚踢几下，似乎能立马判断出猪的出肉率。手下人用大木秤称好猪的斤两，他开始挥舞手里的大剪刀，在猪毛上"簌簌"几下，留下猪规格等级的记号。总共不到一小时，他就大功告成。收下的，欢天喜地，嘴里夸着收猪人的眼光，数钱回家；退回的，垂头丧气，把猪抬回，一脸悻悻，仿佛做了亏心事，失了尊严。

　　养猪不啻是为增加收入，更重要的是为农田增加肥料。猪粪由村里统一安排撒到集体农田，按担统计算钱。原先的如意算盘是，

猪圈内垫些柴草，伴着猪粪（俗称"猪窠灰"），是上乘的有机肥。但柴草本来紧张，哪有多余的来垫猪圈。村民只能在野外挑些晒干的泥土，垫在猪圈。猪圈层层加高，待一段时间，队里统一安排，把"猪窠灰"撒到田间。"猪窠灰"沉重，挑"猪窠灰"像运动会上的接力赛，由一人专门负责把"猪窠灰"装进泥篮，其他人肩挑运送一段，再由下一任接力，送到田间。个别刁诈之人，装泥篮时常会恶作剧，寻着开心。比我大一岁的伙伴龙兴，刚做农活不久，村上的"老姜疤"欺他年幼力小，给他装了足足有两百斤，龙兴挑起重担站立时，腰间"瑟瑟"作响，一口气挑到下一任接担时，把腰"屏"伤，至今还常旧病发作，隐隐作痛。

为了获得肥料和增加收入，生产队搭建简陋的五六间平房作猪舍。猪舍养的都是母猪，生了猪苗出售。我村是大村，一下要养十多头母猪。母猪到了"叫性"日期，养猪人到两里外的黄更上牵来"猪郎"印猪（公母猪交配），印猪费一元。那牵"猪郎"的，手里挥着桑树条，悠悠跟在后面。"猪郎"不听话，手里的桑树条像鞭子似的一抽，那"猪郎"便乖乖听话。"猪郎"边走，嘴边吐着浓浓的白沫，发出一股难闻的骚气。走近邻村的猪舍，是"老马识途"，还是闻着母猪的气味，会发疯似地撞进门去。这时牵"猪郎"的用力一拉绳子，狠狠一鞭，把它喝住。到了目的地，把"猪郎"置入母猪圈内，养猪人按住母猪的两个耳朵，公猪早已奋不顾身跃上母猪的身背，骑在母猪身上。一泡尿功夫，我们还云里雾里，牵"猪郎"的说"好了、好了"，脱下一只鞋子，朝母猪的下体狠狠地抽几下，母猪立马条件反射似的夹紧下体，说是为避免精液外流。

过了四个月左右，受孕的母猪就会产猪仔。一窝产下七八头十几头不等。小猪产下一段时间后,派人去兽医站请来兽医为小猪"敦卵子"(阉割卵子)。兽医让养猪人扯着小猪耳朵,按住猪头,自己拿出一把明晃晃的手术刀,在布鞋上刮了刮,抬起左脚,踩在小猪的小肚子上,分开小猪的腿,把一条腿用左脚尖踩住,左手捏了捏小猪的睾丸,用食指和拇指挤着阴囊,让睾丸突出来。在嚓嚓的叫声中,他右手的手术刀快速划开阴囊,把两颗满是精肉的卵子割下。那东西村里人俗称"性命卵子",平时不小心碰撞着,钻心刺痛。兽医放开小猪时,小猪痛得四处乱跑,兽医踌躇满志,说让它跑跑,活活血。"敦卵子"破坏了小猪的生殖器官和性腺,小猪就免除杂念,快速生长。后来长大后知道,太监的阉割类似于此。兽医是我同学的父亲,待我特别和气。有一次,他把一捧割下的卵子递给我,教我把卵子和大蒜,放姜葱酒,炒了吃。我将信将疑,按他的方法做了。他没有诈我,那味道实在鲜嫩,至今仿佛还有余味。

母猪的寿命不长,几年后羸弱的母猪得淘汰活杀,这对村人无疑是一个利好的消息。下午二三点,残阳如血。母猪似有灵性,把它赶出猪圈,拖去屠宰时,"嗷嗷"的悲叫声惊天动地,响遍全村。老人、小孩似过年般喜出望外,脸上绽着笑容,提着竹篮,守候在宰猪现场,等待分配母猪肉。宰后母猪的五脏六腑、猪血、猪肉、猪头、猪尾巴,按户按人,坐地分"赃",就像"排排坐吃果果",人人有份。

傍晚时分,户户炊烟袅袅,久违的猪肉香和稻草焚烧的烟味,升腾于村庄上空,笼罩整个村庄,清寒的农家迎来了一顿惬意的晚餐。

依依墟烟

　　时已深秋，园子里榉树和石榴树的黄叶，不时离开树枝，飞落地上。清晨，年迈的父亲挥动扫帚，把树叶归拢在一起，用畚箕运到垃圾箱。看到那满地的树叶，那灶膛里闪现的火焰，那轻微"哗哗"的声响，和树叶燃烧特有的醇香，爬满我的全身，斑驳闪现的是，傍晚四五点，村民开始点火做饭，几十只烟囱升腾起浓烈的青烟。落日余晖里，整个村庄烟雾缭绕，弥漫着柴火的氤氲。

　　穷困的日子里，粮食和柴火像一对孪生的兄弟，庄稼人挨饿的同时，往往还有缺少柴火的烦恼。小时候的这个季节，放学后第一件事，就是提只大竹篮，手握笤帚，到竹林里、大树下去扫树叶、竹叶，然后用手捧入篮内。扫叶子的小孩多，所以要伶俐敏捷，要眼快脚快手快，动作稍慢，落叶就被他人抢去。当把满满一篮子叶子拎回家，倒入灶仓，幼小的我充满喜悦和骄傲，

　　隆冬，江南的田野满目苍凉萧条。放学时，太阳已是日薄西山，在簌簌的北风里，我们左手提竹篮，右手舞镰刀，出没在沟渠边、

港滩头（河沿边）、荒坟冢，去割茅草当柴火。枯黄的茅草，已失去了水分，但韧性十足，比起割青草要使出几倍的力。此时的叶子，硬而脆，一不小心，常会划破手指，流血时，用舌头吮一下。茅草渐割渐少，我们砍些松柏、桑树的枝条拿回家充数，父母眼开眼闭，心照不宣。

无米下炊时，村人会向亲眷朋友余借度日，不觉得寒碜；但缺柴火，农人不好意思张口向他家借用，没了柴火便是失面子，便是懒惰的表现。农人为获得柴火，煞费苦心。

有年冬天，荡口鹅真荡的芦苇丛里发现黑泥，可以用来燃烧，远近农民都争抢着去挖掘。父亲和两个兄弟，摇着船，冒着刺骨的寒冷，在水里挖掘一天，运回大半船的黑泥，高兴得像运回的宝贝。把黑泥切成小方块，在太阳底下照晒蒸发。家里砌了烧黑泥的土灶头，灶头旁架着风箱。烧时先用木片竹片引火，点燃后，把晒干的黑泥轻轻放入，边放边拉风箱。但黑泥究竟没有煤炭的火力耐久，要不断加入黑泥块，反复持续推拉那硕大的风箱，得以维持火力。一顿饭做好，身、手已是酸痛不已。不久传来消息，有两人挖黑泥淹死在鹅真荡，再说那黑泥也不是理想的柴火，挖黑泥当柴火就此打住。

后来，家里又在望亭、浒墅关购得未燃尽的煤丝，那烧黑泥的灶头再次复出利用。可惜，那煤丝已经燃烧过半，火力和黑泥相差无几，最终害苦的还是我，每天烧晚饭要无休无止地拉动那大风箱，后来每当我听锡剧里唱到那"油镬（锅子）擦擦亮，风箱劈啪响，一个上灶，一个下灶"诗意般的歌词时，内心却涌起少时拉风箱时的痛苦和恐惧。

记忆里最温暖的是烧煤球。父母利用早晨和深夜时间，做些竹匾，到苏州市里，走街串巷，换得城里人多余的粮票和煤球票。从苏州运回的煤球，要到冬天燃用。在冰天雪地的冬日里，生着煤球炉，家里暖烘烘，也有了充足的热水，而围坐在炉火旁烘手的日子，简直是一种幸福和奢侈，给人无限的温馨。

曾经，村里推广使用沼气池。在空余的地基上，挖一个直径2—3米的圆形池子，四周用水泥粉好，上面盖上水泥板加泥土封住，防止气体泄漏。池内置入猪粪、人粪和稻草，发酵出的沼气，用管子通到室内燃烧。但是沼气的数量有限，往往烧到一半就断气，况且，做饭有一股难闻的气味，一场柴火的革新不久夭折。

一年四季，用作柴火最多的还是稻草和麦秸秆。那时，家家门前都有一个圆圆的大柴垛。队里把稻草麦秸秆论人按斤分给农户，村民把稻草麦秸秆晒干，男人便在自己的场地上垒起柴垛。把一个个稻草麦秸秆从平地垒起，根部朝外侧，末梢朝内侧，底部面积大，上面越堆越小，最后做成圆顶，像宝塔结顶。顶部用稻草编织的"柴披"盖上，阻止雨水浸入。垒柴垛的活儿有一定的技术含量，新手往往码至一半，就要倒塌，像"多米诺骨牌"。柴垛围成后，孩子们最高兴，会在四周玩着"躲猫猫"的游戏，而那母鸡也躲着人，在柴垛底下偷偷钻洞生蛋，不经意发现一窝鸡蛋时，给全家带来的是又惊又喜。冬天，无处觅食的麻雀，也整日在柴垛旁转悠，想在稻草里寻找几颗剩余的稻粒，充塞那辘辘饥肠。

早起开门七件事，"柴米油盐酱醋茶"，古人把柴放在第一件事，说明古人对柴的重视。古人不仅重视柴火，而且对柴火的功用也颇为研究，清代童岳荐编撰的《调鼎集》中就叙述："桑柴火：煮物食之，主益人。又，煮老鸭及肉等，能令极烂。能解一切毒。

秽柴不宜作食。稻穗火：烹煮饭食。安人神魂，到（利）五脏六腑。麦穗火：煮饭食，主消渴、润喉、利小便。茅柴火：炊者（煮）饮食，主明目、解毒。芦火：竹（芦）火宜煎一切滋补药。"古人孜孜不懈的求知探真精神，斑斑可见。

遗憾的是，稻草麦秸秆茅草木材等柴火，已悄然退出舞台。眼下，做饭烧菜都用电、煤气和天燃气，省事方便干净，但似乎比不上用柴火做的可口入味。柴火做的米饭，镬（锅）底会有一层厚厚的饭粢（锅巴），咀嚼着，很脆很香，还时时让人惦念和回味。"暖暖远人村，依依墟里烟"的情景已渐行渐远。

火头军

　　我自八岁开始担起火头军的职责，为自家和舅舅家烧菜做饭。

　　刚开始执勺掌厨时，母亲出工前把淘干净的米放在镬里，倒入井水，教我掌握水高出米的大致尺寸。在木墩板上，母亲把青菜、萝卜、丝瓜断成块。然后，在瓮头里舀出当天炒菜用的菜籽油，限量放在碗里。因为菜油紧张，每月限用一斤，母亲掌控着。在村里，每个妇女都是持家好手，精打细算是她们必备的功课。掌控不善，就会露现"捉襟见肘"的尴尬。菜油不够用，母亲会在肉墩上，买些肥猪肉、板油、水油，放在镬子熬成油，用来炒菜。那剩下的油渣，是个好东西，和在大白菜、萝卜一起，做成的菜肴味香独特。在漫漫冬天里，母亲把猪油渣烧成菜饭、菜粥，喷香可口。目下的农家乐饭店的菜谱里，赫然印着"油渣烧白菜""油渣烧萝卜""油渣烧血汤"等名称。据说，青岛、温州等地，还有专门品牌的猪油渣出售，卖得抢手。有一年冬天，家里宰了羊，熬了羊油，母亲说，可以吃上一冬天。那羊油，初吃时，味道尚可。但时间久了，那膻味，实在倒胃恶心。

母亲给我约定时间，上午十点正式开始烧饭。烧饭的第一议程是点火。烧的常常是双季稻的秸秆，带着潮湿的秸秆无法立马点燃。家里备有"竹花"（做竹匾时刨下的薄丝）引火。没有竹花时，就用干燥的稻草或纸屑。我常常把头贴近灶膛，用嘴吹火，催其燃烧。不经意"轰"的一下，灶膛里吐出一股火舌，带着浓烟，呛得干咳，眼泪直淌。有些考究的家庭，用毛竹挖掉芯子做成长长的"吹火筒"。经吹火筒一吹，火苗马上燎原。母亲嘱咐我，预先把稻秸秆挽成髻，烧饭时，可以省心，从容。叮嘱我，要用铁火夹把稻草把下面的柴灰掏空，这样稻草燃烧才能充分。可小小年纪急躁健忘，稻草把还没燃尽，又添新的。现在想来，十分懊悔。柴火本来紧缺，由于疏忽，一定被我糟蹋许多。

烧饭时，两只灶膛同时点火，里面镬子烧饭，外面的炒菜。上要炒菜，下要添柴，往往上下不协调，手忙脚乱，时常出错。上面烧饭的镬子水滚了，溢出来；油镬冒烟，下面灶膛却熄火；慌乱中，忘了在米中加水，等闻到焦味，米已枯焦。

炎炎夏日，炽烈的天气，逼仄的灶间，犹如一个大蒸笼，逃上忙下，汗流浃背，那滋味实属难熬。炒菜烧饭是枯燥活，我常有逃避的念头。母亲适时表扬我，给我"戴高帽子"，夸我能干，说我聪明。母亲的鼓励，我喜滋滋的，仿佛有了动力，退却的念头随之打消。

因为粮食紧，村里人晚上都喝稀饭，烧晚饭要简单方便，不必炒菜，显得轻松许多。把中午余下的冷饭搁在竹架上，竹架按在铁镬上，蒸热后全家分了吃。菜肴也是剩余的，偶尔会炖个咸菜豆瓣汤。空余的辰光，孩童间，也会交流分享烧饭的快乐。伙伴对"烧晚饭"编了词，模仿义勇军进行曲的后半段曲调，唱着"淘米烧烧夜饭，咸菜炖炖豆瓣，来吧，坐吧，吃吧。"无忧无虑，天真快乐。

做饭，最快乐的时候是偷吃。偶尔，家里和舅舅家会买些红糖或白糖，我翻开糖罐，用手指偷偷黏了吃。有一年，舅舅患"盲肠炎"动手术，外婆从上海捎回"麦乳精"，给舅舅当滋补品。每每烧饭时，禁不住诱惑，我用小勺舀了吃，几次下来，瓶中的麦乳精矮下一截。两家中卖了鱼肉荤腥，我作为火头军，总是率先品尝。吃了一次，心里想不能再吃了，大人会发现。但抵不住口馋，再尝一次。在不断的发誓和继续偷吃中，我实际已享用了许多。开饭时，我忐忑不安。但大人似乎总没发现。现在想来，他们只是睁只眼闭只眼，不想点破而已，他们哪忍心计较我贪吃呢？

忆及这些，我心里涌起一个妄念，什么时候，我再充当一回火头军，为自己的父母、舅舅烧菜做饭，让他们安静坐在桌前，尝尝我做的饭菜，检验一下我昔日的"手艺"是否还在。

药香味

长台上，一大缸的杨梅酒，半是酒，半是杨梅。经过日月的浸泡，那紫红的杨梅失去先前的光泽，变成乌黑乌黑。原先无色的白酒，变得像稀释的红葡萄酒，更像鸡血融化在水里。小时候，受凉拉稀肚子痛，母亲用汤勺舀一杯杨梅酒，那酒甜辣参半，下肚后浑身火辣辣发热，不久，"病"就治愈。初喝那酒，难喝，口味不配；几次下来，就开始适应，渐渐喜欢。趁父母不在，我会偷偷舀着喝。长大后，我的酒量胜过许多的同事，肯定和我从小喝杨梅酒有关。

我的伯父，是个喜欢逞强不服输的人。大寒腊月，村里开鱼塘。他光着上身，赤着脚，挖的土方最多。可怜他一病不起，为此落下关节炎，躺在床上翻滚。儿子在东北部队服役，在茫茫的林海雪原里，几个士兵捡拾到一只死老虎，拖回连队，奉献给连长。在虎宴上，他把连长啃过的一根虎骨藏起来，托人捎回家。伯母用自制的土烧酒和田野里的野枸杞浸泡。待伯父吃完一大罐虎骨酒，竟一骨碌从床上爬起，药到病除，简直是出神入化。

年小时，我体质柔弱，经常咳嗽，常常咳得喉咙沙哑发疼。母亲视咳嗽的轻重，会有诸多对付的办法。刚开始咳嗽，母亲会采集新鲜的嫩竹叶，放在水里煎笃几十分钟，盛在碗里，待水变温，让我喝下。一股清香，凉丝丝、甜润润的。咳嗽严重，就把收藏的枇杷花，放水煎笃后，让我喝。同时，又买了梨子，加些冰糖，饭锅上炖了，把梨和汁一同喝下。双管齐下，咳嗽就治止。

我想不明白，那些土著的方子，竟是如此的灵验。遥想当年的孙思邈、扁鹊、李时珍等医药大师，当时没有先进的医学科学理念，更没有现代化的仪器设备，他们是如何发现中药的功效作用，如何大胆在人类的身上实验试用、医病祛痛，其间，要承受多少的磨难和担当？

说起中药，就想起和中药有关的那些植物原料。留在记忆里的草药，和那草药的香味，是藏在悠悠岁月的长笛，时时奏出那悠扬而温馨的乐曲，让人沉浸在苦涩而欢快的时代。

烈日当头，我瘦小的身躯，经常出没在桑树田、荒坟堆、竹林、河岸树丛里。我的目标是那些金钱草、车前草、酱瓣草、半夏、臭梧桐叶、野苦果等，搜觅采集后，铺在屋前的砖地上，暴晒在阳光下。几个炎炎烈日照射过后，水分蒸发了，先前的青涩草味，被浓厚的沉香代替。

我拎着晒干的药草，揣着兴奋，步行二三公里的泥路，把干货送到镇上的药铺，变钱，几角、几元不等。那药铺店的老板，矮小得不足一米五，戴着金丝眼镜，开口带口吃，结结巴巴说："金、金钱草，二、二角二，一斤"。我内心觉得好笑，但不敢笑出声。我知道，先前的辛苦，只有通过他才能变为现钱。别看他哼哼呵呵，一团和气，内心有他的小九九。那光滑的小秤杆，秤出的分量，永远比家里秤的斤量少。计算钞票时，永远是四舍五入的方法，总比我们的预算少几分钱。无奈，我们还是接受被克扣的现实，因为他是我们的主宰，我们太渺小了。

药店主人外表很热情，每次完了买卖，总会推荐可以入药的材料，鼓励我们去搜集，除了前面提到的，还有桑椹、鸡黄皮、桔子皮、楝树果、甲鱼壳、地鳖虫、知了壳、肉骨头等。这些东西，一年四季都可以捡觅到，赚钱的机会真多。

那换来的钱，先去一位妖艳女人开的点心店，花一毛钱，吃一碗开洋小馄饨，杀杀"馋虫"。然后就去新华书店换回小人书、跳跳棋、皮球、铅笔、练习本等。在贫瘠而荒芜的岁月里，我既满足了向往已久的口福，又一下子添了许多的宝贝和学习用品，那高兴劲，得持续好些天。我感喟，父辈们累死累活一年，到年终全家能有百来元的分红收入，已是最大的奢望而快乐。有些倒霉的家庭做了一年，还要负债，实在让人费解。

提起中药，就不得不说说村上老中医朱崇德。村上有 50 多户人家，大大小小 200 来人。遇到重一点的病，便请同村的老中医朱崇德就医。崇德的父亲读过几年书，比起村上的芸芸众生，见过世面、目光远。崇德八岁时，他父亲边教他读书识字，边让他跟外村的老中医学习中医。待崇德成年，他已能独立行医，生活便有了依靠，过着吃穿不愁的富足生活。

崇德医术精湛，医德高尚。平时急病人所急，奉行"救死扶伤"的座右铭。遇见穷苦百姓付不起药钱，也是先治病，药费赊着，从不计较。他的口碑在四邻八方极好，请他就诊的人纷至沓来。

8岁那年，我爬上屋前的榉树捅鸟窝，不小心从树上跌下，右脚骨折，痛得哇哇乱叫。崇德医生到我家时，好像来了救命恩人，我的疼痛似乎也减轻了许多。他用黑黑而稠粘的自制中药，敷在伤口的周围，用薄薄的三夹板夹住，再用绷带绕紧。每周换药一次，三周下来大见成效。

后来我发现，那药里拌有没碾碎的地鳖虫（又名土鳖）的碎壳。我像哥伦布发现新大陆似的。在没有旁人时，我问他那药的主要原料是不是地鳖虫，他不吭声，只是淡淡地说："小孩子，懂什么？"

好奇心驱使，我再问他："为啥煎药后的药渣要泼在道路上？"

对于这，崇德胸有成竹告诉我："有两种说法，一是药渣倒在路上，千人踩踏，可以把病踩死；还有种说法，游荡的鬼魂，闻到药香，会把病带走。"

我眨巴着双眼，似懂非懂。长大后，我才搞清楚典故的出处和本意。从前，有个瘸脚郎中，给病人医病，久治不愈。后来请名医李时珍会诊。李时珍查看病人喝余的药渣，发现原先的郎中用药不对，喝错了药。李时珍为了证明医生的坦荡和用药的准确，干脆把药渣倒在道路中央，让人检验真假虚实。随后，人们纷纷仿效，流传至今。

有年夏天的晚上，天气闷热，乌云密布。村上伙伴夏力去农田捉黄鳝，趿着拖鞋。不巧踩到草丛间的土灰蛇，脚让那蛇咬了一口。他赶忙回家，在父母的陪同下，去找崇德。毒蛇咬，崇德有偏方，只要用药涂在伤处，马上便好。崇德很自信，消毒、用药、包扎后，劝夏力回家睡觉。

　　待过半夜，夏力家呼天抢地的哭声，惊动了全村。夏力很优秀，读书聪明，人又勤奋，现在好端端地走了，年仅 15 岁，村里人都为之一掬热泪，陷入深深的悲哀中。

　　有好事者密告乡里。第二天，乡里派保卫组下来对崇德进行调查，取走了崇德剩余的中药。崇德相信自己的药，经得起检验。一周过后，县卫生局化验结果出来，药已失效。崇德突然清醒过来，那药是多年前制作的。哎，他后悔不迭，糊涂啊糊涂，一世英明毁于一旦。他被县公安局拘留，罚了款，从此停医歇业。

　　村人在悲痛之余，开始同情起中医朱崇德，念叨起他昔日种种善事善行。村人感喟，世事无常，人生如梦。

猫的浪漫生涯

八岁时，母亲用一碗盐换来一只小猫。据说是村上的规矩，向别人求养小猫时，要送主人家一碗盐。

小猫，纯白的，活泼玲珑，整天"喵呜，喵呜"叫着，在我的脚后跟打转。全家都喜欢它，喊它猫咪。猫咪幼小、和我相仿，我多了个伴，走东走西，形影不离，它跟着我，我跟着它。

猫咪刚进家门，母亲用一只破碗，给它盛饭粥。我想不通，母亲为什么如此小气，不用完好的碗，我为猫咪抱不平。后来知道，这不算虐待，家里的碗破裂了，要请补碗师傅修补好，再用，家里许多的物件，都是"新三年旧三年，缝缝补补又三年"。

猫咪很挑食，碗里的饭粥不肯爽快地吃，一定要过了好长好长时间才肯吃。它不吃，我也吃不下。问母亲，母亲说，它在赌气。猫咪喜欢吃有腥气的食物，尤其是鱼。它想通过赌气，希冀获得它喜欢的食物。这秉性有点像我，为了实现自己小小的目标，我也撒娇赌气。

但这是一个怎样的妄想，有着丰富经验的大人早已摸透了猫咪的习性，他们决不会妥协。在他们眼里，日子本已清苦，能在牙齿缝里挤出口饭，给猫咪吃，算是猫咪最大的福分。于是在猫和人的对峙里，猫咪输了。饿我得发慌的猫咪，只能乖乖地吃。

猫咪比我长得快。一年过后，已出落得楚楚动人。太阳底下，雪白的毛，亮而发光。漫步走着，卷起那肥硕的尾巴，仿佛向人炫耀，像公鸡的鸡冠，孔雀的开屏。黑夜时，那贼亮贼亮的眼睛，会放出两道光线。

我有点生气，因为猫咪变得有点怪怪的，要么独往独来，要么在灶膛睡觉，几乎难得理我。大概猫咪和人一样，长大了有自己的烦恼，有自己的心事。

第二年二月，猫咪突然失踪。母亲和我，四处去找，角角落落，包括茅坑、荒冢坟堆。找了几天，不见踪影。我们做了种种猜测：可能吃到药物，死在哪里；可能被人偷捉去杀了吃了；可能玩心太重，迷路不知返……想着这些不好的结局，母亲和我便念起猫咪的种种好处，它的温顺，可爱，通人性。我的鼻子一酸，眼泪便涌出来。母亲安慰我："别伤心，下次再抱养一只。"

时间过了两个多月，我慢慢忘记了猫咪。一天中午，全家正在吃饭。听到"喵呜"一声，我便放下筷子，循声奔到门外，正是失联已久的猫咪在门口。猫咪挺着大肚子，走路雍容大度，一副贵族的作派。母亲说，它是女的，它怀了孩子。我突然问母亲，为什么村里人都说，"雌狗雄猫送人不要"？母亲蹙着眉头，想了半天答不上。过了好些年，有人告诉我答案，雌狗因为生了小狗后就不能尽看家护园的职责，雄猫因为发情的时候要狂叫，晚上吵得主人无法入睡。但我还是将信将疑。

猫咪回家了，家里又热闹了许多，生添了许多的笑语。母亲第一时间向街坊邻居发布新闻，失联的猫咪回家了，还带回它肚子里的孩子。全家没有追究猫咪的过错：为了自己的"情人"而私奔，为了自己的幸福，与我们不告而别，害得我们伤心了一阵子。

一周后的晚上。一阵"喵"的痛叫声，把我从梦里惊醒。在灶间的柴堆上，猫咪在痛苦地啼叫挣扎，母亲坐在猫咪边上，用手轻轻地抚摸着它的上身，下身鲜血淋漓，吓得我不敢多看。随后，在长长的一声惨叫后，猫咪没了动静，一切都凝固了。母亲的眼角渗出了泪水，我也哭了。后来母亲告诉我，猫咪死于难产。

第二天早晨，春风习习，日光和煦，但我分明感到很冷很冷。母亲用稻草把猫咪包裹起来，用绳子系好，挂在我家自留地的大树上，孤零零地。春风吹过，稻草连着里面的猫咪一起晃动……

我度过了最伤心的一个春天。从此，我家不再养猫。

月白风清

读高中时，我们租住在学校北面的百姓家里，为的是每天节省2小时的走路。我和同学阿三同住一室。

我们的住处，南面住的是房东，老夫妻俩，北面是我们俩。中间用砖墙隔开，但墙没有砌到顶，南北的声响光亮彼此一清二楚。住室的租金每月4元，在七十年代末，四元的价值绝不少于今天的400元。

我们两人围在15瓦的电灯光下，挑灯夜战，为的是高考，跳出农门，吃上国家皇粮。

晚上八点，隔壁老头的收音机"啪"的关掉，随后老太太用缓慢而轻软的语气："阿三，睡觉了。"阿三性格温柔，她总是找他搭话。如果没响应，她声音再响一些："阿三，要关灯了！"我们知道，她催我们休息，是节省电，因为电费由他们包揽。

我们懂她的意思，故意把关灯的动静闹大些，"啪"的声响之后，他们就放心睡觉，我们点起了煤油灯，继续看书，做作业。

那时，煤油紧张昂贵，我们就想法搞来柴油替代。柴油点燃不久，黑烟变成黑絮，在空中飞舞，到第二天，鼻空里能挖出许多的黑屎。洗脸时，毛巾上黑黑一层。为了代替煤油，也为了省钱，我们还是乐此不疲。

一天，我们得知马路边停放着几辆拖拉机。我和阿三邀了其他两人，拿了瓶子，塑料桶，去偷灌柴油。

秋夜，月白风清，忙碌一天的人群，已在家休憩。我们迈着轻快的步子，全然没有了学习的疲劳，内心兴奋，一如孩提时去庄稼地里偷瓜似的刺激。我们弯腰掰下拖拉机的油管，把油桶凑近油管，柴油"汩汩"而出。

突然，有脚步声，好像来人了。我们屏住呼吸，不敢发出任何声音。来人是拖拉机手，明日要出车，他来检查车辆情况。

我们当场束手就擒。他凶神恶煞，语言粗鲁。先是恐吓，嚷着要送我们去校长处。我们哀求他，放了我们。我们懂得，高考在即，校领导知道，会影响我们前途。于是和他谈判，他问身边带钱没有，让我们回宿舍筹措10元钱。面对他的狮子大开口，无奈中只能答应。我们三人回去筹钱，一人在原地当"人质"。

我们耷拉着脑袋，心里愤愤不平，咀嚼他太贪太狠。心理活动在加剧，纷纷动起脑筋，寻找对策。有人说，好像同学阿坚的房东是拖拉机手的师傅，是否可以请他出面斡旋。

死马当活马骑。我们直奔阿坚租住地。阿坚的房东，个子矮小，不大的脸上，带着一副眼镜，慈祥而和蔼的神态，给我们一种踏实可依赖的感觉。

我们用最可怜最低声下气的语言，向阿坚房东说明情况，请他帮忙。不知出于怜悯，还是我们的真诚打动了他，总之，他答应帮忙。

　　拖拉机手跟阿坚房东学过裁缝。学徒还是买师傅的账，见了面，徒弟松口，放了我们。我们如释重负，先前的紧张和恐惧慢慢消失。

　　拖拉机手走后，当人质的同学告诉，我们走后，他被拖拉机手抄身，身上仅有的三元钱被他抄去，这又激起了我们的愤怒，平静的心又起了波澜。

　　夜深了，月朗风清，我们感到丝丝凉意袭来。我们迈着沉重的脚步走回住处，去时的兴奋激动已荡然无存。

昔日农家宝

　　庄稼一枝花，全靠肥当家。植物、淤泥、大粪，是很好的有机肥，农人视之为宝。曾经的农业劳动，许多的重活累活，都和积肥、获得肥料搭边，村人为获取肥料，一度殚思竭虑，绞尽脑汁。

　　用青草发酵沤田，最简捷有效。村里农闲时，割草就成了重要的农活。村民在附近田埂、桑树田、沟渠边、河边割草给队，队里按斤记工分。学生也由老师安排，利用中午、劳动课，去田间割草，义务送给队里。那装满草的竹篮，沉重不堪，手臂拎着，竹篮的拎攀嵌进皮肤，留有血红的印记。村庄附近的草割光后，村民摇着船，来到无锡、苏州等城郊结合部割草，割草虽苦，但空间的转换，也常给村民带来一些新鲜的感受和刺激。曾经一时，为了积肥，发明了"三面光"削草皮的办法，在田埂两侧用铁铲铲，路面用铁耙刨，连草带根，撒在田里。斩草除根，影响了草的可持续生长，这实在是杀鸡取蛋的做法。

　　青草的数量，毕竟有限。村里种植"草子头"（红花草，紫云英），来充作肥料。每年种植一大片，10多亩。秋收后，撒下红花草籽；到了春天，红花草冒出茵茵的绿，一片片，一簇簇，清新纯净；四月和风劲吹，成片的紫红，铺天盖地而来。红花草的茎杆擎起紫云一朵，那花朵如伞如蝶，清秀的花容，素雅幽香，招来无数蜜蜂，嘤嘤嗡嗡。放学归来，我们蹑手蹑脚，躲在蜜蜂身后，趁蜜蜂不备，掐住它的两翼，拦腰把它的身子掰开，那透亮的蜂蜜，如晶莹的露珠，送进嘴里，甘甜芳香。夕阳西下，玩够的我们，偷割些红花草，回家向大人交差。红花草的茎叶，嫩而又营养，猪羊兔都喜欢。只是队里把成片的红花草，割下铡段，扔进灰塘里腐烂发酵，当污壅（有机肥料）。红花草的株体腐解后，对土壤氮素的激发量很大，而且固氮能力强，氮素利用效率高。

　　上世纪七十年代末，提倡科学种田，把眼光转向世界，开始学习国外农业先进技术。放养绿萍作肥料，便是一例。绿萍是一种漂浮植物，原产美洲，后由东德引入我国。村里派农技员去乡里学习培训有关养殖知识。5月中、下旬，队里买回种萍，放养在低洼的水田。绿萍繁殖速度快，水田里很快长满层层叠叠的绿萍。那绿萍绿色中带有褚红色，把它直接撒在稻田，或扔在灰塘内发酵，能产生具有固氮、光合、放氢的绿肥。

　　种植双季稻以后，肥料骤然紧张。头熟籼稻7月底收割登场，没有污壅，村里把稻秸秆铡短还田，或者送泥塘沤河泥。但为了增肥，牺牲了村民的烧柴，村民在缺少口粮濒临饿肚的同时，又忍受着柴火匮乏的煎熬。

　　积肥，灰塘的功劳可不小。河里的淤泥、稻草、红花草、绿

萍等浸泡在灰塘，混合发酵，成为沤肥。开灰塘有两种，一是新
开。在农田里转角处用石灰画个圆圈，挖塘者借助铁铲把泥土钩
起，中间掏空，往下逐渐收小。把泥垒在四周，高高围砌，夯结实，
用铁铲平整光滑。挖成的灰塘，形似家里的水缸。一天要完成上
口直径两米，深两三米的凹塘，凭的是挖塘人的力气、直觉和定力，
没有实力的农人不敢揽这活。二是老塘新开，在陈年灰塘的地方
挖。因为有基础在，且多是老泥，用力轻松，不会走样，就显得
轻松平常。

开好灰塘，便是罱河泥，村里人叫捻河泥。江南水乡地区，
河网密布，河底下都有一层沉淀下来的淤泥，因为有水中的动、
植物在泥里腐烂发酵，河泥的有机质含量很高。捻河泥，工具是
两爿蔑片做的捻泥夹，状如河蚌，口是平的，连接着两根长七八
米的竹竿，一开一合捞取河泥。捻河泥人站在船沿，将捻泥夹沉
入河底，推推夹夹，夹得差不多了，合拢竹竿，用力提上来，移
向船舱，竹竿分开，泥夹张大嘴，黑稠的河泥连汤带水倒进船舱。
清人钱载描写捻河泥："两竹手分握，力与河底争；曲腰箝且拔，
泥草无声并；罱如蚬壳闭，张吐船随盈。"尽管钱载写得富有诗意，
但对农人而言，捻河泥实在是苦不堪言的苦活累活。那满满罱泥
夹有七、八十斤重，出水前有水的浮力，并不觉得过沉，但出水
后向船舱提放的那一刻，既要力气，又要技巧。先将盛满泥的捻
泥夹支在船沿上，握住捻泥夹上部的那只手用力向下一压，另一
只手顺势拎起捻夹，将泥倒进舱中。捻泥满舱后，要将舱中的泥
运送到河边的灰塘，这个过程叫"擢泥"。擢泥也是一项很累人
的活儿，特别是在春天水位较低的时节，河岸显得很高，每一擢
锹都要竭尽全力，才能把淤泥送上去。遇到逆风，薄泥浆会被风

顶回，农人的眼睛都睁不开，一船泥"擢"下来，浑身溅满泥浆，人已疲惫不堪。

大粪是很好的农作物肥料，当时农村十分抢手。农家的大粪，常常施于自留地，村里为了获得大粪，往往通过关系，去集镇、城里购买，两角钱一担。因稀少、紧俏，所以天不亮，就要赶到指定的地点，去得晚，会被人抢去。为掏粪，还会发生争执，甚至大动干戈。有些蛮狠的，操起手中的扁担，横立在厕所出粪口，不准对方人靠近，似有"横刀立马，唯我彭大将军"的威风，现在想想，为了获取大粪，如此这般，可笑中透出无奈。

氨水是上等的氮肥，一度，村里人去上海运回废弃的氨水，稀释后浇灌农田。村里去上海运氨水称"摇氨水"。"摇氨水"用村里的水泥船，往返要8天，队里给每人记10个工分，每天补贴2角钱。出发前，备好小行灶、柴爿，带足米油盐，吃住在船上。暖暖春风吹拂，有人在船上摇橹掌握方向，有人在岸上拉纤。拉纤的，一边拉，一边把岸边的蚕豆、莴苣、青菜偷到船上，充当饭菜，省下伙食费。水泥船船头和船艄都有密封舱，把上面的安全盖揭开，人就可以钻进去，晚上，就睡在船舱里。遇到严寒的冬天，北风呼呼，船上刺骨的冷。有一年，我隔壁的文康叔把煤球炉，放到洞内取暖，尽管盖子露出一丝缝隙，但煤炉把二氧化碳逐渐燃尽，洞内一氧化碳充斥。等发现，他已处于昏迷休克。慌忙中，大家把他拖到洞外，在冷风里慢慢吹醒。为了那废氨水，险些搭进性命。

说不清从什么时候起，植物、淤泥、大粪等曾被视作农家宝的肥料，逐渐淡出农作物肥料，被化肥代替。化肥使用方便、干净、省力，似乎释放了农人劳作的艰辛。但长期使用，黑黑的土地慢慢变成黄色，土质也变得越来越坚硬、板结。前些年，听说一些有实力的单位，包括北京一些部委办局，租了成片的土地，自己建农场，雇人耕种，施用有机肥，不洒农药，生产出绿色环保的农产品，供单位人食用，那确实是令人神往的事情。但这毕竟只限于少部分人的特权享用。今天，每每吃着用化学肥料种植的粮食、瓜果蔬菜，想起摄入人体内的化学成分在累加，饱餐的口福感荡然无存，让人感到隐隐的担忧，淡淡的不安。

粮食啊粮食

饥饿感充塞着整个童年。

六月的骄阳似火，早晨的阳光耀眼灼人。我和村里的伙伴，沿着河岸向东去上学。各自的书包里，比以前多了一些东西，面粉、大米、黄豆、腌菜等。老师发出倡议，凌子家已经断炊了，大家凑点，帮帮她。老师的拳拳之心，同学的殷殷义举，使她没有失学，在青黄不接的时节，她挺过了难关。这是"饥饿"在幼小心灵里镌刻的最早印记，那时，我小学三年级。

不知道为什么我们总是吃不饱，鲁迅在《社戏》里描述，偷食阿发和六一公公家蚕豆里情景，村里的孩子似乎都有类似的经历和体验。夕阳西坠，放学后的我们，提着竹篮镰刀，在田野里晃悠，似乎所有的时间都在玩耍和寻找食物上。青涩的眼光，如同觅食的鸟眼似的敏锐。农人家的蚕豆、山芋、黄瓜、番茄、萝卜，仿佛都是大自然的馈赠，摘来生吞，在偷和吃里，寻找快乐刺激。六月里，隔壁村桃树上的"生毛桃"，像梅子般碧青，我们像猴子似摘下，塞进嘴里，没有甜味，只有青涩的酸味，吃得口水直流。

瓜果都是皮包着水，吃下去在肚子里根本存不住，撒泡尿，咕噜一滑就空了，我们的肚皮似乎是个无底洞，永远无法填饱。田埂两旁，栽满稻秧的水田中，常有青蛙、泥鳅等光顾，一旦进入眼帘，我们穷追不舍，捉住了，放在裤管里，卷几下藏好。回家用剪刀，开膛挖肚，在饭镬上蒸了，香味扑鼻。

升入高中，我们的身子就像春天的竹笋，窸窸窣窣的疯长。脑海里，时常沸腾的是各色美味。体育课上，还没一半时间，肚子"咕咕"叫唤，昏沉乏力。上午最后一堂课，食堂蒸笼里"毗毗"喷发的香味，弥漫在校园，老师的讲课已多半被空气里的香味浸润。物理朱老师，讲到能量时，就会扯到食物，一块萝卜干相当于多少能量，一碗稀饭产生多少能量，可以让人抵住多长时间。他的话，时常挑逗着我们的肚子。化学余老师，苏州人，讲话语速特快。讲到乙烯时，举苹果为例，他说苹果发出的香味就是乙烯。有个学生插嘴说"苹果有毒个，不能吃"，他听后，迎头骂道："猪头三，阿Q，呒不吃。"顿时，哄堂大笑。

小时候，奶奶常教诲我们，吃要有吃相，站要有站相，饮食时要细嚼慢咽，不能发出声响。寄宿在校，吃的是桌头，八人一桌。下课的铃声，像战斗的号子。男生以最快的速度，飞跑到桌前。凑齐八人，狼吞虎咽，桌上发出"呼噜呼噜"、"吧唧吧唧"的巨响。桌上的饭菜，如秋风扫落叶，一眨眼，菜盆饭盆向天。餐桌上的铁律：谁动箸慢，谁就得挨饿。要是奶奶看到这场景，一定得骂我们的前世是猪。其实，早在春秋战国时，管仲就说"仓廪实则知礼节，衣食足则知荣辱"，在食不果腹的年代里，举止的不雅和粗鄙，已经远远抛在"肚"后，"彬彬有礼"的斯文相，在饥饿前，毕竟显得卑微和乏力。

　　我熟悉的父辈祖辈们，面朝黄土背朝天，日出而作，垄地、下种、莳秧、耘田、洒药、收割、脱粒、翻晒、开砻（碾米），生生不息。他们流血淌汗，似乎都为粮食而忙碌，为饱食而奔波。村里的人们，袒露胸膛，黝黑而刀刻似的脸膛，挑着泥篮粪桶，终日默默行走在田埂。但他们始终匍匐在饥肠辘辘的边缘，和饥饿挨得最近。糠菜半年粮，许多的日子，家家以南瓜、山芋、稀粥、糠饼代粮。许多人，长时间吃着南瓜山芋，引起反胃恶心。最近，我和堂兄谈起此事，他皱着眉头，神情痛苦，提起南瓜山芋，胃里还起着酸味。红学家冯其庸老先生在《大块假我以文章》中回忆："在稻子登场以前，我们有一大半时间是靠南瓜来养活的。但我家人口多，自种的南瓜也常常不够吃，我永远忘不了我的邻居邓季方，他常常采了他家种的南瓜给我们送来，有时还送一点米来，这样我们才勉强度过了几个秋天。我现在给我的书房取名'瓜饭楼'，就是为了不忘记当年吃南瓜度日的苦难的经历，同时也是为了不忘记患难中给我以深情援助的朋友。"

　　"饥寒起盗心"，在饥荒的日子里，偷与被偷，成了村里的常态。清晨，经常从自留地传来女人的恶骂声，"哪个杀千刀的，偷吃了我的山芋，烂肚肠，不得好死"。村人明白，准是谁家的自留地又遭偷盗。村里的养猪员，是"农民代表"，因为盗了村里的大麦，卖给隔壁村，结果被撤掉了饲养员，丢掉了"农民代表"的称号，毁了一世"英明"。三月底，"雷乃发声"的时节，村里浸泡了几大缸稻种，开始育秧苗。当夜，被人盗走许多。队长发动村民抄家，在东家阿婆的灶膛里抄出，从此，她被冠上了"贼婆"的骂名。在漫长的岁月里，她走路悻悻，低着头，仿佛洗刷不尽曾做的亏心事。

　　时光流转，岁月静好。上世纪九十年代起，粮食一下子充足了，国家也随之取消了粮票，大多的人们摆脱了饥饿和贫困，开始了菜足饭饱的生活。人们在餐桌、饭店、食堂随处可见抛洒的馒头、米饭和菜羹美肴。昔日稀罕神圣的粮食，成了不屑的贱物。

　　曾听说，僧人在用斋时，心存五观："计功多少，量彼来处；忖己德行，全缺应供；防心离过，贪等为宗；正事良药，为疗形枯；为成道业，方受此食。"如此虔诚，可谓食之"仁心"啊！古人云："一粥一饭，当思来之不易。"而饥饿感，让人对粮食心生敬畏，让我时常念想起农人昔日饥饿的一幕幕，也难以忘怀昔日农人获得粮食的艰辛和磨砺。我敬畏粮食，感恩粮食，感恩农民。

晾干的记忆

江南多雨，多湿润的天气。到了梅雨季节，天空湿气浸淫，家里衣物，包括地上、墙壁，湿汰汰的，感觉很不爽快。漫长的雨季过后，天空放晴，村里农户赶紧翻箱倒柜，把衣物、鞋帽、棉胎等搬到砖场地上晾晒，置在凳子椅子上，或挂在竹竿上，让它们见见阳光，透透风，去去霉味。

溽热的夏季，最头疼的是割草。不论是放学归家，还是长长的暑假，我们提着竹篮，握着镰刀，无休无止在田埂、桑田、土阜岗丘搜寻青草，割下后运回家，放在门前屋后见光处晾晒。经几个烈日暴晒，草儿汁水全部蒸发，青涩变成了枯黄。我们就用稻草绳把草干捆扎好，储存起来。

炎炎夏日，一会是晴空万里，一会已是乌云翻滚。在野外割草的我们，赶紧提着竹篮往家跑，心里还惦记着屋前晾晒的青草。往往跑了半程，铜钱大的雨点，开始劈头盖脸而下。大人说，大雨伤人，躲在水中是个好办法，就干脆"噗通"跳到小河里躲雨。

　　小时候，家里养的是胡羊（绵羊），胡羊冬季以食草干为生。养羊除了增加肥料，关键可以获得羊毛。一头胡羊，一年可修剪羊毛两次。修剪时，把胡羊四脚用绳子捆绑住，母亲手握剪刀"咔嚓，咔嚓"，把羊毛褪下。褪毛后的羊儿，露出红彤彤的肉身，样子十分滑稽。一次褪毛能获得一二斤羊毛。羊毛漂洗晾干后，母亲把它纺成毛线。在煤油灯昏暗的光下，无数个夜晚，母亲不停翻飞着几支竹针，把毛线结成毛衣毛裤。羊毛织成的毛衣毛裤，在当时可谓弥足珍贵，它们是母亲给我们最好的馈赠，是寒冷里的热量和温馨。

　　把草干轧碾成粉末，便是喂猪的精饲料。为方便百姓，当时，大队都有饲料加工场。因为农户加工的数量多，草干堆积如山，农户排着长队；遇上停电，农户要几天后才轮到。我们大队由村里的阿根虎负责饲料加工。饲料加工，虽说能挣到更多工分，但既苦又累，没日没夜加班加点。阿根虎家子女多，家境困难。为照顾他，给他安排这个差事。那加工的场所空间有限，空气里粉末飞扬，噪声轰隆。阿根虎长年累月在浑浊的空气里呼吸，又长期睡眠不足，不久得了肺癌，查证后几个月就离开人世。我的姑父是隔壁大队的饲料加工员，几年后，同样得了恶病，两个月后，就撒手人间，还不满六十岁。

　　贫寒日子里，村里百姓总是精打细算度日。即便是食物充足时，饥肠辘辘的日子始终在眼前晃动，他们始终记着挨饿的时光。他们在收获农作物时，首先想到的是储藏，把多余的食物藏到最困难的时节。马兰、菠菜、长豆等上市的时候，家里就把多余的这类蔬菜，放在盐开水里烫一下，滤尽水，晾在竹匾里，晒干后藏在瓮头里。等到青黄不接时，抓一把在碗里，在饭镬上炖了吃。

比起新鲜的蔬菜，它们味道醇厚浓郁，更加有嚼劲。在现今时兴的农家乐饭店里，诸如菜罐头肉、梅菜扣肉、长豆干肉、炖马兰干等，时常在菜谱里出现。其实，它们都是昔日农家菜的翻版。江南一带最多的是把雪里蕻菜洗净，晾干后切碎，腌制在陶瓮里。一段时间后取出，"咸菜土豆"、"咸菜毛豆"、"咸菜豆腐"、"咸菜豆瓣汤"，成了一道道靓丽的"农家乐"。还有，新鲜的萝卜、莴苣切片晾干后，也是粥菜中的佳肴。宜兴、浙江等地多竹，新鲜的竹笋，晾晒成笋干，"笋干烧肉"便是江南的一道名菜，在村里，"年夜饭"少不了"笋干烧肉"这道菜。

饥饿年代，山芋作为主食，顿顿出现在饭桌。长期充饥食用，不少村里人见到山芋就皱眉发酸倒胃，但村里人还是视之为宝。他们会在干旱的岸地，掘地三尺，把山芋藏进洞里，待冬天时食用。浙江一带，常把山芋切成块状，在开水里煮得半熟，晾晒干后，收藏起来。冬天时，可煮可烤可炸，可作零食。小时候，村上的殷婆婆，从浙江女儿家回来，总会把香甜干脆的烤山芋干分给我们。现在很时髦的吃薯条，实际和山芋干的吃法，脱不了干系。有时去北方，走进农家院子，满地晾着玉米，和那墙上一串串挂着的红辣椒，像一道恒久的风景。去各地旅游，你总会发现有诸多经过晾干风干制作的特产，让你品尝，一饱口福。去四川一带，不少人在餐桌上会首选那里的腊肉品尝；去浙江金华，你会忍不住点吃那里的火腿肉；去镇江茅山，总要购些风干的鸡鸭鹅土特产。细细想想，晾干、风干，原始的动因可能实在是一种贮藏食粮的办法，在食不果腹的日子里，穷人变着法子生存，不经意中，偶然间成就了人们的美食佳肴，其间的酸甜苦辣，似苦似乐，一时竟难以说得清。

　　曾经一时，政府提倡多种经营。村里选了一块洼地，在寒冬腊月里，村里召集所有的劳力，用一个月的时间，挖了几亩地的长方形鱼池，春日里放养了草鱼、鲢鱼、鳊鱼、青鱼等。到年底时，村里运来了水泵，抽水起鱼塘。水泵"突突"的响声，打破了小村冬日里的宁静。我们都围在鱼池边，盯着日渐下降的水位，心潮在提升。水位下沉，河蚌、螺蛳在淤泥中裸露出来，村民捡拾回家，在寂寞的冬日里，增添了香味和鲜味。水泵功率小，用了两天两夜，池塘显现完整的身影，鱼儿成堆攒在一起。首年的鱼长得特别大，鲢鱼有四斤左右。村里每人分到大大小小的鱼五斤。春节时，家家吃上了丰盛的年夜饭。村里人把过年多余的鱼，去掉鱼鳞、内脏、鱼鳃等，断成一块一块，撒盐把鱼腌在缸里，待一段时间后取出，在日光里晾干，待"荒春三"再取出慢慢享用。

　　父亲说，开塘挖泥时，寒风凛冽。自己的堂兄逞能，光着上身，穿着短裤，一马当先，挖的土方总是最多。就在那次，堂兄的腰关节落下毛病，阴冷的天气里经常发作，疼得无法动弹。长长的岁月里，他的后背弓着，无法伸直，像一把陈年的弓箭。待子女成家后，堂伯还不肯消歇，去市中心一家医院做临时工。在那里，活计虽不重，但为了赚更多的钱，他瞒着医院，偷偷和病人家属接头。半夜三更，用板车把尸体从医院运到病人家中。一个深秋的夜晚，天空下着蒙蒙细雨。他拖着尸体，从市中心一直拖着板车走到城南的东埠镇。深夜十二点出发，黎明拂晓时赶回，全身雨淋湿透，像只落汤鸡。每到月底，领了工资，他大包小包回家，买了水果、牛奶、零食，分发给孙子孙女们；甚至，把有限的几个工钱也贴补给他们。有一次，我和他交谈，我劝他："积点钱，以后防防老。"他却说："哎，人骗人，只要小孩子们高兴就好。"我曾问过他："人活在世上，究竟为了什么？"他指指身旁的泡桐树反问我："你说说，泡桐树为啥来到村里，鸟儿为啥躲在树厅我无言以对，沉默着。他叹口气，说了句："哎，活一天，算一天。"说完，默默离开。

不久，我得知他患了病，不足两月，匆匆离开人世。和村里许多老人一样，他们一旦身体查出有病，已经是绝症晚期，或是病入膏肓，医生常常会劝告，回家想吃什么，买点吃吃。他们似晾干的实物，又像一盏燃尽的油灯，"噗籁，噗籁"，闪两下，灭了。

从我的爷爷辈开始，村里的老人走了一拨，又换一拨。他们像自留地上的韭菜，割了一茬，又长一茬；又像鱼池的鱼，年初放养鱼苗，年底干池，杀鱼过年。年复一年，生生不息，绵绵不已。

薛典老街

薛典老街地处无锡东南，相距梅村、鸿声、后宅都有七里路程，距离当地的大墙门老街有四里路。在民国开始至解放初期，薛典一直隶属无锡县下辖的薛典乡或薛典镇建制的所在地，到1957年年底才开始为硕放乡下辖。薛典老街曾经是周围近百个自然村的政治、经济、文化中心，商业发达，人居集聚繁华。它和家住的村庄相隔几条田埂，小时候经常光顾，印象极深。

薛典老街年代久远，据说，元末明初时，江南战乱，一个满头白发的有钱人逃难到老住基，隐姓埋名居住下来，人称"雪白老人"。"雪白老人"在农闲时发工钱，招附近男劳力，在村南一大片荒田内开挖了三条南北走向，长300百米的川字形河浜。开掘三条河浜后，解决了当地稻田灌水的一大难题。"雪白老人"还在老住基西南面开典当，每当青黄不接时，为附近百姓放粮放钱，解决燃眉之急。由于"雪白老人"乐善好施，名声逐渐传开，人们把典当叫"雪典"。上世纪初，有一位姓薛的私塾先生来"雪典"教书，常为老百姓代写书信，常常把地址写成薛典，同时民国时有一个镇长姓薛，当时政府就确认了这一地名——薛典。

薛典老街北面是村庄，东面、西面河浜围绕，西边有大河滩码头，水路出入方便。老街两边是对称的宽 2.5 米的木结构廊棚，中间是露天街道。街道很小，仅 8 米宽，百来米长，东西走向，街面青石铺就。民国时，老街有杨福宝负责的邮政代办所、翁景和创办的小学，民间救火会等。到解放前后，薛典老街热闹非凡，商铺林立，集市兴旺，有王阿宝面饭店、祥泰馄饨店、彭金连大饼油条店；有五家米铺、三个糟坊、五个鲜肉店、两家羊肉店、三家茶馆、三家布店、两家南货店，还有百货店、文具杂货店、私人诊所、药店、铁匠店、裁缝店、皮匠店、棺材店、香烛店、理发店等。

上世纪六七十年代，薛典老街人气日渐衰落。南北两排店铺，大多归集体经营。印象里有供销店、废品收购站、茶馆、点心店、摇面店、中药铺、诊所、邮政所、皮匠店、铁匠铺、肉墩头等。供销店供应生活必需品，如油、盐、酱、醋、味精、牙膏、牙刷、毛巾、肥皂等，偶尔也供应一些豆腐、带鱼、青川鱼、橡皮鱼等。贫困年代，一般人买不起。到年底，有些年货在这里按票定量供应。好多次，我曾经怀着过年的憧憬，排着长队在此购买大白菜、萝卜、油豆腐、粉丝等。

供销店有一位年轻美貌的女子，每天涂脂抹粉，打扮时髦。村里坊间，茶后饭余，大人经常眉飞色舞传说，她和肉墩的斩肉人关系如何如何。那肉墩是集体开的，十点不到，猪肉卖完了，斩肉人打烊休息。斩肉人活儿轻，还常有荤腥下肚，人长得出奇胖。那时，村里人农活繁重，缺少油水，肚皮瘪塌，猴子似的瘦人多，大腹便便的胖子实在稀少。记得大队表演革命样板戏《沙家浜》，戏中的胡传魁是个大肚子，找不到演"大肚子"的胡传魁，只能在演员的衣内用棉絮充塞冒充大肚皮。路过肉墩，我们忍不住要去看看那"稀罕物"，饱饱眼福。特别是夏天，那滚圆的肚子，肥嘟嘟的；肥硕的胸前，一撮毛随风摇曳。

街上有一个集体的理发店，理发师傅是邻村的哑巴。年少的我们，对哑巴有天生的懵懂和恐惧，远远看见，逃得一溜烟。哑巴给我们理发时，把我们的头摁得很低很低，用力也特别重，弄得我们像杀猪似的，"嗷嗷"乱叫。他理发水平实在一般，大人很少请他理发，只有小孩，因为便宜，大人逼着，无法逃避。他给我们理的发型，一律耳朵边剃光，头上圆圆的一圈，像马桶盖一样，常会招致村里同伴的嘲讽。哑巴长得尖嘴猴腮，一副苦相。他父母自小让他学理发，好让他日后有个饭碗，想不到以后他竟吃上了皇粮，捧起了铁饭碗，退休工资好几千，活到九十岁，真是造化开恩。

秋天的清晨，薄薄的霜雾洒满青石，湿漉漉的，街上冷冷清清。秋风过处，人微微哆嗦着。街中心一字摆放着竹篮，里面都是农家的蔬菜、腌菜、鸡蛋、黄豆芽等，妇人们有的站着，有的蹲坐在地，等待客人光顾。隔夜，在昏暗的煤油灯下，母亲把新鲜的蔬菜用称杆称好，每斤用绳子捆成一扎。第二天，晨曦微露，母亲在水缸里舀了水，泼洒在蔬菜上，以保新鲜，又免斤两不足。母亲把我从熟睡的被窝里叫起，我提着盛放一扎扎蔬菜的竹篮，来到老街，列入卖菜的行列。一般农人都有自留地，自己种植，不会轻易上街买菜，光顾的都是吃皇粮，或家中招待匠人的农户。蔬菜几分钱一斤，相当于一个鸡蛋的价格。运气好时，能卖掉大部分，换得几毛钱回家。但更多时候，却无人问津。

老街诊所里有位男医生，会医治各类疾病。他上午在诊所坐诊，下午在乡间出诊。出诊时，不论刮风下雨，他都赴约去病人家看病。他医道好，对患者笑脸相迎，见到病人细心望闻问切，耐心开导，为病人内，心深处解除疙瘩，医治效果极好，远近闻名。隔壁村，有个妇女，老值在福建工作，她经常生病卧床，医生有请必到。时间长了，村人发现，他总是背着药箱，腋下挎着雨伞，有事无事上她家门。村人猜到了几分，只是不愿道破。后来，他被乡镇医院看中，提拔去做医生。他调走后，人们还常惦念他。说起往事，村人只说，他和某某是"老相好"，他们不愿用难听的话来描述，免得毁坏医生在他们心中的形象。

薛典老街内翁姓人家是大户，在光绪十七年（1891年），由族长翁福先牵头，请常熟翁同龢先生集资建造了翁氏宗祠。又在光绪二十九年（1901年），发动翁姓家属集资建造了"翁氏义庄"，义庄前后两进，各有五间高大平房和两间备弄，前朝正门有"翁氏义庄"金字斋匾；后墙门头有"垂裕后昆"横匾，隶体方砖雕刻。后进正间北面悬挂着翁同龢先生题写的"敦厚堂"字匾。义庄有良田几十亩，秋末冬初，择吉日良辰进行开仓收租，供翁姓子女读书晋学费用。翁姓里出了不少有名的读书人，像苏州大学教授翁寿元，江南大学首任校长书记翁寿麟等。解放后，翁氏义庄曾租给农民使用，也办过私塾学堂和公历学校。在文革期间，翁氏义庄遭受毁坏，部分房屋倒塌，砖墙雕刻和堂屋的"横匾"已经消失。

如今的薛典老街，四周杂草丛生，满眼残垣断壁。几间破残的房屋，门外晾晒着的衣物，和屋内传出的吠叫声，还印证着有人居住。老街昔日的辉煌不再，不久的将来也会彻底消失。现在，也许只有纵贯硕放街道南北，全长 5.58 公里的"薛典路"，似乎还诉说着薛典老街悠久的历史和曾经的繁华。

妄虚和敬畏

童年稚真的心灵里，满含幻想和神往。在无忧与好奇里，匐然开裂一条口子，阴沉可怕，狰狞怪异，缠住你一辈子，无法脱身。爱因斯坦所说，"我所知的是有一个圈圈起来的世界，圈越大我触摸到的未知世界越大，懂得的便越少"，随着时光的流逝，在变大的圈子里，那些说不清道不明的经历和传说，时常在记忆之海浮现。

一

放学归家，书包还没脱下，隔壁阿婆把我唤去。阿婆和颜悦色，神情诡秘难测。迎我进门，塞我两颗奶糖。我蹊跷，纳闷：什么事，阿婆如此架势。随即，她请我坐在春凳旁，春凳上备好毛笔、墨汁、红纸，她让我写字。她口述，我听写。我毕恭毕敬，歪歪扭扭写下："天皇皇，地皇皇，我家有个夜哭郎。过路君子念一念，一觉睡到大天亮。"同样的内容，再誊写两份，夜色朦胧，阿婆悄悄把红纸张贴，一张黏在桥墩，一张黏在电杆，一张黏在外墙壁。事后知悉，阿婆的外甥女夜夜哭闹不止，怎么哄怎么摇，没法使她安静。无奈之下，村里老人授意如此做法。据说，红纸张贴的第二天，她外甥女安然入睡，不再啼哭。太神了，有些不可思议。许多的日子，我睁大眼睛，蹙眉思索。"红纸条"，"啼哭"，两个风马牛不相及的事情纠缠着我，凭一个小学生的智商和经验，我努力试图厘清个中原由。但深奥无比，如进迷阵，扑朔混沌。我联想翩翩，那红纸黑字，经与我手抄写，我有没有起作用。倘有，我岂不有了神圣之力。猜想着，不觉起了害怕。那小小的红纸，如同魔偈，恐惧好奇，萦绕幼小的心间多年。

时至今日，凭着仅有的知识和经验，自我做着解释：这类做法，在当时生活窘迫，限于医疗水平低下和认知不足，是无奈之中的选择。而余下的迷惑和好奇，只能茫然。我翻阅互联网，查找"天皇皇"的童谣。无意中发现，在当时，我国天南地北，诸多区域坊间都流传着"天皇皇"的童谣和做法，如出一辙。有心人还把它译成英文，汇编成"搞笑的中华民族传统《天皇皇》"，介绍至海外。有几个不同的版本，暂且把这些英文版译成的汉语，摘录于此。

一

亲爱的神仙，亲爱的精灵，

为啥我的娃夜晚哭不停，

请你跟着念三遍不知行不行，

让我的宝贝美梦连连不惊醒。

二

东边的菩萨西边的主，
我家娃娃夜晚哭得苦，
行人三遍念得很清楚，
一夜酣梦不用再安抚。

三

敬爱的总统啊还有敬爱的国务卿，
我的宝贝像置于战火中哭不停，
热爱和平的人儿啊请你哼三哼，
让宝贝啊睡得稳来像在摇篮中。

　　第一则，希冀所有的神灵保佑，念叨的主体是神灵；第二则，希冀菩萨保佑，念叨的主体是行人；第三则，立脚点是人间现实，念叨的主体是所有热爱和平的人（百姓），整体充斥浪漫主义色彩。念叨着这些文字，捧腹开怀。虔诚之心昭然。

二

　　年小时，村里有诸多的忌讳，诸如：家里不养脚趾、尾巴白毛的猫狗，这些带白毛的小动物不吉利，有晦气。这大概和白色有关，村里村民过世，在腰间扎白布带，小辈要穿戴白衣白帽。小时候，常听大人讲，平时不能穿戴白色衣帽裤，尤其在大年初一。村人相信，牙齿风歹毒，说不吉利的话，晦气。如村里死了人，亲戚朋友聚在一起吃饭，叫"吃豆腐"或"吃猪头肉"，所以，村里平素忌讳说"吃豆腐"、"吃猪头肉"。村里人忌讳说"死"。很小的时候，我和村里的女孩吵架，我骂她外婆要死了，她骂我奶奶要死了。结果，一周内，两位老人相继过世。我曾极度懊悔，极度恐慌，我一直以为奶奶是被我咒死。曾经，村里为方便村民洗刷，队长动员村民在老家的东南端开挖河塘。开挖时，村里有一妇人反对，口无遮拦说，今后河里要淹死人。一年后，17岁的陆某傍晚洗脚时，淹死在其中。第三年，我三岁的弟弟，也溺水身亡。村里人说是陆某讨命。于是，弟弟淹死的当天，村民赶忙把河塘填塞。母亲对发咒语的村妇耿耿于怀，心存芥蒂。她无法原谅她的妄言，旷日持久。

孩童时，特别喜爱炮仗。村里规矩，遇着喜事丧事，都要放炮竹。我们不仅围观，还哄抢炮仗燃放后的剩余部分，抢拾回家，玩耍好些日。燃放炮竹目的是驱邪，带来好运，哑炮无疑是不吉利，村民极度忌讳。哑炮的炮竹，小孩子最受喜欢，我们常剥尽哑炮的纸张竹衣等外壳，在黄泥里取出核心的硫磺和火药，包在纸里。点燃后，"噗"，威力极大。我曾想象，要是取出几个炮仗的火药，合在一起，肯定能做一个炸药包。乡下过年时，家家燃放炮竹，除夕夜叫"关门炮仗"，初一清晨，称"开门炮仗"。有年初一，我比父母起得早。没有征得父母同意，私自开门，拿了火柴、炮仗，置在砖场地燃放。首次亲手燃放，紧张兴奋。我小心翼翼，点上药线，躲得远远的。"砰"，一声过后，等了好长时间，没有"嘭"的声音。这下，我闯祸了，是个哑炮。母亲一股火气，先骂父亲，为啥不早起。再骂我，自作主张，尽干坏事。随后的日子，我怀着巨大的恐惧，做事小心谨慎，尽量不出错。无数个夜晚，内心祈祷，厄运不要降临。还好，那年，家里只死了一只生蛋的母鸡。可母亲还是和哑炮联系起来，责怪我，是哑炮所致。我沉默，无以反驳。

种种忌讳，我冥顽不灵，将信将疑。内心视为戒律，法则，不敢藐视和触犯。

三

隔壁村有位老人，瘦小的个头，会治怪病。村人得了怪异之病，都求他医治。如面瘫，脚痛红肿（长大后知道是丹毒）等，赤脚医生无法医治，便上门请他。我舅舅曾叙述一事，夏天，蚊子肆虐。那瘦老头念念有词，一个个的蚊子竟扑至墙壁，伏在壁上，纹丝不动。说得活灵活现，神乎其神。茶后饭余，村里人常提及他，言语里满含着神秘和膜拜。我曾尾随大人，潜至他家门前，在门缝里偷窥，见他治病的一幕：他问过病情，面对桌前观世音菩萨，他焚香，礼拜，供水。供毕，把水托在左手手掌心，右手做问讯式。然后，嘴里念叨，发出类似"呼鲁西里，嗡。资里资里，哇。资那，轰啪拖。"每念一遍咒，吹一口气（向着水吹），念四十九遍，吹四十九口气。把这杯水再供于桌台，再礼拜，祷告。求观世音菩萨加被（一般专指诸佛菩萨，所给予的无形关爱之力），让这个毛病好转，把这个水喝下去。这一幕，玄乎玄乎，我充满奇幻。

一段时间，我躺在草地，仰望着天空，眼前满是瘦小老头的行为举止。我力图知道，那老头的法力定力何在，丈二和尚摸不着头脑，但我力誓，长大后，要研究阐明其间的事理。时至今日，还是茫然不清，一片混沌。

同村伙伴阿建的奶奶是接生婆，在村里很神，老人小孩对她钦佩尊重。她每次接生回家，主人家表示感谢，送她许多的红蛋和喜糖。我和阿建关系铁，常和他玩，近水楼台，我跟着他分享。她奶奶另有一绝，家里备有10多只木制的红漆托盘。造房起屋上梁，小孩满月办酒宴，乡下规矩，娘家都要自制团圆糕粽等，在托盘里层层垒叠，形成宝塔状，作为"人情贺礼"送到女儿家。但一般农户不备有托盘，也没有装盘的功夫，要么不对称，要么凹进凸出，没有模样。只有阿建奶奶装盘，技巧好，匀称对称，棱角分明，像缩影般的宝塔。遇到办事，方圆几里的百姓，都邀他奶奶出山，顺便借用托盘。回来时，他奶奶总要带着东家馈赠的团圆糕粽。和阿建一样，我喜欢糯米做的食品。我蹭吃着，饱着口福。

阴暗的午后，我们聚在阿建家玩。村里10多岁的女孩，路过他家砖场地。阿建好婆指着她说，看她走路，要夭寿个。我望着远去的女孩，走路的确与众不同。她一脚下去，落地像触电般反跳一下，一蹦一跳，脚尖落地。阿建好婆的话，我似信非信，困惑不解。但不经意的一句话，似谶言咒语，竟于数年后应验。女孩十七岁时，投河自尽。事后忆及此语，我惊诧，惶惶不已。我睁大眼睛，寻顾四周，窥视村里人行路的步姿。终于，有一天，我发现，我的一个堂弟，步姿和死去的女孩一致。我开始忐忑不安，心里默默祈求保佑那位堂弟，也不敢向世人昭示我心中蕴藏的秘密。在我工作数年后，传来噩讯，那堂弟骑着摩托车，被汽车撞死，不到三十岁。

　　老头治病，走路姿势预测人寿，是偶然巧合，还是必有其规律，我无法阐明。希望其无，但存疑虑。有一次，我和相隔老家几十公里的朋友，述说此事，竟有同感。他老家的说法，和我村雷同。我的思绪扑朔迷离。

四

　　邻居石匠，人生履历上有过显赫辉煌。解放初期，曾参与南京长江大桥的建设，吃住南京三个月。在乡里造桥，他小有名气。他的脾性很倔，像茅坑上的石头。从村里通向乡镇的道路，原来是泥路。后来乡里掏钱，筑了乡道，道路中间铺设砖头，方便雨天走路骑车。石匠上下班，走在中间的砖地，自行车铃声响起，从不肯让路。有次，他外甥女婿骑着自行车，在他后面不断按铃，他我行我素，不肯示让。外甥女婿只得下来推行。石匠儿子从小生性好动，上天入地，无所不为。高中毕业后，做小贩，贩卖过黄金；学裁缝没成，在家闲着。石匠和儿子性格迥异，格格不合。老石匠把矮脚楼房翻造两层新楼房，上梁时，儿子出去赌钱，不见人影。为此，大吵一场，父子反目。儿子发誓，今后盖房子要超过石匠。有一次，儿子把石匠造桥的图纸偷去复印，获得了造桥的第一手资料。他自己接生意，造桥做工程。没两年就发了。在村里，有钱就盖屋，儿子在老石匠楼房的后面盖了两间三层的楼房，中间天井隔开。新屋高大轩敞，气派恢弘，彷佛向石匠示威。某天，上午 10 点左右，石匠被人七手八脚抬回，已经没了声气。原来，石匠生病挂水，突然抽搐死亡。算命的说，儿子造的房屋和石匠的房子位置偏差，儿子的房子竖脚对准石匠的中堂，坏了风水。风水语："五柱对中堂，代代出丧堂。"古人造房，习惯木柱，一堵墙有五根柱子，"五柱"是指一堵墙。好心人规劝，让其把石匠的楼房拆掉。儿子不信。以后的岁月，儿子命运蹇拙。赌钱被抓，获牢狱之灾。出来后，赌钱把家产输光。后东山再起，不久却罹恶疾身亡。这事，村人议论多年。

五

我工作后的九十年代末，正好是气功盛行时。气功大师到处讲座和演示。我所在的县级市，也在大会堂请来大师演示，我没有赶上，只是听说现场济济一堂，盛况空前。大师发功时，许多人都感受到其魔力。情绪受之影响，心里趋之如鹜。后来在一本文学杂志上读到柯云路的《大气功师》，心生痴迷膜拜。

最近，读到李北方撰写的《北大南门朝西开》中忆及，他在北大上学期间，曾选修过一门面向全校的公共课，课程就叫"中西文化比较"，授课老师是英语系的辜正坤教授。辜先生的看法跟《大气功师》里说的有几分相似，"他说《道德经》是本气功书，没有对气的体验，就不能完整理解中国文化一""另外，东北民间生活是少不了萨满教色彩的——萨满教是人类学家的文词，我们那儿叫'跳大神'，严格地说，它只是萨满教的一种表现形式。因为自幼接触过，有一点儿了解，所以我对把这类事物一杆子扫入'封建迷信'或者都说成'巫医骗人'持保留态度"。

我阅读过一则资料，多年前，联合国曾经用世界著名的盖洛普民意测验方法进行了一项调查，对近 300 年间的 300 位最著名的科学家是否相信神做调查。其中除 38 位因无法查明其信仰而不计以外，其余 262 位科学家中，不信神者仅 20 人，占总数的 7.6%；信神者则 242 人，占 92.4%，其中包括几乎所有曾对科学发展作出过重大贡献的科学巨人。更令人惊奇的是，诺贝尔获奖得者中信神者竟占 93.27%。在长长的信神科学家的名单中，有不少我们耳熟能详的名字。如：牛顿、爱因斯坦、哥白尼、伽利略、莫尔斯、范伯郎、居里夫人、诺贝尔、琴纳、莱特兄弟、冯布劳恩、培根、普朗克、法布尔、巴甫洛夫、普赖特等等。

无独有偶，最近夜读高尔泰的《草色连云》，其中讲到在美国，他妻子小雨的一位朋友，在纽约大学研究医学生物，终身教授，学科带头人。"她常说实验结果变化莫测，可能真的有神。这经验和不少大科学家的相同。他们因宇宙时空的初始动力无解，或者反物质、基因密码等超出人类智力所能理解的范围，而相信神。"

源于自己人生种种经历，大科学家们的信仰和见证，让迷茫不惑的我多了一份对"天上的星空"的兴趣，也对未知世界多了一份敬畏和尊重。

公元 1976

公元 1976 年，是个特殊而难忘的一年，那年我 13 岁。

一月八日，我走在上学路上，刺骨寒风，穿过我薄棉袄，冷得瑟瑟发抖。喇叭里突然传来哀乐声，新闻发播了敬爱的周总理逝世，不少的大人都哭了，发自内心。悲痛有时也会传染，大人的悲痛在孩子之间蔓延滋长。上学路上，我们折了柳条，四周用彩纸扎成花，插在四边，做成花圈。在报纸上剪下周总理的遗像，放在花圈的中间。到了学校，就把花圈放到讲台上，班主任顾老师，是大队书记的女儿，根正苗红，看到后，很沉痛。她没有哨声，只是把花圈带走了。

清明节，喇叭又传来了反动分子在天安门广场聚众闹事。大人群情激昂，义愤填膺。我们个个愤慨，小拳头捏得很紧，似乎时刻准备去北京声援。广播里反复播的是广场上惊心动魄的斗争场面，天空里飘荡着血腥味。"有一个理小平头的家伙说，'打死他、打死他'。"那句话，很煽情，至今在我耳边回响，让我们知道"反革命分子"的猖狂和凶恶。班会课上，老师大声念着报纸，把发生的事，告诉我们，要我们认清形势，听党的话，坚决和坏分子划清界限。在作文里，我们都写下了誓言：跟着毛主席，跟着共产党，坚决和反革命分子斗争到底。

赤日炎炎的暑假，突然传来唐山大地震的消息：房屋倒塌，大人小孩都被房屋压死，发臭，瘟疫传染。恐惧、害怕笼罩心头。不久传来震惊的消息，无锡也将地震，巨大的恐惧、害怕，攫住人们。村里人开始防震抗震。户户大门敞开睡觉，纷纷在窗台上、桌子上放着倒置的瓶子、脸盆（稍有震动，便可发出声响，惊动熟睡的人们）。人们做着许多的联想，地震后，井里的水要污染，就找来医院挂水的瓶子，盛满水，准备震后饮用；还备了麦饼等干粮，作为震后的食粮。时空颠倒，本来藏着春节嗑的葵花籽、南瓜子、西瓜子，拿出来炒熟，提前吃了，炽烈的空气里，飘着瓜子的香味。深夜，电闪雷鸣，狂风大作，个别好事者，唯恐天下不乱，高呼"地震啦，地震啦"，村人惊恐万状，顾不得穿衣，裸露身子，光着屁股，直奔屋外。待明白虚惊一场，面面相觑。隔壁邻居，惦念床前的一缸大米，听见闹地震的声音，用足力气抱起米缸就往外跑。待发现虚惊之后，他再也无力搬动米缸。村上有一富户，痛惜家里的实木大床，担心在震中糟蹋，把它拆下，用塑料纸包好放在家门口大树下，日曝雨淋。闹完地震，再安装时，榫槽已无法铆合，好端端的旧物给毁了。传言越来越多，村人开始捕风捉影，谁见了老鼠搬家，谁看见井水在泛泡，仿佛都是预兆。风声渐紧，村民在屋前的空地都搭起防震棚，用木头、竹子、铁杆搭起框架，披上稻草、塑料布、帆布等遮风避雨。结构不同、用料不一，形状各异的地震棚，仿佛村人手艺的大比武，上乘的似一件可供欣赏的艺术品，扎实、精致、光滑。蹩脚的，毛糙、简陋、漏洞百出，像一个大狗窝。无意中，对各家的经济实力进行了一番考量和测试。晚上，全家睡在地震棚内。防震棚好像为小孩搭建，成了童话里的"小木屋"，每天，我们在地震棚里转来穿去捉迷藏，做游戏。到最后，闹地震成了一场小孩子的游戏。

9月9日，听到最最敬爱的伟大领袖毛主席逝世的消息，全国人民沉浸在极度悲痛之中。这一天，许许多多的人哭了。如果统计，可以肯定这一天是世界历史上痛哭人次最多的一天。我在路上，看到一位50多岁的妇女，边走边哇哇大哭，一把鼻涕一把眼泪。我们村上的大队主任朱根林，身患肝癌，卧床不起。听到毛主席逝世的消息，他竟号啕大哭，悲痛至极，当天撒手人寰。人们共同的感觉是：房屋的大梁断了，似家中缺了主心骨。各地纷纷组织了悼念活动。追悼会那天，人人胸前佩小白花，手臂带黑袖章。大队书记顾林生带领代表出席乡里的悼念仪式。代表在我村的蚕室空地上集合排队，村里小孩在旁边围观，比我小一岁的朱某有点"人来疯"，跳上爬落，手舞足蹈，嘴里还哇哇乱叫。书记顾林生拿起地上桑树条，对他头上猛的几鞭。就像当头棒喝，吓得他脸色通红，一泡尿撒在裤裆，从此，他成了我们经常笑话的对象。学校也设了灵堂，班主任有力的黑体字挂在墙上：敬爱的伟大领袖毛主席永垂不朽！主席的遗像挂在中间。学生集体向遗像三鞠躬，仪式前，班主任要求不能发出声音喧哗，更不能有笑声。校长喊一鞠躬，大家鞠躬。喊二鞠躬时，一个学生"噗"的放了个响屁，寂静几秒后，学生忍不住"哄"笑起来，老师尴尬无语。看来我们的感情不纯粹，有表演的成分在。

【辑
二】

....

风情

孵太阳

隆冬时节，中午，汤足饭饱，太阳光芒通过玻璃，针线般直刺眼帘，眼睛只能半开半阖，慵懒渐起，迷迷糊糊，定格在脑海里小辰光孵太阳的镜头，时隐时现。

自家门口墙角里，茅草编成的帘子，竖在西边，挡住西北风。好婆（奶奶）和村上三四个老人，缩头，拢袖，蜷坐在绕满草绳的木凳上。晶莹的日光，直射在墙角，暖洋洋，懒洋洋。好婆满脸树皮似的皱纹，如头上瓦檐黑砖布满的青苔斑驳。小黑狗爬在脚边茅草上，分享着温暖，阖着眼，隔会儿睁眼瞧瞧，有气无力。同村姓殷的婆婆，腿上窝着铜铸的脚炉，两手烘着，嘴里唠唠叨叨不停，翻着白沫。她为人和善，缺点是话多，口吐飞沫，村里人都喊她"嚼白蛆"。殷婆婆，大名殷子霞，老公何良是邻村的地主，地主死得早，家里的祖房都分给了农民，殷婆婆就来到我村，在我家的西北角搭了一间20多平方米的小屋，住下。太阳底下，殷婆婆白净的肤色，瓜子脸，高挺的鼻梁，虽是风烛残年，却还存有昔日的风韵。走路时，单薄的身子，细长的身材，仿佛随风刮倒，让人替她担心又生怜悯。她的话，多半是回忆昔日生活场景，她常回味年轻时吸鸦片时的情景，结束时，会闭上眼，深深吸口气，活现腾云驾雾，飘飘欲仙的神态。她絮叨不多时，好婆已闭起干瘪的眼睛，微微打起呼噜，其他两位也开始打着哈欠。

殷婆婆从口袋里，摸出一把黄豆，揭开脚炉盖，在热灰里挖个小坑，把黄豆一一放在灰里，合上盖子。不多时，"哗卟，哗卟"声起，掀起盖子，黄豆香味弥漫在阳光里，她捡起熟的，抛入嘴中，间隔递我一颗。又脆又香，一颗吃完，我呔着舌头望着她。她问我，"好吃吗？"我点点头："好吃。"她神色很高兴，让我慢点吃，要嚼烂，否则要拉肚子。一把完了，再摸一把，在热灰里煨。待好婆她们瞌睡过后，黄豆已所剩无几。

殷婆婆唯一的女儿嫁在浙江，每每浙江回来，总有那香甜的炒山芋干带回，让我分享。这年春节，殷婆婆到浙江女儿家去了。春暖花开，我一直去她家门口转悠，盼她回来，融融的春意里，她低矮的小屋，屋前泥地杂草丛生，满是缝隙的木板门，紧锁着，门锁锈迹斑斑，成褚黄；夏季到了，她还是没回；冬天孵太阳的日子到了，我终于没有见到她。老人们照旧在墙角下，暖洋洋，懒洋洋，孵太阳。没有殷婆婆的唠叨声，好婆她们的瞌睡似乎没有以前香甜；没有她脚炉里的煨黄豆，孵太阳，我提不起劲。再一年开春，我的好婆，也走了。

随后的岁月里，一到冬天，我总要打量那阳光曝照的墙角，空落落的墙角，只有那布满斑驳青苔的瓦檐黑砖，我的心空荡荡的，有丝丝凉意袭来，没有了先前暖洋洋、懒洋洋的感觉。

汰浴

村上人把洗澡叫汰浴或汰浴。家家都有汰浴的大木盆和浴缸，人少（一二个人）汰浴时用木盆；全家汰浴，常选择在浴缸。

老家造屋一般前后二进，前进人居，后进养猪、堆放柴物和安置浴缸，前后进中间是天井，可晒杂物。浴缸和烧饭的灶头类似。村民自己不会砌造，往往选择吉日，请专业的泥水匠。在两堵墙之间围砌，四边用黄沙水泥（经济拮据的就用黄沙石灰）把砖头垒砌，中间正好可安放庞大的铁锅，形似灶头上的铁锅。供人进出上下的一面，较矮，仅七八十厘米，常常用青黛色的方砖（现在装修商品房时的地砖般大）做台面，人坐时光滑舒适。另一面是砌得高而宽的墙。高出浴缸五六十公分，可以挡视线；宽一般为二十公分左右，腾出可以砌烟囱，烟囱从室内升出室外。大铁锅下面的空间是灶膛，烧柴火获取热量。

记忆深刻的是，夏天的汰浴。每天，烧好晚饭的另一功课是把隔夜的浴缸水用一把木制的大勺子，把水一一舀到粪桶里，据说这汰浴后的脏水是很好的肥料，舍不得泼掉，而是第二天用来浇农作物，如房屋周边的丝瓜扁豆等。再用净水把浴缸洗净，用铅桶或铁桶从井里汲水，倒入浴缸，水放到七八成就可，太满，人进入要浦策来（溢出）。

天黑了，大人干活回家。晚饭碗刚放下，我的任务就是烧浴汤。为了省钱，也是避免暴露隐私，浴缸间的电灯是最昏暗的。我幼小的身影，弓在通红的灶膛口，把稻草挽成的草把陆续推进灶膛，仿佛自己的身体一同钻进一起燃烧。几个草把燃烧过后，水温慢慢升高了。

氽浴的次序在有些家庭是大有讲究的，家里谁地位高，就先氽，而且男人在先女人在后，大人在先小孩在后。好在我父母没文化，百无禁忌，没有太多的规矩。我怕水烫，水温温时就钻进浴缸。那时，因家境贫寒，氽浴擦身用不起毛巾，就用旧衣裤做成浴布（擦脸擦身，全家共用）。我常常用浴布在身上拖几下，洗把脸，草草了事，父母说像狗"氽浴"。我完成任务，家里谁有空谁先氽。父亲总最后一个氽，他喜欢烫水，把水烧得很烫很烫，把乒乓板大小的浴板（木板）垫在屁股下。他氽后，无人能适应这么高的水温。

我住过苏州城伯父家，发现他们氽浴时一人一盆水，而且用香皂擦遍全身。回家后，我就模仿，用洗衣的肥皂氽浴。等其他人氽时，满浴缸是起泡的肥皂水，只能重新换水再烧。简单粗率的父亲，这次没有训斥我，只是说我不懂事，你用了肥皂，其他人就不能氽了，换水再烧，浪费柴火、时间。自此，我才渐渐明了，全家用一个浴汤水，既是省柴又是省时。从此，我就没有破例在浴缸内用肥皂氽浴。

村上农户家里遇到喜庆之事，常常要杀猪宰羊，操办酒宴。

女人或小孩就负责烧浴汤，把浴缸里的水烧得滚烫，把杀死的猪羊放入浴缸，在浴缸里退毛。水温高，毛极容易脱下。当石白的猪羊从浴缸拖出时，浴缸里外都是猪毛羊毛，邋遢肮脏。过几天，人们又在其间汤浴净身，沉浸在幸福和快乐之中，全然没有顾虑和避讳。

到了冬天，乡下人就不常汤浴。谁家浴缸烟囱“炊”烟袅袅，睦邻便知道主人家在烧浴汤，关系融洽的就会抱了衣服上门来汤浴，叫“趁汤下面”。但他们都会抱着几个稻草，这是村里的礼貌和传统，就像现在的“潜规则”，显示不“揩油”，不占便宜。遇到村里大人开了夜工出了汗，如脱粒轧稻后，就会各自一手抱衣，一手携带稻草，前往烧浴汤的人家去汤浴。而烧浴汤的常常是大气又好客的主。男男女女七八人，坐在地上，屁股下垫着稻草，聚在逼仄的浴缸间，说着荤素搭配的段子，嘻嘻哈哈，没有顾忌，没有邪心，一个个依次轮流汤着。轮到最后一个，夜已深沉，浴缸里早已浑浊不堪，但却没有丝毫的怨言和不满，还戏谑“浑水里汰萝卜，越汰越白净”！

行亲眷

老家走亲戚叫"行亲眷"。"行"的读音和"行彩礼"中的"行"一致。亲戚俗称亲眷，是指有血缘或姻缘关系的人。小时候，随大人行亲眷是最高兴的事情。

农事清淡时，家里长辈（常常是女人）会带着自己的小孩，到亲眷家，串门吃饭。难得见面的亲眷，显得特别热络，常常边做家务边拉家常，叙叙家事扯扯老空。田头的蔬菜，地里的收成，家里的鸡鸭猪羊，村上邻居的造房起屋、婚丧喜事，都是闲谈的内容。小孩最高兴，来到亲眷家，见到思念已久的伙伴，互相交流各种新鲜事物，一起做着好奇的游戏。

对小孩来说，行亲眷最重要最开心的还有吃。饭菜的好坏关系到主人的面子，也关乎两家的感情，亲眷上门，主人会想方设法把饭菜备得像样些。走亲眷一般是在上午，到得早，主人会去肉墩头买块猪肉，或买些诸如红烧猪头肉、红烧大肠等熟菜。到得晚，主人也会买块豆腐，煎几个鸡蛋来招待。家里没有现成的鸡蛋，会悄悄去邻居家借几个。在穷困年代里，小孩把有吃有玩的行亲眷看得像过节一样。

回到村里，邻居会有意无意打听，在亲眷家吃了什么喝了什么，亲眷客气不客气，热情不热情。若招待大气周到，会帮着啧啧称赞；若是招待冷落草率，会帮着指责，甚至还谋划下次亲眷上门以礼还礼冷待他们。如此这般，管着和自己浑身不搭边的闲事。

有些行亲眷，往往有特殊的使命和目的。家里操办大事，像结婚、丧事、上梁、满月之类的事，就派人去亲眷家通报，比如谁家生了小孩，家里就会染些红蛋，送到亲眷家报喜，顺便吃个饭。亲眷接到信息，就要去办事人家送礼，也有了行亲眷的机会。我10多岁时，阿姨生了第二个女儿，母亲给我3元钱，让我送到阿姨家，并要我转告，让阿姨买些营养品补补，我得机会去阿姨家行亲眷。

行亲眷最常见的是女儿带上小孩回娘家。虽说是"嫁出的女儿泼出的水"，但女儿是父母的贴身"小棉袄"，心靠得最近，常回家看看，顺便回家蹭饭吃，属天经地义，就像时下的啃老族。有时吃了还要带点东西回去，有句俗话"强盗女儿贼外孙"，把女儿外孙啃老时的冠冕堂皇活脱脱形容出来。行亲眷以女人为多，女方亲眷之间的走动比男方要频繁紧密，一来二去，感情就融洽投合，村里有句不雅的话，"比上亲闹盈盈，卵上亲冷冰冰。"说的就是这种情况。

父亲已届耄耋之年，常给我絮叨小时候行亲眷的往事。父亲外婆家在邻村的盛家湾，有两个舅舅，小舅从小送到外村蔡家坝做儿子。小时候，奶奶带父亲去盛家湾大舅家行亲眷，舅妈看到奶奶父亲上门，冷冰冰的，脸色很难看，本来烧饭的米已准备好，结果故意烧了一锅的菜粥，招待奶奶父亲。而蔡家坝的舅舅、舅妈不一样，奶奶父亲上门，总是满脸笑容，拿出橱柜里的红烧肉，热情招待，从不嫌弃他们。说着这些，父亲唏嘘不已，人情的冷暖，世态的炎凉，在父亲幼小的心里留下了深深印记。

春节是行亲眷最忙碌的辰光。上午 10 点左右，乡间的田埂上到处是行亲眷的人群，穿戴着平时舍不穿戴的新衣裤新鞋帽，全家相拥出动，颈脖里驮着小孩，手里搀着蹒跚的老人，一路高声谈笑，即使是寒风簌簌，路上也热情涌动，人来人往，一派祥和喜庆景象。亲眷上门，第一件事，主人把炒熟的平时积攒的葵花子南瓜子西瓜子长生果，塞到大人小孩口袋里。然后招呼客人坐下，泡茶（一般农家平时喝不起茶，到春节会买二两最蹩脚的茶叶，像晒干的桑叶），喝着茶嗑着瓜子，问寒嘘暖，其乐融融。心急的小孩，早已溜到厨房间去窥觑备好的美食。

春节行亲眷，家乡叫"吃新年酒"。亲眷之间预先要通气，相约日子，避免"轧脚"（"撞车"）。大人常常计算好亲眷人数，备好固定的桌数，配好冷盆，蒸菜炒菜，大鱼大肉，荤素搭配有致。丰盛的菜肴总要提前准备好些时日，小孩馋涎已久，但都很乖巧懂事，他们清楚菜肴数量有限，为用来宴请亲眷，不能贸然动箸下手。为了备好"新年酒"，家家动足脑筋，想尽办法，花有限的钞票办最好的饭菜。手巧的，能制作几个拿手而特别的菜，什么"绕肝肠"、"熏鱼块"、"走油东坡"，常会博得大家一致赞赏。"吃新年酒"，仿佛成了亲眷间厨艺水平高下、待客热情与否的比赛。

一户户一家家，你来我往，轮流做东请吃，一周下来，行亲眷已接近尾声。大人们开始筹划农事，日子回归清寒，我们眨巴着眼睛掰着手指，又期盼着行亲眷的日子再次来临。

乡下人吵相骂

老家称吵架为吵相骂，吵相骂是小时候村里的一道风景。印象中村里隔三差五要吵相骂。小村宁静的日子，常常被激烈的吵骂声打破。

吵相骂较多的是在吃饭时。那家开始大声吵闹，村里人就"嗲饭碗"（端饭碗），围拢到吵相骂的人家，像看西洋镜。家里的吵相骂，都是为鸡毛蒜皮的事。小孩子不听话闯祸、男人懒惰不做家务，饭菜不够吃等等。因为农事繁忙，过度劳累，心情烦躁，心境就差。有人说话语气语调生硬，双方喉咙立马变粗起来，随即演变成一场吵架。围看的旁人，关系贴近的，上前说些得体的话，两边做做工作，力劝双方设身处地为对方考虑，想法说服熄火停战。关系疏远的，冷冷立在一隅，谛听双方漫骂，你一句，我一声，细细品味相骂的每句话，寻找话语里隐藏的信息，探寻吵相骂的缘由。骂、被骂的过程，双方往往情绪激动，家庭的信息或隐私抖露出来，常被村里人悟得，烂记于心。这个时候，不能小瞧村人的智商，他们对语言的理解特别透彻到位。

　　若是家里夫妻吵相骂，听起来骂得凶、骂的横，什么"杀千刀""断链条""害人精"，甚至发誓发咒。事后还会不理不睬，冷战一段时间。脾气大的女人甚至一气之下，翘回娘家。但事隔不久，渐行渐好。毕竟一个屋檐下，吃的是一锅，睡的是一床，应了一句古话"船头上吵架船尾上好。"常见的是伯母始烟和婆婆的吵相骂，常为老人是否偏心偏祖招致。这些吵相骂，看似为一句话，一件小事，实际一方早已处心积虑，只不过是寻个由头，找个触发点罢了。在相骂之中，把陈芝麻烂谷子的事，倒腾出来，扯着大嗓门动着真感情，仿佛让众人评判理亏理足，孰是孰非。但家务事谁来断，谁又断得好断得清？最后还不是不了了之，各做各的事，各吃各的饭，白白见笑于外人，羞辱于自家。要是叔伯有原则有立场，宽宏大量的，"硝烟"很快散尽。反之，则纠缠不清，小吵一三五，大吵三六九，甚至伤经动骨，演绎成伯仲间的战争，大动干戈。但概率不大，男人毕竟比女人理智克制，他们不屑"内江"，"兄弟阋于墙"，会贻笑村人。

　　吵相骂中，有一类纯属泼妇骂街。家里的鸡鸭丢了，自留地的东西偷了，自家的猪食让邻居的狗偷食了，大多的妇女心痛自己的食物，忍不住大骂起来。春日的早上，阳光融融。暮春四月，村里的阿婶，自己舍不得吃竹笋，想把竹笋拿到街上变卖几个钱。不料遭人偷盗，她气得七窍生烟，在竹林里破口大骂起来："哪个杀千刀的，吃了我的竹笋，烂心烂肺烂肚肠，不得好死。"骂着，不过瘾，继续骂："狗日的，吃了我的竹笋，雷打劈死，吃饭噎死，撞到树上撞死，跌在河里淹死；吃了我的竹笋，全家死光，断子绝孙。"哎，正是的，为了几支竹笋，什么咒语都用上。那偷笋的听到这些，作何感想，一定是悔不该当初？也有一些骂得比较含蓄隐晦的。村里有个疯婆婆，读过几年书。有一次半夜，我们看电影回家，疯婆婆一人端坐在砖场上，指桑骂槐："你这个矮冬瓜，算什么领导班子。你这只杯子（暗指班子，吴方言读音相近），是处理品杯子，橡皮膏贴贴，牛皮筋裹裹的杯子。人家在田里干活，你站在田埂上，左手拿着本子，右手拿着钢笔，一戳一戳（指用笔记工分），人工 300 工（指全年工分），谁不会干。"白天记工员扣了疯婆婆的工分，疯婆婆不服，吃了晚饭，足足骂了几个小时。我们听了疯婆婆的骂人，十分佩服她的语言水平，一度，我们都学着她骂人的话。后来，那个挨骂的记工员，看见她，避得远远的，再也不敢造次。有一次，村上王家阿婆和朱家阿婆吵架，王家阿婆"牵起头皮根"（吴方言：数落从前的不光彩），抖出朱家阿婆的隐私：还没过门，结婚时就挺着大肚子。她骂道："哪像你，魆面孔，咯咯吚不咯咯就咯咯哉（意思是没有结婚就怀孩子）"骂得像鸟语。

　　外人间的吵相骂，又是一种情形。有的为蝇头小利，如侵占自留地宅基地，甚至为一棵树几枝竹，还有的是积久的罅隙或上辈子留下的怨恨。他们的对骂，开始只是就事论事，互相指责对方不足，不伤大雅。可情绪慢慢激动，相骂渐渐升级，发展到无所顾忌，互揭伤疤。每家的底细都清楚，谁没有眭眦把柄可抓？过去的，眼前的，灵感来了，随便发挥，双方竭力丑化对方。你骂我偷过黄豆，我骂你盗窃西瓜；你骂我不孝老人，我骂你虐待小孩；你骂我轧过姘头，我骂你偷过老值；你骂我祖上缺德，我骂你前世作孽；你骂我路上撞见鬼，我骂你天打遭雷劈。反正只怕想不到，不怕骂不出。喉咙放开，青筋直暴，伴着手舞足蹈，什么下三烂不堪入耳的话都骂，还不时把男女的生殖器官作为骂人的口头禅。村里有句话"宁愿听苏州人吵相骂，覅听无锡人讲闲话"，家乡人说话的粗鲁，可见一斑。互骂、对骂、谩骂，村人说这是"清竹竿捣屎缸，越捣越臭。"到最后，毛糙的性子急还会指着对方的鼻子，动起粗来，双方扭打在一起。围观的村民终于纷纷上前劝架，充当"和事佬""老娘舅"的角色，但只要动手，总有一方吃亏，一方沾些便宜，佐证了"相骂无好口，相打无好拳"那句俗话。其实，此类相骂打架，有诸多因素，有个人脾气暴躁的因素，也有赖借家族人多势众，以势压人的味道在。别看自族经常相骂吵架，遇到和外族干仗，手臂向里弯，矛头一致对外。所以村人的眼光，多生儿子多得福，暗暗使劲生儿子，以便家中有人干重活，也可吵相骂时少受他人欺负。

尽管吵得凶，骂得狠，甚至立誓这辈子"老死不相往来"。但同住一个村庄，同在一块田劳作，相遇一条田埂，永远不搭腔，狗不理人不睬，多么尴尬，多么难熬。好在时间能治愈一切伤痛，时间久了，双方有事无事，开始搭讪。你送一把瓜秧苗给我，我借把农具于你。时间悠悠，好了伤疤忘了疼，念念昔日对方的好，重修昔日的友谊，重归于好。如此往复，循环，昔日的吵相骂也成了各自美好的回忆。

想想，大人间的吵相骂和小孩间的吵相骂，无甚两样，只是比起大人，小孩子从吵相骂到握手言欢的时间要快要短而已。其实，国与国，民族与民族间的争端，何尝不是如此？

喊火烛

喊火烛，起源于西周。《周礼》记述，当天上的火星行将出现之日，宫廷负责掌管防火的司员敲着木铎走街串巷，做着宣传防火的工作，这是最早的喊火烛。自西周始，历经春秋战国，秦、汉、唐、宋、元、明、清 2000 多年，民间喊火烛从没断过，说明古人对防火的重视。

小学三年级的冬天，老师布置一项特殊的课外作业——喊火烛。喊火烛由四五年级的学生牵头，我们低年级学生跟着喊。因是老师安排，小孩子有了充足的理由，晚饭过后，丢掉夜饭碗，冲出家门，到约定的砖场上，边等人边玩耍。五年级的陆某，是副班长，成绩在班里名列前茅，自然成了喊火烛的头。待 30 多个小孩闹哄哄聚在一起，陆某开始整队，按照个子高矮，排成一列。陆某瘦小，说话尖声尖气，尽管声嘶力竭，整队的要求重复了几遍，队伍还是说笑声不断，前推后搡，歪歪斜斜。

寒冬的夜晚，月光如泻，北风呼呼。但大家热情兴奋，全忘却了天气的寒冷，在陆的带领下，兴致勃勃由村西头向东头出发，他喊"寒冬腊月"，大家跟喊"寒冬腊月"，他喊"火烛小心"，跟喊"火烛小心"。他喊声又尖又脆，调皮顽劣的朱便私下开始取笑他"雌鸡声"，大家觉得十分形象，"雌鸡声、雌鸡声"，迅速在队伍里传开，一会儿队伍都传遍，大家亢奋高兴，陆的脸涨得通红。能博得大家高兴，喜欢哗众取宠的朱更加放肆，陆喊"夜夜当心"，朱便故意拖延节奏，当大家喊完时，他再放声高喊"夜夜当心"，大家哈哈大笑。整个队伍像电影里吃了败仗的军队，松松垮垮，稀稀拉拉，在全村转悠喊了二三十分钟，草草收场。

第二天，朱受到了老师的严厉批评，训斥他无组织无纪律，破坏集体活动。老师为惩罚他，第二天晚上由他领喊。老师把喊火烛的内容写在纸上，"寒冬腊月，火烛小心，夜夜当心，水缸满满，灶仓清清，前门关关，后门撑撑。"让他记住，这可苦了他，平时朱最怕背诵，他白日里背诵了一天，这几句话还经常次序颠倒。晚上集队，出奇的静而快，因为朱长得扎实，大家不敢造次，怕得罪他，乖乖跟着他，他喊一句，大家跟一句。他的声音洪亮高远，大家喊得整齐响亮，队伍的精气神明显比昨夜改观，一阵阵清纯而稚嫩的响声，回荡在寂静而寒冷的村庄上空。只是，他喊时，次序经常颠倒，有人小声指出，却被他高昂的声音盖过，我们将错就错，越喊越来劲，结束时，脚底发热，身上暖烘烘的。整个冬天的夜晚，除了雨雪天，我们都在朱的率领下，夜夜喊火烛。只是，到冬天结束，朱还是次序颠倒，常常喊错。

时隔几年，大队专门请了一个外号"腊开"的人，负责喊火烛。"腊开"是六十来岁的小老头，独身一人，平日多病，没有力气干农活，大队照顾他，让他负责整个大队 13 个村庄的喊火烛，每天给他记工分一工，这相当于一个全劳力一天的工分。

冬天的晚上，农事清闲，村户入睡很早，都蜷缩在被窝里，躲避肆虐的寒冷。七点过后，"笃、笃、笃"冷寂的村庄外传来竹管"笃、笃、笃"的声响，由远而近。喊火烛的"腊开"，操着沙哑的声音来了。从北边的村庄一路喊来，到我们村，是最后一站。"寒冬腊月，火烛小心，夜夜当心，水缸满满，灶仓清清"，随着叫喊声，细心的村人，会去灶仓看看有没有火种，再补扫一把；检查前门后门有没有关紧，村人知道，穷困的家庭已无法承受任何的劫难，一切都隋小心谨慎。

"笃、笃、笃"，"寒冬腊月，火烛小心"，声音悠长，嘶哑缠绵，渐行渐远。每每听到那略带忧伤的叫喊声，我的眼前仿佛出现一幕：清冷的月光下，银白的村路上，那微微隆起的背脊，走路前倾的瘦小老人"腊开"，正拼出全身力气，汇聚到那颤抖的叫喊里，我的耳边似乎响起那《二泉映月》的节奏和旋律，在隆冬村庄的上空回旋，升腾。

几年后，"腊开"死了，和他那嘶哑缠绵的叫喊声，一起在村庄消失。

起绰号

　　绰号也叫外号、诨号、诨名、混名或花名。小时候，村里年龄相仿的 20 多个男孩，几乎人人有绰号。有些绰号是大人赐的，有些是小孩之间相互起的。现在回味，那些绰号生动有趣，隐藏诸多的涵义和信息。

　　村上有兄弟二小孩，大人忙于农活，没人看抱，长时间睡摇篮，后脑袋睡得扁塌塌，大人出于喜欢，大的喊"大塌"，小的喊"小塌"，从小一直喊到今天。这种根据小时候脑袋、肤色或身体形状长相起的绰号直观简捷，数量不少，像"塌饼"、"矮东洋"、"小田螺"、"长挑扁担"、"老扁豆"、"小扁豆"、"黑皮"、"小白脸"、"三角眼"等等，都属此类。村里有两位走路翘起屁股，一个叫"翘屁股"，一个叫"鸭屁股"。有个伙伴，理发师水平蹩脚，给他剪个发型像马桶盖，伙伴叫他为"马桶盖"。有个同伴身材很细被称为"竹竿"，有个腿细脚小的称作"鸡脚"。这两个绰号，和大文豪鲁迅在《故乡》里提到的杨二嫂——细脚伶仃的"圆规"，有异曲同工之妙。大家熟知的郭广昌曾给马云取的绰号为

"外星人"，郭广昌说："他的外貌和做事方式都和别人不一样。"你除了感叹其幽默之外，不得不佩服人类想象力的丰富和语言的智慧！

一棵树上没有同样的一片叶子。人的言、行、举止、投足、神态，各不相同，千差万别。用一个绰号来概括一个人的特点，无疑要有概括能力和语言水平。我们村上有个小伙子，能说会道，他给人起的绰号，生动形象。大家针对他嘴唇很薄又会说话的特点，给他起了个"小薄嘴"的绰号；我隔壁比我大几岁的伙伴，生性顽劣，上天入地，无所不干，村人赐他的绰号为"小拆天"。还有个长辈，为人心直口快，讲起话来滔滔不绝，人们称他讲话像倒翻的"夜壶"，没完没了，后来干脆尊他为"夜壶"，子承父业，儿子就叫"小夜壶"。

小时候，村里小孩人人割青草、晒粮草、淘米烧饭做家务，而有些不善或懒于做家务的被喊成"大地主"、"小老爷"。解放前，我村附近的何家里村有个地主叫何崇道，翁家里有个地主叫翁根寿。所以，两个伙伴一个被称"何崇道"，一个取名"翁根寿"。这里抓住地主不干活这一特点起的绰号，比起"周扒皮"、"王老虎"等绰号内涵不同，后者多了心狠手辣的意思在。

同学的父亲，在上海益民糖果厂工作，被上海人取绰号为"小无锡"，从此，到他死，村上人都喊他"小无锡"。以此类推，像"小苏州"、"小福建"、"小苏北"、"小山东"、"苏北人"等，都是以出生地起的绰号，感情色彩大部分是中性的，没有贬低的成分，只有绰号"苏北人"，由于历史原因，在江南一带附有一点鄙视的因素。

对有些品德存在问题的人，起的绰号就常含有贬低歧视的感情。譬如，对阴险而动歪脑筋的人，就喊为"林秃子"、"恶虫屎"；对脸上笑嘻嘻，心里藏奸计的称"笑面虎"；村上有位待人冷淡脸色铁青的，被喊为"青脸皮"。有个同龄人打架特别蛮狠，称为"小强盗"。这些绰号一般碍于面子，往往当面不叫唤，私下里喊。而出于对女同志的尊敬，抑或女同志气量小，起绰号会引起纠纷，村里人很少对女士起绰号。印象中，有一个女的，因8岁时生病死了，后来又复活，背后被唤"小仙人"。还有个女子，打扮得花花绿绿，经常勾引男人，被人背后骂作"狐狸精"。

小学四年级时，男生之间常为起绰号闹矛盾。老师知道后，特地在课上给我们做思想工作。老师说，抓住人家的生理特征或对别人生理缺陷取绰号，贬损他人，属于不道德行为，今后不准给人起绰号。自此，我们才收敛了许多。

其实，起绰号不是今人的首创，古代早已有之。像"及时雨"宋江、"智多星"吴用、"豹子头"林冲、"黑旋风"李逵、"花和尚"鲁智深、"拼命三郎"石秀等，提起他们，人物形象呼之欲出，谁也不会对这些绰号持否定态度。绰号取得贴切生动，恰到好处，人们还是接受。不光古代有起绰号的习惯，国与国，民族与民族之间，照样玩着起绰号的游戏，君不见，日本人称我们是"支那人"，我们喊他是"倭寇"、"东洋人"、"日本鬼子"。中国人称美国人为"山姆大叔"、"太平洋警察"，苏联人为"北极熊"，俄罗斯人为"老毛子"，印度人为"红头阿三"。

种种的绰号，多少可以窥见其间的民情民俗，体会到人类喜怒哀乐、爱憎分明的情感。

唱乡巷

小区的门口空地上，总有一个中年男子站着，背倚自行车，就地放着录音机，反复播着一句无锡普通话"阿有旧电视、旧冰箱、旧空调、旧的洗衣机卖？"。自行车扶手前，撑着一块大硬板纸，醒目写着："收购各类旧电器，价格面议"。见此情景，孩提时村子里各类叫卖声纷至沓来，亲切温馨，回响在耳边。

老家对挑着担子，在乡村转悠叫喊做买卖的称"唱乡巷"，大概因为叫喊声抑扬顿挫，伴着一定的旋律，所以用"唱"。"唱乡巷"有两类，一类和"吃"有关，一类和修补旧东西有关。

"豆腐花,豆腐花——5分铜钿一碗。"响亮而悠长的声音传来，我们知道是卖豆腐花的"矮瓮（方言读 pen）头"来了。"矮瓮头"是邻村翁家里人，50 来岁，扁圆的脸（满是皱纹，个子不足一米六，长得又矮又小，所以喊他"矮瓮头"。一根扁担，两头挑着，一边是满满一桶豆腐花，一边是木制的方形托盘，里面放着酱油、辣油、盐、味精、葱、紫菜、虾米、切碎的榨菜末等，托盘下是小碗、勺子和一桶洗碗水。担子还没停稳，小孩已把他围住，但多数只有看热闹的份，家境好的才舍得买一碗，当长柄铜勺伸进厚布衬垫的桶口时，买主总会不停地喊"多点、多点"，但"矮瓮头"不紧不慢，嘴里说"好，好，好"，但手里舀的总是那么多。有的干脆自带大碗，以为会多盛些，但他功夫娴熟，舀起的数量和小碗相差无几。尖钻调皮的孩子，趁他不注意，偷偷用手粘些紫菜、虾米等，就算是占到了便宜。"矮瓮头"提供的碗实在太小，"嚯咯、嚯咯"几大口，白嫩鲜香的豆腐花，一咕噜全滑到肚里，喝完，吱着舌头，还想吃。

小时放学后或者是拜天，村头常会出现挑着担子的换糖佬，用小木棍熟练敲打着大饼似的铜锣，发出"噌、噌、噌"的声响，嘴里不停吆喝着："换糖，换糖，破布头、肉骨头，鸡黄皮，甲鱼壳，换糖吃——"声音响起，宁静的村庄一下子热闹起来。换糖佬挑着两只竹篓头（盛放换来的东西），一只上面覆着一块木板，木板上盖着白布，白布下是一块圆圆扁扁的麦芽糖，上面洒着一层白乎乎的粉末（淀粉或面粉），大概为防止沾粘灰尘。家家小孩欢天喜地，从家中跑出，把平时积攒的破布、牙膏壳、破凉鞋、破胶鞋、旧塑料纸、废铁片拿来换糖。物质贫寒时，甜味是最美的味道，老头掌握小孩的心理，边做着交易便喊着"好吃哎，吃到嘴里，甜到心里"。小孩缺乏克制力，看着其他小孩吃糖，心里痒痒的，便回家翻箱倒柜，甚至瞒着大人把半新旧东西也拿出来换。有经验的小孩会和换糖佬讨价还价，小孩说"太少了"，换糖佬说"不少了"，小孩就故意装作回家，说"算了算了，不换了"。于是，换糖佬顺水推舟，"噢，算了，饶你一块吧。"俗话"换糖佬佬饶三饶"，出典大概在此。换糖人会用白铁皮一比划，比原来多了一小块，用一个小铁锥敲了一下白铁皮，"镗"地一声，成交了，所以有的地方换糖也叫"敲糖"。一会功夫，换糖佬的空竹篓满了许多。猴急的小孩，在嘴里狼嚼，换来的糖一忽儿全到肚里，有耐心的小孩，会把糖绕在竹筷尖上，舔一下吮一下，吃个半天，引得其他小孩口水翻转。

爆炒米喽，爆炒米——"，冬天的下午，村巷头响起悠悠叫喊声孔子们喜出望外，知道爆炒米的师傅来了。师傅是个中年男子，外地人，黑黝黝的脸膛，肩挑的工具有：一个带柄的橄榄型铁罐（肚皮像鼓起的螳螂），一只小煤炉，一只微型风箱，一只麻袋和一张小凳。他选择避风处，蹲坐，在炉子里用稻草引燃木片，把煤炭轻轻放入，右手来回拉动风箱，"呼嗒呼嗒"几下，熊熊的火焰升起，这时，老人、小孩用淘米的筲箕装一斤米，讲究的会在米中放一把黄豆或玉米，带了糖精瓶，携着布袋，在空地上排起热闹的长队。日子过得苦巴巴，粮食钞票紧缺，但为了满足孩子的馋欲，一年中大人会开次戒，给家里小孩爆一次炒米。师傅把米倒入大铁罐，放些糖精，拧紧炉盖，架在火炉上。左手不停地摇动铁罐把手，右手拉着风箱。孩子们围着爆炒米的转炉，一张张稚嫩的脸被那闪动的炉火映得通红通红，10分钟左右，师傅停止摇动转炉，放喉高喊："响嘞——"大家便捂着耳朵，师傅将铁罐凑到麻袋口，拨开压力锅盖，随着"嘭"的一声巨响，一团白烟冒起，浓浓的爆米花香弥漫在空中，真是"就锅抛下黄金粟，转手翻成白玉花。"（明李戒庵《字娄》）师傅把炒米花倒入主人的布袋里，小孩口里吃着松脆香甜的炒米花，屁颠屁颠跟着大人回家。手巧的女孩，找来带刺的灌木枝条，把金黄的玉米爆花，一粒粒按在刺上，像一枝盛开的腊梅，插在花瓶留到春节做装饰品。而大人限量给孩子吃，一斤的炒米花，要吃很久很久，炒米花成了冬天里美味的零食，那缕缕香味成了寒冬里温暖的记忆。

"呃有坏套鞋（雨鞋）修作（修补）——，呃有坏套鞋修作——"那是专门修补漏水雨鞋的叫喊声。村里老话说："吃勿穷，穿勿穷，算计勿好一世穷。"家里的所有物件都是"新三年旧三年，缝缝补补又三年"。修补雨鞋技术含量不高，比较简单。师傅找到裂口，用粉笔圈出来，用锉子来回反复搓，搓去旧皮，搓出明显的凹处，拿出准备好的胶皮，用剪刀剪下一小片比裂口稍大的胶皮，四周用刀削薄，在胶片反面用锉子来回搓，搓到颜色有变化，用胶水涂抹在裂口和小胶片上，尽量多涂几次，涂充分，为了让胶水干得快一点，师傅喜欢用嘴不停吹。待胶水干后，轻轻地合上胶皮，用木条敲打几下，鞋修好了。聪明的村里人，很快学会了，买一支胶水，做一把锉子，自己修补，可以省一笔小小的开支。

"生铁补镬子——"补锅匠清脆嘹亮的吆喝声，回荡在村庄里，村里妇女提着破铁锅，汇聚在补锅匠的身边，说笑着，边看边拉家常。补锅匠的"吃饭家当"有炉子、风箱、装煤炭的麻袋、白铁剪刀、锤子、钻头、凿子、钳子等工具。选好歇担子的地方，师傅先把炉子点燃，拉起风箱。等招来了生意，师傅习惯拿着锅仔细察观一番，做到心中有数。不一会儿，师傅用一个长钳子夹起两块生铁块放进炉子小坩埚里，风箱"噼啪、噼啪"不停推拉，将火烧旺。在生铁熔化的同时，他在铁锅的罅口处用布擦拭干净。大约20分钟，炉中小坩埚里的铁块已熔成火红的液体，师傅用铁钳夹住小泥勺把熔化的铁水舀在破洞口，用一截厚布裹着的树棍一按，一缕黑烟冒起，锅上的洞填满了，再用砂纸把凸起处磨平，大功告成。生铁补锅要有一定的技巧，最主要的是对温度的掌控，但现在已没有人修理旧铁锅，补铁锅作为古老的手艺，和那"生铁补镬子"的叫喊声，已彻底消失了。

那个年代，从事修补"唱乡巷"的行当很多，如补碗、补雨伞、补棕绷、补钢精锅子，那些师傅们利用农闲，一个个"粉墨登场"，走村穿巷，操着各自最得意的叫喊旋律，汇成了昔日乡村一道特殊而靓丽的风景。

唱春

阴沉沉的冬日，北风呼呼，背着书包行走在放学的路上。走到邻村，发现麦垄上一个年纪相仿的男孩，躬着身子，光着屁股，蹲在地里厨屎。我们围拢上去，骂他："吃家饭，厨野屎。"更有同伴用手指敲他的头。情急中，男孩一连串骂着："咪哩嘛啦，咪哩嘛啦，恭恭。"引得我们哈哈大笑。我们仿着他的声音回骂："咪哩嘛啦，咪哩嘛啦，恭恭。"

随后的日子，我们见到他，齐声骂他："咪哩嘛啦，咪哩嘛啦，恭恭。"他回骂着，声音不示弱。

后来，村里大人告诉我们，男孩是安徽人，家里发大水，房子被大水冲走，来无锡投奔亲戚。男孩父母白天四处要饭谋生，他随大人失学流浪。大人关照，不要去招惹他，他们生活窘迫，已实在可怜。

记忆里，来小村要饭的，安徽人居多。只要听说安徽有水灾消息，便知道要饭的将来了。果然，不久后许多的安徽要饭人，会出现在路上，村庄。白日里，村里只有老人和孩子。要饭的来了，村上的老人会盛半碗饭，或者给一把米。我们小孩做不了主，只能关闭家门，跟着围观。

春节是要饭人最多的时候。大年初一，要饭人常常挈儿携女，陆续进村。他们缁衣灰裤，肩挎褡裢，一手捧着饭碗，一手握竹板或小铜锣，个别的提把二胡。

"噼里啪啦"，清脆的竹板声响起在村里。"要饭的来了。"小孩子喊着，跑出家门去围观。要饭的挨家挨户，逐一讨来。每到村户门口，先是"噼里啪啦"一阵竹板，然后说着好话："正月里来迎新春，家家户户挂红联，欢欢喜喜过大年，幸福日子万年青。"户主用碗盛半碗米，或者递块年糕，要饭的一一装进褡裢，叩头致谢："谢谢叔叔大伯，谢谢好心人！"

唱完之后，有些户主故意不给。要饭的就继续反复吟唱，持续说着好话。见状，主人不好意思，赶忙给了。有些贫穷之家，或者气量小的人家，看到他们来，就大门紧闭，暗里拒绝。要饭的只能悻悻离去，转向他家。也有个别心狠的，要饭的唱了半天，说了诸多好话，就是一毛不拔。要饭的脸色不悦，离开时叽里咕噜说些费解的话。老人说，这是咒语。新春伊始，有人冲着自家家门，说不吉利的话，要倒霉的。听后，一阵惧怕。而母亲对我说，要行好良心，给他们些食物，就像烧香拜佛。

遇着操办宴席，唱春的使出浑身解数，说上许多好话。他们脑子灵活，遇见寿宴，会说着"福如东海，寿比南山"之类；遇见婚宴则会说"百年好合，永结同心"之类。为讨吉利，主人常端上满满的一碗米饭，放着大块肉，外加几毛钱"红包"。要饭的欢天喜地，叩谢再三。

有时，村里一天走来好几个要饭的，村里人心疼，但也不厌其烦，多少给些。有些要饭的，是不识路，还是故意，第二天或过些天，同一个要饭的仍会走进村庄。村民一旦认出，不客气地说："怎么又来了，不是来过了！"要饭的只能硬着头皮，装着没听见，继续吟唱讨要。

一家家一户户，一个村子转下来，搭褛里慢慢涨鼓起来。唱春要饭一直要延续到正月十五元宵节，才渐渐消失。那时，乞讨者大多贫困，出自无奈；给予者发自内心，出于同情，没有怨言。

阳春三月，温煦的阳光里，飘过缕缕寒风。父母带着我来到镇上的"梦仙堂"，去祖父母坟地扫墓。母亲拔去周边的杂草，墓前铺上报纸，次序置上菜肴、糕点、水果，放上酒盅、碗筷，斟满酒。点燃蜡烛、高香。

香烟袅袅，烛光摇曳。一位中年男子西装革履，怀抱吉他，缓缓而来。走至眼前，他娴熟弹着"世上只有妈妈好"的曲子，乐曲似诉似泣，情真而悲凉。他的突然造访，我们疑惑不解，无所适从。曲终，他伸出手，示意要钱。我们终于醒悟，赶忙掏几元钱给他。他叩头道谢，挪步离开。

这是新的"唱春"模式，我神思恍惚，开始遐想。

懵懂

乡野的孩子，满口是脏话。记得小时候放学路上，男孩之间无聊时，常会进行骂脏话比赛。谁骂得多，骂得凶，骂的连贯有创意，谁就胜利。大多的脏话都附带着性和生殖器。现在回忆，让人说不出口。是性早熟，还是开化早？其实，乡野的孩子，没有书籍，更没有收音机、电视机，接触性知识的几率为零。那些脏话，只是图嘴上一时的快乐。对性，还是懵懂混沌一片。

村里男人"阿薄"，是个"倒头光"，家里一贫如洗。三十多岁时，他还是"光棍"一条。"阿薄"有一个怪异的举动，男孩经过他家门口，总要伸出手去摸摸男孩的小鸡鸡。有时候，还要脱下男孩的裤裤，看个明白。看完，大声嚷嚷："小鸡鸡很白"，"小鸡鸡太黑"。遇见他，我们心存害怕，远远就逃逸。为躲避他，上学时，大家尽量绕着他家走。村里的黑皮最怕"阿薄"。因为黑，怕"阿薄"摸他的小鸡鸡，说他的小鸡鸡黑。只要有人说"阿薄"来了，他立马拔腿就逃。蚕豆花开时，同村伙伴阿狗，在田埂上被"阿薄"逮住。"阿薄"扒掉阿狗的裤子，他顺手抓了一把田埂边的蚕豆叶子，手指用力捻磨，挤出绿汁，顺手涂在阿狗的小鸡鸡上，阿狗的小鸡鸡变成绿油油的，吓得阿狗号啕大哭。"阿薄"却露出得意的淫笑。几年后，"阿薄"犯了事，被判刑。大人说，"阿薄"搞男女的事，被人告了。派出所警察带了手铐，把他押走。

有一年，隔壁邻居请来裁缝做新衣。那裁缝长着"酒糟鼻子"，鼻子不仅大而且红，脸上布满肉咕噜。他右腿残疾，走路一瘸一拐。裁缝进村，我们好奇去隔壁家观看，蹲在地上，玩着裁剪扔下的花花绿绿的布条。几个中年妇女，围着裁缝转，和他闲聊。不知什么时候，他们交谈的气氛融洽起来，嘻嘻哈哈，说笑声不断。裁缝讲述自己年轻时在上海滩做学徒的事。学裁缝很苦，起早摸黑，不得停歇。放松的时候也有，间隔几日，晚饭后，师傅总会领着他去逛"野鸡堂"（妓院）。师傅独身在上海，耐不住就到"野鸡堂"去寻刺激。师傅进了堂子，他就在门缝里偷窥。很多时候，一窝的女人光裸着上身，穿着裤衩，打情骂俏，翘着屁股来回走动，抖动着奶子。女人的奶子各呈形态，粽子型、馒头型、苹果型、鸭梨型等等，五花八门。裁缝师傅描绘时，手里的活儿开始迟缓，眼睛色迷迷的，神色兴奋。我低着头玩耍，装着没听见，但心里"噗噗"跳，身子内有一种异样的感觉。

夏夜，月光朗照，星星闪烁。同学阿坚家的砖场地上，隔壁村的"戆金根"站在前面，四方的骨牌凳上，一个搪瓷杯子，两瓶开水，里面放着许多的糖精。场地上围坐着许多人，听"戆金根"说书。"戆金根"曾经在城里的说书场打杂，说书先生在台上说《啼笑因缘》，"戆金根"在角落偷听。几年下来，目不识丁的"戆金根"竟然把说书的内容印记在脑海里。村里人请他"乘凉"时给大家说上一回，酬劳是两瓶糖精水，两盒蹩脚的香烟。"戆金根"是个粗人，嗓门大，但声音带有磁性，说书时，那学来的功架，颇有一股气势。说得精彩处，博得村人阵阵喝彩。说书的内容已模糊不清，只有一个细节，至今印象深刻。樊家树和沈凤喜初次照面，交谈至一半，沈凤喜去解手，那樊将军伸长耳朵偷听。樊将军是个情场老手，竟有听小便之声就能辨出是否处女的本事。"戆金根"说到此处，精神大放光彩，"添油加酱"，模仿着小便的声响。他说，上了年纪的女人小便发出的是"哗哗"的声音，年轻女子发出的是"滋滋"或者"吱吱"声响，沈凤喜的小便发出很轻的"沙沙"声，樊将军据此判断沈凤喜还是个处女。说到此处，场上一片寂静，大家伸长脖颈，眼睛盯着"戆金根"，男人在咂嘴，女人把手捧到脸上。我仿佛听到四周村民呼吸在加重，我的喉咙在提升，周身爬满虫子般的感觉。

搓草绳

小时候，草绳的用途于家于集体可广了，扎篱笆、捆麦秸、捆绑桑条、缠板凳，包装锅、碗，给作物搭棚等。遇到农闲，或下雨天，村里男男女女聚挤在蚕室内搓草绳。

搓草绳，是个简单活。各自带个小矮凳，坐在凳上，捏一束稻草分成两股，根据用绳的粗细，每股几根到十几根不等。把两股稻草的根部打个结，以防空转不缠绕。然后把两股草分开来夹在左右掌心里。左掌在下右掌在上，合在一起按紧，右掌缓缓向前搓。搓了一小段，把绳子往屁股下一按，让两撮草搁置在右腿，两掌之间分别转动拧结，两撮草自动拧在一起。反复一个动作，前搓后拽，草绳源源不断地从掌心搓出，从身后伸展。掌心的稻草快完时，需要接草。接草不能等到稻草搓尽时再接，那样粗细不均还容易从接口处拉断。等一束快完时，得适时接上几根。

搓草绳活儿轻松，大人边搓，边说笑着，扯老空。小孩子最高兴，跳前蹦后，在稻草里翻滚，做着游戏，时时还纠缠打扰大人。为了不影响手里的活，大人就谁骗我们，让我们在稻草堆翻寻脱粒剩余的稻谷。谁翻捡得多，谁有奖励。翻捡伊始，大家兴致勃勃，使出力气翻觅。但不到半个时辰，就索然寡味，忘了奖励，继续做着孩子之间的游戏。

每到搓绳的日子，队长就安排彩姑去干其他活。活儿做到一半，彩姑循声而来。她挪开稻草，腾出空地，放下自己的小木凳，开始熟练劳作，搓得很快，搓着搓着，她眼泪"唰唰"而下。不久，"呜呜"发出哭声。见她哭，小孩好奇，围住她，指指点点。大人把我们拉开，远离她。大人们知道，她触景生情，控制不已。

若干年前的雨天，彩姑母亲水仙也在这里搓绳。水仙脑子乱得一团糟，经常说些不着边际的话，村里人都说她患了精神病。有人和水仙开玩笑，"水仙，起来唱支歌，活跃活跃气氛。"水仙扔下手里的草绳，"呼"地站起来，放开歌喉，唱起《大海航行靠舵手》。唱罢，大家起哄喝彩，请她继续。于是《东方红》、《双推磨》等曲子，她一首接一首。

临近收工，孩童"瘌痢头"肚子饿，吵着母亲要回家吃东西。他母亲让他坚持，忍一忍。可他不听，哭闹着。"瘌痢头"娘火了，给他一巴掌，大声训斥："你个活现世，吃，吃，整天想吃，拿根绳子上吊，死了算。"本是一句寻常骂小孩的话，让水仙听到了，脸色突变。水仙和"瘌痢头"娘是冤家，今年还为水仙偷吃"瘌痢头"家的黄瓜，吵得天翻地覆。可眼下水仙是一根筋，她以为在骂她。那晚，想不开的水仙，悄悄把绳子系住脖子，挂在屋梁上，自尽。

秋雨淅沥，枯叶坠落。外村有个"阿戆"常来寻活做。他人未到，声音先现："阿戆来了，汪汪叫。阿要搓绳，阿要搓绳。""阿戆"个子矮小，不擅重活，搓绳是他的绝活，既快又好。听到漫天的叫喊声，个别劳力紧张的家庭就搬出稻草，让他搓绳。

他一来，村里变得热闹许多。大家围住他，看他搓绳。还不停问他："有没有对象啦，什么时候结婚？"他回答："明年结婚。"但大家知道这是托词，他家徒四壁，没人跟他，便取笑他："怎么永远是明年。前些年，你说明年。到现在，小孩快好几岁了。"他脸部神经有些不自在，显得很尴尬。苦笑说："不急，丈母娘养着。"

阿戆搓绳的报酬不高，东家只要提供一顿饱饭。他饭量大，一顿要吃两大碗。心慈的东家，吃饭时，会给他煎个荷包蛋。活计结束，还会送些食物给他。

几年后，村里好久没有听到"阿戆"进村的叫喊声，大家时常想念他。有人说，"阿戆"死了。"阿戆"家境贫困，经常断炊。饥饿时，常把村人埋在桑树地的死猪、死羊拖回家，煮了吃。最后，得病死了，死时不满五十岁。

如今，草绳虽说低碳环保，但已被尼龙绳、纸绳、麻绳等替代，退出历史舞台。搓草绳记录了逝去的岁月，见证着时代的变迁。

【辑三】

人物

被咒死的好婆

村里人说，牙齿风是毒的，不能信口胡说，特别是不能说一些不吉利的话。想起那场吵架，我恐惧，我内疚，一直以来，我认为是我和她，把我好婆（奶奶）和她外婆咒死，像谶言。

三月的夕阳里，我和村上的一群孩子在田埂上割猪草。记不清是什么原因，我和一位女孩吵起架来，我们互相漫骂，我骂她"你外婆马上要死了"，她反骂我"要么你好婆马上要死了"。过了一周，我好婆死了，她外婆也死了。这是四十年前的事，那年我 12 岁。

好婆走了，在春寒料峭的春天里，世上少了一个疼爱我的亲人。好婆走时，在黎明来临前的三四点，她没有来得及和他众多的子女们道别，默默地走了，带着她一生的苦水，完成了她艰难的人生，终年 63 岁。她稀少的头发向后绾着，满脸像树皮般的褶皱，瘦得如稻草似的身躯，永远定格在我的记忆里。

好婆有五个儿子，一个女儿。家徒四壁的好婆，无法养活他们，只能把大伯父过继给村里一户姓陆的人家，把十多岁的二伯父送到苏州去学裁缝，把最大的叔叔送给上海的一户人家养育。爷爷死得早，四十岁开外就离开了人世，好婆一直是全家的顶梁柱。我的爷爷活着时，是个好吃懒做之徒，还沾染赌博的恶习，所有农活落在好婆身上。父亲经常和我说起一事，农忙时节，爷爷借口到隔壁村赌博。日照当头，他手里拎了一块肋条肉，晃荡晃荡回来吃中饭，好婆看到他那副懒散的模样，气得把那肉扔到外面的场地上，爷爷掉头就走，又去找人赌了。

从我懂事起，好婆最开心的日子是大年夜，在苏州做工人的伯父带了苏州婿嬷（伯母）和两个儿子回家，全家兄弟姊妹还有我们这些孙儿辈的，挤在好婆逼仄的房间里，吃着苏州带回的豆腐干、芝麻糖，有说有笑，其乐融融。这个时候，好婆平素紧锁的神经，才舒展出灿烂的笑容。提起二伯父，好婆心里隐隐作疼，他十多岁了身到苏州学裁缝，吃尽了苦头，成家后，还念着乡下好婆和兄弟姊妹，在不多的工资里，抠出一部分贴补好婆，帮助乡下的骨肉至亲。好婆时时挂牵在外闯荡的儿子，有人去苏州，她总要带些家乡的土特产去，以寄托自己的想念之情。有次，她得知自己的堂侄去苏州卖竹编，把自己腌制的一瓮（方言读 pen）头腌菜和一只老母鸡捎上，给自己心爱的儿子。那堂侄在苏州有歇脚的朋友，到了朋友处，和他们喝酒挥拳，尽兴时，竟将那三四斤的老母鸡杀了煮熟，成了喝酒的佳肴。二伯父在瓮头出口封扎处，发现好婆请人写的纸条，知道带去的物品，伯父心知肚明，没有戳穿，若干年后，他才把真相告诉给乡下好婆，好婆痛心疾首，骂着那没良心的黑骨头。

好婆临死最大的心病是，想和上海的第四个儿子见个面。她常叹息当初家境实在贫困，不得已才送给人家。介绍人是同村在上海工作的"小上海"，对方姓潘，没有小孩。潘家和"小上海"讲好给一笔钞票给我奶奶，算是卖给他们，而我奶奶只答应送给人家养育。那"小上海"见钱眼开，默默地把钞票私自吃进，把我叔叔卖给了潘家。潘家一直把我叔叔当做买去的，从不当宝贝，动辄打骂。叔叔长大后，瞒着潘家寻到乡下，提起此事，好婆气得七窍生烟，她说，我最穷，也不会出卖自己的骨肉，说着说着，浑浊的泪水从眼角挤出，她骂起了那缺失人性伤天害理的"小上海"，后来"小上海"退休回村里，好婆没有理睬他，她永远无法宽恕他。上海叔叔长大后，知道乡下人生活的难处，对于把他送人的事，没有怨言和指责，相反，还时时牵挂乡下苦难的兄弟姊妹。潘家经济宽裕，叔叔常常把积余的零钱和粮票，偷偷寄给乡下好婆。他把家里半新旧的毛衣毛裤都积攒起来，他知道乡下穷人需要它们，几年积聚了三麻袋。一位亲戚回无锡时，拜托她捎带回家，指明分给几个兄弟她煙。但那亲戚见了红红绿绿的衣服，起了贪心，悄悄把三麻袋衣裤据为己有，独吞了，白白作蹋了我叔叔的一份真情厚意。

　　好婆火化的那天，全家盼着上海的叔叔回来，能见好婆最后一面。大家焦急等待，到中午11点，看看时间实在不允许，运送好婆的水泥船只能出发了，因为摇船到查桥火葬场要几个小时。叔叔一早从上海乘火车到硕放站，再坐汽车到大墙门，走泥路辗转来到乡村老家，结果还是晚了一个时辰。世事难料，造化弄人，母子还是没能见到最后一面。自叔叔送给上海后，他们母子仅见过一面，我猜想，这是好婆心中的痛，永远的痛，冥冥之中，一定还是恨恨不已啊。

　　好婆去世后，我经常梦见她，她背着我，在村头玩，我知道是她从小抱我背我长大，在所有小孩里，她最喜欢我。有一次，我在好婆昏暗的厨房间，脚垫在小凳上，我用小手抓那橱柜里的黄豆吃，好婆提着水桶通过狭长黑暗的弄堂，打开厨房门。我听见动静，一骨碌从凳子上掉下，进来的好婆忙扶起我，只是一个劲问我有没有摔疼，没有任何责怪的意味。这个场景，在我的梦里多次出现，我知道，她在想念我，我也在思念她，是的，我们只能在晚上梦里相见，深夜寄托彼此的相思。

我曾夸下海口，长大了要孝敬好婆，要买最好的东西给好婆吃，可是我食言了，好婆在我的咒声里去了，她没有等到我长大。唯一一次，我去鱼塘钓到一条半斤重的鳊鱼，我亲自烧了，端给患病卧床的好婆。她见后，把脸扭向里侧，泪水淌了下来。是幸福，是怨恨？长大后，我一直在细细品味那泪水的涵义，她是否早有预感，她的苦命即将结束，苦尽之后，她已无法享受人生之甜了。直至现在，我还耿耿于怀，无法原谅自己，那次该死的吵架，把我的好婆咒死。

我的父亲母亲

　　父亲和母亲拌嘴，常数落母亲是"文盲"，那神态不无得意，满含对母亲的鄙夷。父亲念过一年半书。七岁时，在邻村上过半年私塾，后来交不起学费，只能辍学；解放后又念过一年速成班。村里同辈的识字人少，念过一年半书的父亲俨然以读书人自居，常常以此炫耀，家里的长凳、扁担、竹编、梯子、蛇皮袋、热水瓶等农具家什上，父亲都会用我的毛笔墨汁歪歪斜斜留下"王启德用"的墨迹。房内五斗橱抽屉里，父亲永远备有一本硬抄本和一支圆珠笔，封面上写上"毛主席万岁"以及他的大名，里面密密麻麻记载着一些陈年旧账，某年某月，捉小猪一只，某年某月，卖猪收人民币45元，某年某月吃喜酒出礼5元等等。再有，就是一些外地亲戚的详细地址。后来，家里安装了电话，父亲的笔记本上，就多了许多的阿拉伯数字和留有许多错别字的亲戚姓名，甚至，挂在墙上的一幅书法作品，父亲也用圆珠笔写上了"5月8日换煤气"，令人啼笑皆非。

　　清晨，早起的父亲第一件事，就是到门卫，带上老花眼镜，捧上家里订阅的《江南晚报》，翻看半天，再拿回家中。我每每考考他，问他有什么新闻消息，他经常语无伦次，不知所云。

印象里，母亲要比父亲识事理，明大体，尽管一字不识。前些年，父母作别老屋，随我们住进学校的宿舍，我们不在，他们总要斗嘴。父亲裤管沾了泥，裤子拉链没扣上，把学生扔掉的衣架、热水瓶等捡回家，母亲总板着脸，和他唠叨，说他死不要好。我懂母亲的意思，她要面子，更虑及我们的面子，她认为我们出入场面，父亲的言行举止，丢人现眼，会让人瞧不起。她屡屡向我告状，我听后总是浅浅一笑，默不作声。母亲心里老大不高兴，说我向着他护着他。我心里清楚，我自己是半个农民，生在农村长在泥地，迄今没有褪尽乡野之气。父亲老实巴交，是粗疏的农人，在偏仄的乡村生活了七十多年，来到镇上，无法适应街镇的一套，要他一下子如鱼得水，近似苛刻。不像母亲，人灵活，识世事。母亲嫌鄙父亲，大男子主义的父亲自然不服气，歪理十八条，和母亲据理力争，最后，谁也不能说服谁，父亲粗言粗语，母亲气得七窍生烟，两人都落落寡欢，爱理不理，打起冷战。

父亲不辍劳作几十年，手足闲着，内心空荡荡的，常在校园的角角落落摇摆晃荡。好在学校有大片空地，校长开明，鼓励老师栽种，父亲也有了一畦菜地，他灵魂似乎有了着落，人也踏实许多，有空没空，在菜地转悠，侍弄。父亲好像有先见之明，老家所有的电器家具都已送人，唯独心爱的锄头、铁耙、铁铲、竹刀、锯子等农具，从老家悄悄运来，藏在角落，现在又派上了用处。

父亲闲得发慌时，会干出一些荒诞不经的事，如同顽劣的村童。在乡下时，邻村塑料厂把废料遗弃在河浜梢，出于好奇还是寂寞无聊，趁没人时，父亲竟把它引燃，熊熊大火，伴着毒气，弥漫天空。邻村治保主任怪罪过来，说是污染空气，幸亏我叔叔出面，再三打招呼，治保主任和叔叔是同学，碍于面子，才将事情平息。在校种菜地，栽下丝瓜，丝瓜成熟搭棚时，缺了绳子，父亲竟就地取材，把学校高音喇叭的电线捯了，用来搭棚。等学校出操时，喇叭哑了，急得体育老师团团转，一查线路，电线已缠绕在父亲的丝瓜棚上，校长哭笑不得。父亲种种近乎愚昧的做法，难怪招致母亲的不满和指责。有一阵，晚饭时总不见父亲的影子，母亲趁机向我告状，说父亲不听劝，在操场捡饮料瓶。晚饭后，学生打球，喝了饮料，把空瓶扔在操场，父亲候着去捡，一天要捡好几十，藏在麻袋，集多了到废品站买钱。我耐心劝他，别捡，家里不缺这些钱，可他我行我素。后来，好心人告诉我，后勤工人都在议论，要我制止他。我只能编了谎话对父亲说，负责学校的清洁工人，学校不付工资，废品归他们卖，他们靠废品维持生计，让父亲不要和工人争，至此，他得以收敛。其实，父亲对钱没有太多的概念，除了每月一次理发，花5元钱，其他开销几乎为零。母亲有事离家不做饭，让他去吃快餐，他只会在家里吃方便面，是不会去买饭还是舍不得吃，我不得而知。他究竟攒了多少钱，连自己都说不清。母亲曾经无意中从床脚下拾得一堆钱，用塑料纸包着，三千多元，问他，他支支吾吾，道不出子丑寅卯，大概时日已久，竟忘了，惹得母亲的一阵嘲讽。

岁月流逝，时光飞跑。这些年，母亲脸上沟壑般的皱纹，仿佛述说着一波三折的往事。乌黑的头发像深秋的第一道霜，一撮撮银发，时遮时掩，若隐若现。小时光，口粮不够，母亲挑着竹匾到上海、苏州走街串巷，从城里人手里换得粮票，籴米回家。一根扁担，百来斤大米，母亲从硕放火车站走到老家，足足两个时辰。现在，年轻时逞强落下了许多的病灶，每每阴湿天气，年老的母亲常腰酸背痛动弹不得。但念叨往事，母亲仍心气很高，不减当年的果断杀伐。由于遗传，她的听力日渐减弱，但丝毫不影响她察颜观色，精明处事。几年前，家里购地皮造房子，近七十岁的母亲顶着炎炎夏日，躬临现场，如同建筑监理，我劝她歇息，她说，盖房是百年大计，马虎不得。发现偷工减料，她会严肃指出。泥水木匠活儿，稍有不到位，母亲会及时发现，提出异议，得以纠正。母亲对盖屋似乎很在行，不知什么时候，修得了许多造房起屋的知识。水泥的厚薄，钢筋的多少，都无法逃过她的眼睛。夏天砌砖，砖头必须潮湿，水泥才有凝力，每天一大早，母亲就在工地放水淋砖。造房期间，单位同事常来工地，喊我老王，母亲私下问我，"他喊你老王，你不做局长了？"我愕然心颤，母亲心细，真是丝丝入微。世事洞明，人情练达，集于不识一丁的母亲，让我刮目，母亲的所作所为，实在令我钦佩。

说起造房，自然忆及父母年轻时那次盖屋。住房是村里人的颜面。父亲家境贫困，祖传给父亲的只有一间破屋，父母花几百元钱，向隔壁同族买了两间狭小的老屋。1979年，父母拼出所有的力量，花光所有的积蓄，在原地翻造了三间新屋。当时物资紧张，砖、瓦是紧俏物品。父亲年老后常向我唠叨，多亏鸿声砖瓦厂当书记的表兄出手相助，帮忙购得一万多块砖头，运砖的那天，表兄还烧了满满的一锅粥，买来大饼油条，送到父亲和运砖人手里。时光过了三十多年，父亲还念及那一幕，满怀感激之情。新造的平房，宽敞明亮，在村里首屈一指，着实让父母和全家骄傲。但随后的几年里，农村经济有了好转，村户开始建造楼房，一排排轩敞的楼房拔地而起，父母的三间平房，在周围楼房的遮蔽下，孤零零地，显得突兀显眼。为了要供我念书，翻建楼房已心有余而力不足，父母一直后悔，早知如此，平房晚造几年，也许还可能建造楼房，每每提及此事，父母伤心憋屈，心有不甘。唯一使他们稍稍慰藉的是，他们倾注所有心血，让我读书，供我念了大学，日后捧上了"铁饭碗"，成了一个吃皇粮的干部。

父亲小时候，一场大病险些夺去他的生命。家里贫困，营养不良，父亲一直十分瘦小，六十岁前，体重只有80多斤。大伯父一直像护犊一般，照顾父亲。大伯父当村里队长多年，安排农活时，出于私心总要暗暗关照父亲，重活累活总有大伯父在前挡着。长兄如父，舐犊之情，父亲铭记于心。大伯父六十多岁，身患绝症，父亲有空就守候在大伯父床前，陪伴大伯父。大伯父家的农活，父亲主动承揽，和母亲一起，冒着炎炎烈日，替大伯父家拔草除虫。朴实少语的父亲，至今念着昔日大伯父的恩情，常感喟今日无以再报，痛心疾首。父亲和大伯父感情笃深，影形不离，农闲时，大清早两人步行两小时，去新安乡，向农户买竹子做竹匾，砍下竹子，捆扎好，再步行回家，第二天雇车运回。清晨，"哗哗哗"的声响，惊醒我的好梦，是早起的父亲在劈竹。夜晚，昏暗的煤油灯下，母亲盘坐在地上的海绵垫上，弓着腰编织着竹垫，父亲左手持竹片，右手持竹刀，嘴里衔着，刀、嘴并用，娴熟劈着竹篾。多少个晨钟暮灯，父母不停做着竹匾，用双手编织着希望和未来。竹匾完成，父亲母亲轮流肩挑竹匾，辗转乡村街坊，悠扬的叫卖声，绵绵不断，似诉似泣，竹匾换钱弥补种地的不足，养活全家。

自我懂事起，父亲几近20多年担任村里的管（灌）水员。水利是农业的命脉，管水员是管理命脉的人。印象里，父亲一直在田埂上奔走，肩扛铁铲。一个村，200多亩地，庄稼的收成都在父亲那把铁铲上，水到哪里父亲的铁铲就到哪里。每块地水口所在，哪块地进水多少，哪块地漏洞几个，他了如指掌，如数家珍。他最痛恨黄鳝，黄鳝打洞，让田埂漏水，让他费心。田间灌水，不分昼夜，只服从农事。静静的黑夜，沟渠流水潺潺，劳作一天的农人已进入甜蜜的梦乡，父亲却孑身寂走在黑暗里，像一个行吟的诗人，在田野徘徊；如忠实守戍的卫士，守候着稻田。干渴的田地，畅饮着父亲送去的甘泉，禾苗茁壮成长。父亲曾讲起一事：一个墨黑的晚上，四处一片阒寂。父亲灌水经过一片桑树地，他不自觉划着火柴，准备点烟，火光"扑簌、扑簌"闪了两下。对面突然大呼"哇，有鬼。"父亲一阵恐惧，点燃的火柴掉到泥地，大腿直打颤。原来，迎面走来两个赶夜路的人。突然亮起的火光，他们以为是"鬼火"，吓得惊叫声起。父亲鼓足胆气说："是我。是人。"原来是虚惊一场。邻村的管水员因为常年日夜奔波，深夜猝死在田间，父亲获悉仍我行我素，没有退缩没有畏惧，他知道，这是他的岗位，他的职责。管水也有意外的收获，有时，河里的鲫鱼鲢鱼在电灌站抽水上岸时，会被轧死，这些死鱼往往成了父亲田间的战利品，出现在清寒的饭桌上，成了全家的佳肴。有一年秋季，河里大闸蟹泛滥，父亲经常把半死不活的大闸蟹拎回家中，我们时常吃着"面拖蟹"（把蟹和面粉和着煮，有时放些毛豆，味道鲜美），这时，全家欢天喜地，分享着父亲管水带来的快乐。后来土地分给了农户，百姓真是百心，农田进水的多少和快慢，都是抱怨的借口，不善言辞的父亲，成了村人的出气洞，父亲忍辱负重，还是默默坚守着田埂，直到农地被政府统一征用，农户退出耕种，六十开外的父亲才默默告别昔日的岗位，没有仪式，没有怨言。

父亲今年八十岁，已届耄耋之年，母亲也七十好几。闲着无事，父母整日围着院墙外的一块自留地打转，翻土、浇水、施肥。没有肥料，用陶瓷的大缸，把变质的山芋、南瓜、黄豆浸泡发酵，变作肥料。现在，全家一年四季享受着新鲜和环保的蔬菜，我常以此炫耀。有时，我把多余的蔬菜，和同事分享，母亲总是老大不情愿，她在心疼自己的劳动果实。周末时，母亲把蔬菜装在蛇皮袋，满满的，驮在肩上，转两次车，送给二十里以外的梅村我姐姐家。母亲总嫌菜场的蔬菜壅的是化肥，吃口不好；菜场的菜价格贵，能省一分是一分。我知道，她心疼钱。

我闲时突发奇想，要是父亲能多念几年书，母亲也能念上书，他们的境况如何呢？当然，人生种种，不能推倒重来，更不能用"假如"来推测。父母是中国地道的农民，他们和所有农民一样，有着勤劳善良品质，也有自私和愚昧。他们的言行举止，一蹙眉一笑靥，我能深味其涵义，我和他们一脉相承，惺惺相惜。我爱我的父母，爱天下所有农民，因为我是农民的后代，他们的儿子。

苏州婞嫚

老家靠近苏州黄埭，接近苏州口音，喊伯母为婞嫚。好婆（奶奶）在世时，二伯父总是在大小年夜，携着婞嫚和两个儿子，从苏州匆匆赶回老家过年。

苏州到老家，最方便的交通工具为轮船。一天一班，起发苏州平门，终点是梅村。中午11点半起锚，一路停靠陆慕、蠡口、黄埭、方桥、后宅等诸多码头，到属于鸿声镇的大马桥码头，已是夕阳西坠的傍晚。

苏州婞嫚回来的日子一旦确定，大伯父牵头安排去接船。几家小孩都尾随大人，蹿上蹦落，走40分钟的路，来到伯渎河边的大马桥码头。

所谓码头，只是用方石水泥垒砌成一个伸出河岸2米多的河埠，河埠上有一铁柱，深深嵌进石头缝间，冷冰冰的坐着。接船的我们，总会提前到达码头。列列寒风，河水碧清湍急。站在河岸，把头缩进棉袄，小手拢进衣袖，盯着穿梭来去的船只，盼望已久的我们，早已有了过年的涌动。

"呜"——"呜"——两声长鸣,伴随"突突"的发动机声泊过来的是比一般机帆船鲜艳漂亮的轮船。"突突"声渐渐小下来,轮船慢慢靠近岸,甲板上船老大娴熟抛出一根粗粗的麻绳,绳头围着一个圆圈,圆圈正好套住码头上的铁柱。一块厚实的木头跳板很快地架在船和河埠之间,从船舱逐一伸出人头,提着大包小包,背上捎着填满年货的蛇皮袋。

当苏州婿嫚抖抖瑟瑟通过跳板来到岸上时,我们都汇拢去搀扶她。婿嫚是正宗的苏州人,人长得很标致,个子不足一米五,小巧玲珑,雪白的皮肤,一口地道的苏州话,说得软绵绵、甜兮兮,大家都亲近而尊重她。她不习惯走泥路,在一高一低的乡间田埂,娇小的身影像跳舞般走到老家,已气喘吁吁,实在有些难为她。

一路上,我们已从堂兄处打探到,苏州婿嫚准备的礼物:粽子糖、枣泥麻饼、芝麻酥糖、油面筋、油豆腐等。晚饭过后,苏州婿嫚按户平分礼物,没有偏袒。大人老小说说笑笑,其乐融融。各家谢过之后,几个伯母始煙都发出邀请,要求婿嫚住到自己家去。内心一角的小算盘昭然分明,都想套个近乎,以便日后得些好处。但男人心里有处事的准则,按长幼之序,加上大伯父家房屋宽敞,最终还是宿在大伯家。

二伯父在苏州服装一厂做技术活,平时起早贪黑,经常加班加点。本想借春节,回老家叙旧访故,休整几天,可伯母始煙尖钻的会备了许多的布料,给二伯父准备了一堆服装活。结果,小住乡下的二伯父,常常被安排得比上班还辛苦。苏州婿嫚看在眼里,疼在心里,但碍于面子,不好推辞,有时仍招致始煙间的龃龉。苏州婿嫚回去时,大人小孩提着土特产前往送行,年糕、团子、芝麻、黄豆、大米、鸡蛋等一大堆，算是回馈，也显示乡下人的热忱和慷慨。千叮咛万嘱咐，在一派情意绵绵的告别声中，春节渐行渐远，漫长而清苦的日子又将开始。

我懂事起，苏州婿嫚家住在养育巷古吴路23号，一处民族资本家的私宅。主宅仍由主人住，外面的一侧厢房，一大一小两个房间由政府安排给婿嫚家5口住（婿嫚母亲也住在一起）。吃饭在公用的走廊内，烧饭在天井内，局促逼仄。因合住，又有屋主人在眼前晃动，实在不能称心如意。我难得去住时，只能打地铺，我睡床上，堂兄睡地板。婿嫚以我为大客人，不厌其烦，烧拿手菜肴招待我。如"腐乳肉"，一早买好五花肉，和酒、姜、糖、腐乳、盐一起放入炖锅，加水烧开后小火焖，等肉酥了，汤水也蒸发得差不多，吃时口味油而不腻，喷香；还有"酱爆鱼"，买了青鱼块，把鱼块用作料"浸泡"几小时，把水淋干，置于油锅内，文火，一块一块爆好，又香又脆，味道鲜美。平素难得开荤，吃着这些便觉赛如神仙。待我上了年纪，苏州婿嫚和蔼的面容，和那诱人的腐乳肉、酱爆鱼，经常晃现于眼前，温馨沁人。

后来，婿嫚家搬到市中心的大成坊31号居住。这里又是一处私宅。庭院深深，有好几进。婿嫚家在第二进，灰墙黛瓦，雕花木窗，一幢小楼，住三户人家。厨房、客厅、天井合着共用，楼上面积不大，婿嫚家住一大两小三个房间，邻居家住一上一下两室，共用的小楼梯，狭窄得仅容一人上下。下面的东厢房住夫妻俩，女的漂亮时髦，会唱京戏，时时放喉高唱几下，给平静的小楼，增添生活气息。

伯伯、婿嫚的工资加起来几十元，两个堂兄年纪渐大，一个高中、一个初中，还要经常贴补好婆的生活开支，乡下时有亲戚上门，门头开销见涨，生活拮据清寒。记得有一次，早过了吃饭时间，堂兄迟迟没有开饭，等到近下午一点，隔壁人家上楼午休后，他唤我吃饭。一个青菜，吃剩的几片肉，还有一碗用油条撕碎后、开水冲的汤。他向我吐露，拖到现时开饭，怕邻居看到饭菜寒碜。我内心很知足，比起乡下的饭菜，好多了。但望着已谙世事而自尊的堂兄，我内心骤然沉重，苏州婿嫚家日子并非想象中的富足。

二伯父十多岁去苏州学裁缝，吃了许多的苦。旧时的学徒，是师傅家的佣人，帮主人家洗衣做饭买煤球倒马桶带小孩，样样都干。等主人菜足饭饱，他还没吃到剩汤剩水，主人又使唤他干这干那，真正学技术的时间少得可怜。后来进了苏州服装一厂工作，二伯父埋头苦干，钻研技术，凭吃苦和技术一步步升到厂里副厂长。苦于没有文化，不久，免掉副厂长职务，去苏州皮革公司工作。而苏州婿嫚是刺绣厂的工人，整天脚踏缝纫机绣花，凭心灵手巧，每月挣30多元工资，好在伯伯婿嫚相濡以沫，日子平淡知足。

苏州婿嫚为人好，乡下所有接触过的人都夸她"心腹好"。特别是在我伯父患了鼻癌之后，苏州婿嫚对伯父体贴照顾，端汤喂药，细致入微。得病后的伯父，使着性子，如老顽童一个，常不肯吃药打针，苏州婿嫚哄着骗着候着他，让他听话。伯父住院的日子，苏州婿嫚瘦小的身子不停奔忙在医院与家里，颇有耐心地煲好黑鱼汤、甲鱼汤、排骨汤等给伯父滋补。伯父辛苦劳作一辈子，颐养天年时不幸患绝症，我们心痛而悲伤，聊以慰藉的是，由苏州婿嫚悉心照料护理，让伯父的生命延续了 10 多个年头，我们时时发自心底感激她敬仰她。

时光流转，岁月匆匆，苏州婿嫚已届耄耋之年。最近，我耐不住思念，开车前往拜谒。她一如既往穿着整洁得体，绾着昔日的发型，早早在门口等候，乐呵呵笑容可掬，没有悲伤没有怨愁，在她身上找不到一丝生活磨难留下的痕迹，只有那枫叶似的宁静、美丽。眼前的苏州婿嫚，让我想起那五月苏州小巷里的栀子花——洁白、幽香。

朋友阿昌

阿昌大我五岁，黑黑的脸，小眼睛，尖尖的下巴；他清瘦，细长条，明显营养不良。他娘过世早，两个姐姐已出嫁。他和爹两人生活，日子紧巴巴的。

阿昌喜欢看书。做家务，干活时总是捧着书，边看书边干活。我妈说，他今后肯定会有出息。读书人能成就大事，这是村里人的眼光和共识。

其实阿昌后来没有多大的出息，不过在厂里当个技术员之类的。当时他在我的眼里很神圣，伟大，我常围着他转。他能把他读到的那些小说里的内容，添油加酱的讲给我们听，听得我们直瞪眼，大呼，"好，好"。后来语文老师告诉我，这叫"描绘得栩栩如生"。那时的我不满 10 岁，物质匮乏的同时，精神更是一无所有，没有书籍，没有电影，没有电视，更没电脑。他讲的故事，对我们而言，似饥饿孩子面前的面包。

到现在，阿昌讲的故事我脑中只留下"薛仁贵东征"，其他都忘了。讲故事，他用的是电视连续剧的方式，或者说是苏州人说书的形式。今天讲一段，明天接着讲下一段。摆着噱头，让我们整天跟着他，屁颠屁颠。后来，我终于想通了，语文课上为什么总有人打瞌睡，原来老师不会讲故事。

为了博得他的信任好感，也为换得他的故事，我们干脆替他干活。阿昌口吐飞沫讲那薛仁贵打仗，我们卖力地帮他割草，洗碗，烧晚饭等。时间一长，遭到家长们的反对，因为这是剥削我们的劳动，不准我们靠近他。现在想，我们还是划算，至少是等价交换，他以精神劳动交换我们的体力劳动，让我们早早接触文学，得到了最早的文艺启蒙，也让我们大大得到精神的满足和愉悦。

我是他忠实的粉丝。父母的反对，没能阻止我追随他。

夏日炽热，满身淌汗的一个午后，阿昌把我喊到他家。在堆满柴草的昏暗破屋里，他递给我半个黄囊大西瓜和一把小汤勺。我狼吞虎咽，那鲜甜的瓜汁，伴随着口水，快速下肚。他站在旁，微笑看着我，像朋友更像兄长。西瓜吃了一半，我打起饱嗝，摸着自己鼓起的肚皮，幸福得无与伦比，平生第一次得到舌尖上的惬意满足。

接连几天，他喊我去吃瓜，半个，黄囊。我呢，总是吃得打嗝，无法下咽为止。

瓜是阿昌爸负责种的，为生产队。瓜，特别甜，因为施下的是人粪猪屎等有机肥料。队里为增加收入，把瓜卖到附近的军用机场，供军人享用。村里人没有谁舍得买瓜吃。只有到西瓜结尾收梢时，把收藤瓜（临结束时的瓜，小而不甜）按人分几斤给社员吃。而他利用他爸的职务之便，把西瓜藏匿在盛满青草的篮中，偷偷带回家。一半给自己吃，一半给我。

快乐的夏天过去了，转眼已到冬天。一个寒冷的冬夜。队长家挤满了人，那煤油灯散发着黄晕的光，噗簌噗簌闪动。队长正襟危坐，像一个严厉的法官。我的偶像阿昌，低着头，发白而尴尬的脸，在众目睽睽下。在村里社员训斥和追问面前，他交代了偷窃草干、蔬菜、瓜果等种种行径。小孩们在他面前说笑，扮着鬼脸，骂着难听的话。我也在他面前做着鬼脸，跟着起哄，他两眼无望地看着我……

在此之后，阿昌变得少言孤独，有意无意避开村里人，不愿和村里人交往。有几次，我想和他搭讪，他远远避开，躲着我。我知道，他很伤心。

时光匆匆，岁月如歌。在懂得世事之后，我日渐知道，在贫瘠而匮乏的年代，为了肚子，为了生存，偷和被偷是一件习以为常的事。在以后的岁月里，我经常梦见我的那位朋友，回味和他一起时的温暖时光，心头掠过一丝惆怅，一缕思念，眼前总会浮现影片《城南旧事》的情景，耳边响起那首歌："长亭外，古道边，芳草碧连天。晚风拂柳笛声残，夕阳山外山。天之涯，地之角，知交半零落……"

"木腔"小记

　　夏天的后半夜，满天星星开始疲倦，月亮渐渐隐退在云霭里，风儿也凉快了许多。随着一阵"唉咿"关门声，最后乘凉聊天的人们，也开始歇息。我拿着鱼竿，蹑手蹑脚来到鱼池边。不远处，有一个微小的红火点，忽闪忽闪。怎么，有人在抽烟。眼尖的我，发现河边有一黑影。我压住呼吸，尽量不让脚步发出声响，绕到他后面问："谁？""是我。"我听出来，是村里的贫农代表"木腔"。

　　"木腔"沉着，不慌不忙对我说："来钓鱼的？""你怎么知道？"我反击。他告诉，观察我好长时间了，以前我在鱼池偷钓，他都知道。我似信非信。

　　"啪"，"木腔"把一条草鱼，拎到岸上，用铅丝穿过鱼嘴，捆扎在树根。他告诉我，这里的鱼最多，白天他把猪粪泼下，池塘的鱼，和人一样，饿得慌，多次吃到猪粪，常往这里转悠。一会儿，他又逮到一条，不大，一斤多。"木腔"停止了钓鱼，分给我一条，让我回去睡觉。他说不要多钓，留着，今后再钓。我提着挥动尾巴的鱼儿，消失在回家的路上。

"木腔"和我父亲同辈，活着，有八十好几了。我记事起，他是生产队的养猪员，因说话木讷，行动迟缓，村人赠他"木腔"的绰号。"木腔"瘦小的个儿，黑黝黝的脸，秕谷眼，向里凹陷。偶尔一瞟，露出的眼光，让你心里直哆嗦，掂量他眼睛里深藏着的内涵。那晚后，我对他多了一份留意，发觉他的脸，阴阴的，像水滴在练习簿上向周边浸洇过后留下的记印。他走路却和平时行动不一致，步子很轻佻，脚着地的一刹那，却又提起。是体重过轻，还是习惯夜路而成，无以考证。

"木腔"很少和人搭话，他习惯独来独往，像小说里的"大侠"，时隐时现。我和"木腔"又一起偷过几次鱼，有时在村人入睡的夜晚，有时在烈日炎炎的中午，人们午睡时。跟着他，不用担惊受怕，我望风，他钓鱼，一起分享成果。看得出，他也愿意和我在一起，偷钓时，偶尔会掠过一丝满足的笑意。他习惯"呲呲"抽烟，嘴里从不间断，一天要三包，抽的是八分一包的"勇士"牌，最蹩脚的一种。

立秋过后，江南的天空忽晴忽雨。在溽热沉闷的午后，在生产队的蚕室里，队长召集全村社员开会，会议主题是改选养猪员。大家七嘴八舌，议论纷纷，最后，选了朱火根。会下，有人在窃窃议论，"木腔"是全村选出的贫农代表，养猪员说下就下，为啥不说原因，藏着掖着，有见不得人的秘密？后来知道，队长也有苦衷，大队书记有言在先，就事论事，只免去养猪员，其他就不予追究，不必扩大影响。

当晚，在昏暗的灯光下，父亲关照我，少和"木腔"来往，并述说他的底细。"木腔"家穷得叮当响，是村里最穷户之一，两个儿子，三个女儿，一间破屋。当初，大队要推荐贫农代表，村里选出"阿狗""阿打""火根""木腔"等候选人。"木腔"隔壁家是大队副主任朱根林，自小和"木腔"关系好，"木腔"有空往他家跑，不停发"勇士"牌给他抽。朱根林力挺他，"木腔"当上了贫农代表。贫农代表是一个称号，一种荣誉，但谁也没想不到，还准有些货真价实的实惠。"木腔"时不时要参加大队、乡里的会议，可以不干活，工分照拿；还经常要举手表决，参与重大事情的决策；年终分红，他家享受队里的照顾补助；大队书记看他身体单薄，跟生产队打招呼，让他担任养猪员。他有了贫农代表的称号，似乎头上添了光环，村里人对他的感觉也变了，似乎有点羡慕，更有点敬仰。

不久，村里人反映，"木腔"经常小偷小摸，把集体的东西搬回家。大队看他一家七人，挤在一间破屋，就批给他三间宅基地造房，他开始谋划造屋。村里廉价买回 10 多船的乱砖，准备盖蚕室时用。他每天趁没人，就往自己家里搬，像蚂蚁搬家，精卫填海。夜深人静，他用粪桶，把队里的石灰，偷偷运到自家的石灰池。过不久，三间低矮的平屋落成了。村里人包括队长，心知肚明，他造屋的许多材料来自队里。最近，他私下把队里的大麦卖给邻村的村民，三次，几百斤。风声传出，队长去邻村求证，对方一口承认。队长请示大队，痛下决心，撤了他的养猪员。年终，还免去了农民代表。

"木腔"免职后，我发现他神情忧郁，脸色更加阴阴。路上遇见他，我无法对他产生厌恶，我还是主动招呼他，喊他老伯。他有些尴尬，没吭声，悻悻离去。以后，我踏上漫漫的求学、工作之路，很少遇到他。只是听人说，开放搞活后，他花几百元钱，牵回一头小牛。他希望待牛长大后，产奶卖钱。养牛很辛苦，天天割草喂牛，守候在小牛身边。但天不遂人意，牛得病死了。"木腔"很悲伤，郁郁寡欢。不久他也患病，癌症，几个月就告别人世。

来自营房的同窗

　　就读高一时，同桌叫高飞，来自附近机场营房，据说他父亲是营房的高官。自小生活在乡村的我，对来自神秘营房的同桌充满好奇基于对他军人后代的身世，和对大营生活的种种联想和神往，如寂寞长夜里，孩童抬头所见的星星月亮，满含幻想奇妙。

　　附近机场，建造时是一个军用机场。听老人讲，机场始建于1955 年，好多村民都参与了土建。父亲回忆，当时国家一声令下，乡里农民四面八方汇聚工地，人山人海，挑灯夜战；整田平地，挖土挑方。父亲也参加过几天的挖泥填土。因为不计工分，仅供一顿中饭，权作报酬，父亲提及此事，清淡寡味，兴趣全无。

　　初春季节，草长莺飞。空寥无绪的午后，小伙伴们提着竹篮镰刀，走七八里泥路，来到机场附近。跑道四周青草漫长，铁丝围网层层着，我们的小手实在太短，够不着，只能眼巴巴望着。"轰隆隆"的声响袭来，震得有些恐惧。预警机在跑道疾驶，一忽儿，倏地向空中飞翔。小小的心儿，随之驰向广阔的天幕。我们似乎瞧见了村庄外面的世界，开始憧憬未来。

　　初识高飞，古铜色的肌肤，身材魁梧，戴着眼镜。上下军装，走路"噔噔"有力，一派军人气质。他平素不苟言笑，酷似严肃。但私下聊天，他挺会侃，天南地北，海阔天空。毕竟在部队长大，见多识广。我只能眨巴着眼睛，听他神侃，插不上嘴。聊到高兴处，他也哈哈大笑，绽出酒窝，露出童稚的一面。聊得最多的是军营里的那些八卦。他告诉我，空军作战时，战机一般是双机编队。长机为主，僚机为辅。长机由经验丰富的飞行员担当，僚机通常是新手。只有长机可以主动攻击，僚机只负责警戒、掩护和观察长机的后方。"黄海大战"时，有位当僚机的飞行员，没有长机的命令，私自向敌机开炮。结果，把敌机打下。按理，那位飞行员要挨批评受处分，因为打毁敌机，没有追究，反而授予大功，日后官运亨通，先在本地机场任领导，后调到军区做首长。聊天中得知，高飞老家在山东，他爸同村的发小，也是军人，跟随某位首长多年，时任头号首长的办公室主任，叫"王某某"，和他们家关系密切。首长"三起三落"，他家里也随之"三起三落"，因而影响了父亲的升迁。云云，听得我入迷。

　　高飞和我也做乡下小孩子之间的游戏。比如交换书籍看，我把英语字典卖给他，他把用过的眼镜送给我等等。进入高中，功课紧了，视力急剧下降。为省钱，也不谙常识，没测视力，上课时，我戴着他送我的高度数近视眼镜。我的视力越来越差，到毕业时，眼镜度数达到五百度。当时，自行车是紧俏商品，一般的农家子弟无力购买。他早晚骑着崭新的自行车上学放学。和大家一样，他也带米用饭盒蒸饭，菜自带，不同的是他家境好，天天有荤菜。他理科好，英语、语文是短腿。成绩排在我之后，但至高中毕业时，学科总分竟超过我。原因是学习刻苦用功，自制力强，加上有父母的严厉监督。不像我们乡野孩子，行为散漫，缺少自制力，父母忙于农务，不管不问，学习常常三天捕鱼，二天晒网。

高飞也有烦心的日子。有一阵子，他显得很忧郁沉闷，情绪低落。后来，他私下告诉我，"自卫反击战"前，军营内飞机卸装在列车，和所有军用物资一起运载到大同。他父亲随部队北征，留下他和母亲、姐姐在南方。战争意味着什么，我想他比我更清楚，他的担心不无道理。

和高飞交往，有关机场的往事时隐时现。江南梅雨，淅淅沥沥。总是没头没脑，无端下个没完。母亲呼上村里的女伴，冒雨去机场附近，在机场附近成片的茅草丛里，捡拾地衣。地衣老家又称地木耳，阳光普照时，黑乎乎一粒，像鸟屎黏附在草丛。雨水浸泡后，化开涨大，滑腻滑腻。母亲说，地衣遍地都是，垂手而得。她捡回满满一木盆，炒韭菜，腌地衣，吃了好些时日。母亲忙碌，总没时间仔细淘洗干净。吃着地衣，常有沙砾，"咯吱、咯吱"，比不上现今饭桌上的地衣可口。后来读到清代王磐编纂的《野菜谱》，收录了滑浩一首歌词《地踏菜》："地踏菜，生雨中，晴日一照郊原空。庄前阿婆呼阿翁，相携儿女去匆匆。须臾采得青满笼，还家饱食忘岁凶。"这首歌谣记述了地衣生长、充饥救荒的情景。地衣自古以来，就是天然野蔬，是大自然的馈赠和恩赐。

骄阳似火，炎炎七月。村里的西瓜熟了，个个青黝黝，圆咕隆咚。村里人舍不得吃，托熟人联系，卖给机场营房。村民用竹编大篮，把西瓜运到水泥船。三个男人，唉乃声声，摇橹半天送到机场附近的村子。士兵再用车子拖回营房。部队用好菜好饭招待三位村人，厨房端出两盆红烧肥肉，被吃个精光。回来时，嘴边留有油渍，反复向村人炫耀，村人用异样的眼光看着他们，满含羡慕和垂涎。

到高一下半学期，学校进行了分班。好在我们同在一班，不坐同桌，有空暇仍聊天交流。有次，我不知如何招惹了体育老师，矮小的老师对我劈头就打。高飞见后大呼一声，"老师不能体罚学生！"那老师听后，反而再添我一巴掌。我无以反抗，默默无语。我心底佩服他的勇气，众目睽睽之下，当着全班的面，大吼一声，为朋友两肋插刀。尽管那一吼，让我多挨了一巴掌，但还是心存感激。

那时，营房里经常放进口电影，电影票紧张。有一次，营房放映《流浪者》，他妈为我们搞了三张票。语文老师在课上对影片内容做过介绍，我们都很激动。放学后，他带我进了军营，面对整齐划一的红房子，步伐雄健、穿着草绿色服装的军人，顿时肃然起敬。迈进他家，一股特殊的香味，扑鼻而来，那是菜肴的香味，在勾引我们的食欲。宽敞的客厅，茶几上放着花生、糖果和苹果。家里的电视机很大。当时村里还没有电视机。他妈招呼坐下，先吃花生和糖果。她说："花生和糖果一起吃，又香又甜。"开饭时，满满的一桌菜，有许多初见的菜肴。他妈力劝多吃菜，不停为我们夹菜。边吃，边语重心长教育："要集中精力学习，不要分心，争取高考考得好成绩。春节不要去走亲戚，来来去去浪费时间。宁可在家吃稀饭，不能放弃复习功课。"我听了心里震惊，老师没讲过类似的话，走亲戚是农村的风俗，不走亲戚，哪个做得到。我似乎明白了他成绩快速上升的原因。遗憾的是，是疲劳还是饱餐，影片开始不久，我却打起了瞌睡，电影的情节已迷迷糊糊。

那年高考揭晓，只有六位同学达线，高飞也在榜上，他被哈尔滨某大学计算机专业录取。毕业后，他去了北京工作。起始，有书信往来，也聚过几面，见面还是胡侃，尽是皇城里的八卦。

更多的时日，他在北我在南，天各一方，各自为生活、为人生忙碌奔波。听说，后来他辞职经商，再后来又去国外定居。很多的日子里，一杯茶，一支烟，坐在桌前遐思：多少发小，多少好友，所谓的金兰之交，总以为"无纵诡随，以谨缱绻"，但时空悠悠，竟至漫漶而似烟似雾，是生活的必然，还是人生共同的归宿，一片混沌。

"泼皮"素描

泼皮得过小儿麻痹症，走路一瘸一拐。遇到紧风，单薄的身子，仿佛要倒下。泼皮娘心事重重，担心他日后负不起重活，无以为生。十五岁时，给他拜了师傅，学做漆匠。泼皮手巧，三年后，学徒满师，漆匠手艺已是坊里出名。

村上阿新春节将结婚，打制新的衣柜、五斗橱、木床。秋夜里，泼皮上了阿新家门，兜揽生意。在黄晕的煤油灯下，他操着如簧之舌，向阿新家推荐他的手艺："你如果要漆泡力水，那么，我可以漆得像洋机（缝纫机）面一样，滴溜滑溜的。"边说，还演示。小时的我，看到他如此能说会道，惊讶地望着，心生佩服。

读初中时，听人说，泼皮和同村人闹纠纷。他喊上七八个光着头的"街皮头"，手舞木棍、扁担，把对方打得头部开裂，鲜血淋漓。对方要求承担医药费误工费。泼皮说："活该，谁让你先动手。让我承担费用，没门。"

闷热的夏夜，空气里没有一丝凉风。偌大的空间，犹如一个大蒸笼。泼皮侧身躺在桥的水泥护栏上乘凉，如一弯斜弓。迷迷糊糊里，他的身体受力推搡，滚落坠下。惊醒时，身体已跌到河畔硬地，浑身疼痛，哇哇乱叫。经医生诊断，他断了两根肋骨。泼皮躺在病榻上，眼望天花板，内心郁愤不平。他后悔不迭，当时自己睡得太沉，竟没看清对方的脸。

初中毕业那年，我的邻居刚学会骑自行车，新奇，兴奋。阳光灿烂的日子，她骑着自行车上街。在狭窄的村道上，被石块一绊，侧身倒下，撞到一旁的老妇。老妇哼哼啊啊，卧地不起。有人把他儿子唤来，那儿子竟是泼皮。泼皮把母亲送到乡医院。

泼皮找上邻居家，提出除医药费外，赔偿营养费、精神损失费、误工费 500 元。500 元当时是一个大数目，抵得上一家全年的收入。邻居家自然不同意，只答应出 100 元。泼皮轻蔑笑笑，扬长而去。一月后，她母亲伤已愈好，医生建议泼皮母亲出院。泼皮坚决不同意："事情还没解决，坚决不出院。"泼皮母亲嚷嚷着要出院，泼皮凶狠地对母亲说："你躺在医院，就是赚钱。你要回家，我打死你。"泼皮把母亲硬摁在医院。

邻居家央了熟人，托了村干部，一次次上门劝说。泼皮不冷不热，手捧茶杯，神情笃悠，但始终不让步。他在村人面前放言："现在，我是坐客，他是行客。随他们折腾去。"

两个月后，望着与日俱增的住院费、医药费，邻居终于坐不住，心理防线彻底奔溃，在唉声叹气中妥协，交付了所有的费用，外加赔偿费 500 元，旷日持久的车祸得以了断。泼皮点着一大叠钞票，露出一丝阴笑，扔出一句话："早知今日，何必当初。白白损失了许多钱。"

说起上访户，现在一点不稀罕。但 30 多年前上访户很少，泼皮却是乡里出名的上访户，他经常向人说，他的父亲原是大资本家，解放前逃往台湾，所有的资产全部充公没收。泼皮经常去省城南京上访，要求退回资产；自己是残疾人，要国家安排工作和提供困难补助。

读高中时，我寄宿在中学附近姓周的居民家中。姓周的和他同病相怜，自小患有腿疾。有个晚上，泼皮去鼓动周姓的人，同去南京上访。泼皮操着三寸不烂之舌："到了那里，白馒头尽你吃。回家时，他们会提供路费，送你粮票。"泼皮口吐飞沫说着经验，每每上访总有收获："到了省城，我们尽量装得可怜兮兮，说到伤心的地方要掉眼泪。接待官员会同情我们，甚至会打电话关照市里、县里、乡里，照顾我们。"好说歹说，姓周的随他去了南京。两天后归来，眉开眼笑。收获不菲，不但得到款待，还拿到了政府的抚恤金。

80年代，中央提倡反腐败。泼皮就盯住乡里干部不放。一次，县经委的领导来乡里调研工作，乡工业公司余总经理在公司食堂设宴招待。酒过三巡，气氛正酣。泼皮一摇一摆，破门而入。大声指斥县经委领导："余某某是个腐败分子，你们这些县里领导，怎么和这样的人一起喝酒。中央规定，三菜一汤，今天你们上了8个冷菜，10个炒菜，我要去告你们。""咔嚓""咔嚓"，泼皮举起照相机拍摄现场。气氛顿时尴尬，一场饭局被泼皮搅黄。惶惶中，县经委领导交付饭钱，打道回府。这事在乡里引起不小的震动。从此，许多领导见泼皮便避之不及。泼皮声名鹊起，俨然成了反腐英雄。

泼皮开着一家小杂货店，正门生意一般，但偏门生意红火。泼皮唆使手下人，暗中收集干部腐败的资料，隔三差五到有问题的干部处和集体企业，兜售生意。苍蝇不叮无缝的蛋，泼皮上门，那些人好脸相迎，生怕得罪泼皮。泼皮把准备的材料摊在他们面前，干部、企业的老板见了，心发虚腿发软，只得乖乖购买他的茶叶、香烟。靠着这一招，几年下来，泼皮积攒不少的钱财。

有了钱，泼皮起了钞票生钞票的念头，他暗暗给急用钱的主放债，做起高利贷生意。我邻居家的儿子，做工程发了，但他喜爱赌钱，"二八杠"。一年半载，多年积聚的几百万元，全部扔给赌场不算，还负债累累。邻居急于翻本，病急乱投医，找泼皮借钱。泼皮窃喜，以一分息借给邻居 30 万，邻居以一幢别墅抵押。邻居运气背，进入赌场，30 万元又打水漂，化为泡影。借款期满，无力偿还，邻居家的别墅便乖乖地易主在泼皮的名下。

乡里人发现，一个花枝招展的女人，经常伴随泼皮左右时，泼皮似乎处在热恋中。女人是浙江人，最初替泼皮看店，是泼皮的雇员。当她发觉泼皮有钱，富得冒油，她开始以多情的媚眼，扭动的肥臀，半裸的上身，投向泼皮。泼皮的春心开始荡漾，他们开始新的生活。糟糠之妻获知此情，同他大吵大闹。泼皮两手一摊：离婚。条件是给妻子 50 万钱，一套房子。人老珠黄的妻子哪肯，她知道自己一个干瘪的中年女人，离婚意味着守寡，孤独终身。于是，他们在法庭上见。开庭，休庭，反复拉锯，泼皮没有战胜法律。他悻悻然，有些无奈，疲乏。

夕阳西下，残阳一片。泼皮提着新鲜的猪肉、鱼、虾，屁颠屁颠回到家，和老婆共进晚餐。他说要和老婆破镜重圆，言归于好。看到泼皮满脸的真诚和笑容，妻子仿佛回到了从前，满怀希望。丰盛的菜肴，杯来盏去，其乐融融。斯夜，如新婚般入房。但他老婆哪里知道，泼皮乘她不注意，自己吞下两颗"伟哥"。到了半夜，身子骨不过硬的泼皮气息奄奄，不省人事，被送医院急救。

验血后，医生开了证明，服了性药，房事过度。

　　这下，泼皮有了法庭上新的有力证据。他倒打一耙，诬他老婆刻意为之，要谋财害命。这次，关乎生命安危，法庭准予离婚。

老师啊老师

一

我有个惊天的发现，我的班主任、语文老师吴介甫上课时，有点不大对劲。他看起人来很虚，目光没有以前那样真诚、朴实。他的眼睛围绕教室轻轻"滴溜"一转，或者在几个宠爱的男生脸上一瞟，目光迅速移开，最后，盯在李娜、岑美丽和顾娟等几个漂亮女生的脸上，纹丝不动。像清晨的鸟儿，在空中悠闲飞翔几圈，最后落脚在树杈上，不停发出清脆响亮的啼唱，久久不愿离去。

发现这个秘密时，我自己吓了一跳，这是怎么回事？

吴老师对学生很有威慑力，大家对他有点惧怕。上课时，甚至不敢多抬头看他，怕被他点到名，回答问题。我趁他不注意，斜着眼，偷窥他，发现了这该死的秘密，害得我下一节数学课心不在焉，想入非非。晚上躺在被窝，老是出现吴老师盯着学生色迷迷的神态，搅得我差点失眠。

　　吴老师自我介绍是本省最高师范学院毕业，教课成绩在县里同类学校中名列前茅。他上课与众不同，起码有三分之一时间讲课本外的内容，插科打诨，海阔天空，古今上下，显示他渊博的知识和语文功底。他的课像磁铁一般，把同学的注意力紧紧吸住，上他的课，轻松活跃，大开眼界。他说，这是所谓的"功夫在课外"。

　　吴老师上课有时会来点荤的，女人啊，爱情之类的，大家都喜欢。那时，闭塞的乡村，只有几本小人书，打发我们的童年、少年。现在，孤陋寡闻的我们，眨巴着眼睛，听吴老师讲什么《红与黑》《罗密欧与朱丽叶》《流浪者》。他吹得入神，激动时会手舞足蹈，我们的情绪，也会与之呼应。我们被他生动的讲述，彻底征服。他也很满足，有点飘飘然。吴老师大谈特谈文学、爱情，常常讲得拖课，弄得下节课的老师老有意见，但碍于面子，敢怒不敢言。

　　那天，语文上新课，内容是朱自清的散文《荷塘月色》和《绿》。讲到亭亭玉立的荷花时，吴老师兴致所至，大谈美女，什么"艺术的女人"和"女人的艺术"，他说漂亮女人，一言一笑一颦，从本质上都是艺术；而作为艺术的女人，他应该有得体的衣着、淡妆、气质、神韵。他像研究女人的专家，讲得我们如坠云里雾里。突然又把话题转到了爱情："你看，罗密欧、朱丽叶为了纯真的爱情，义无反顾，赴汤蹈火，在所不惜，最后一起殉情。"

　　扯到爱情，多敏感的话题，我们只有十六七岁，神经有些紧张，只是屏住呼吸听他讲，多数女生低着头红着脸，满脸羞赧。我有了昨天的发现，今天多看了吴老师几眼，他谈到爱情，特别亢奋，合不拢嘴，连牙齿都露出，那发光的眼睛，绿幽幽的，在漂亮女生李娜、岑美丽和顾娟脸上扫来扫去。那神态让人想起，小时候看伙伴吃麦芽糖的情景。难得见麦芽糖，小伙伴吮着舔着，我们全神贯注，盯着他，看他慢慢吃完，大家咽着口水，悻悻走开。

我和同桌私下讨论，吴老师的课很生动形象，大家爱听。但好多内容包括爱情，高考试题会涉及么。要是和高考无关，岂不浪费大好时光？我们这群来自乡村的愣小子，还等着"书包翻身"，跳出农门呢。同桌是个好好人，没主见，"三句打不出一个闷屁"，支支吾吾只说了一句："听老师的，总不会有错。"我很失望，内心想知道，女生是怎么看这个问题的，可我不好意思问。

二

吴老师的家和我一个方向。偶尔，放学回家，走在唯一的乡道上，会撞见他。

一次，他和村上年纪相仿的水根在前面走，我跟在后面。我不敢向前超过他。隐隐约约，听到吴老师和水根都在叹息。

先是水根说："我是罪孽深重，眼前漆黑一片，看不到亮光。一年到头，无休无止的重活累活，何时是个尽头？"

吴老师说："哎，我们都是苦命人。我也要吃两遍苦，受两茬罪了。上了大学读了师范，以为是跳出农门，逃离苦海。可老婆孩子户口在村里，马上分田到户后，又要重新种地了。"

听着这些，我的心有些沉重，让吴老师种地，实在难为他。吴老师个子矮小，不足一米六，为此，年轻时寻女朋友很困难。据说，后来还是拉郎配，把他和又矮又黑的乡村姑娘撮合在一起。婚后他们有两个儿子，长得和他们夫妻一般，都是矮矮的，不满一米六。

过几天，吴老师教我们鲁迅的《祝福》。吴老师不知怎么讲到祥林嫂，一下子触景生情，引到了他自己的婚姻。他翻江倒海般，把心里话倒腾出来，他说，"我是一个读书人、知识分子，我老婆是地道的村妇，我们没有共同语言，缺少共同生活的基础，我们的结合是时代的悲剧。"

这样突兀的话，如一声惊雷，几十个学生，惊愕得面面相觑，不知所措。我勇敢地看了他一眼。这次，吴老师没有先前那笑兮兮的猥琐相，他的脸部神经似乎有点痛苦的搐动，但眼神还在那几个女孩子周围打转，只是有点淡淡的悲哀，有点像诗人说的，"我曾默默地，无望地爱着你"。

有些话匣子得永远关着，一经打开，就有巨大的惯性，经常而反复着，像祥林嫂反复说"我真傻，真的"，说个没完。吴老师和家里人没有共同语言的事一旦说出，他似乎无法控制，经常在课上借着话题，把自己的老婆拿出来叙说，就像家里樟木箱里的衣服，遇到天气晴好，就会拿到天空里透透气，见见日光。

现在的语文课，越来越来劲，我越来越注意吴老师的一举一动，好像我就是一个专门监视吴老师的人，我不断谴责自己，这样做，合适么？心里七上八落，没个底。

三

吴老师的脾气越来越差，动辄发火。本来，吴老师上课牢骚特多，像鲁迅一样，经常向阴暗面开火。对时下流行的"开后门""大吃大喝"等不正之风，他嫉恶如仇，"愤青"一般，一有机会，就骂，骂得我们内心里佩服，浑身舒服。大家觉得今后应该像吴老师一样，一身正气，两袖清风。而现在，他发火的频率很高，个中缘由，我一人知道，他要为老婆孩子种地干农活，想起这发麻的事，他心情还会好？我有点小聪明，为知道他的底细沾沾自喜。知道了，就尽量躲着他，不惹他，否则没好果子吃。

今天放学前，按照惯例，召开班会。吴老师对全班进行训话，班级各类事务，学习情况分析，如考试成绩，作业完成情况等等，都会在这个时间节点进行。别小瞧这小小的班会，能说会道的吴老师，有天生的本事，用这30分钟时间控制着班级。我用错词了，"控制"应该叫"管理"，但我的第一反应，确实是"控制"。

隔壁班有个大队书记的儿子，伏在窗口，正在和我班上一位男生打着手势，讲着哑语。吴老师凶狠地看了他几眼，那家伙悟性太差，还赖着不走。吴老师干脆打开教室门，请他进来。他发觉不妙，一溜烟，滚蛋。

这家伙坏了吴老师的情绪，吴老师正式开骂，"你干部子女，神气什么。我一天三顿萝卜干饭，我不会求你；你爸干部，怎么啦，你走你的阳关道，我走我的独木桥。"吴老师平日骂得最多的就是干部，不知为何，他似乎和乡村干部是天敌。

　　班中个别同学家长也是干部，官衔不小，比如高鹏是附近营房里师长的儿子，和我关系很铁，成绩在班里一直居前十名。不知为何，吴老师对他总是不冷不热，冷落一旁。后来知道，吴老师是文人，喜欢风雅，爱听流行音乐。音乐磁带是紧俏品，特别是进口的，一般人搞不到，但高鹏家有。社会上的所有紧张物资，高鹏家都能搞到。吴老师借团支部书记之口，向高鹏借过磁带。高鹏是忘了，还是不愿意，反正没有借给吴老师。高鹏真是令吴老师大失所望，自此，吴老师把他打入冷宫。毕业前夕，半数人都入团了，高鹏还是个团外青年，和他的革命家庭很不般配。团支部书记吐露，校长、教务主任，都向吴老师打过招呼。吴老师"筑坝"，卡着。我推测，是高鹏这小子吝啬，不愿借给吴老师音乐磁带。有次，几个小孩围住他的新自行车，指指点点，高鹏见后，杀猪似的嚎叫着，冲过去，样子挺吓人。我想不通，犯得着么，如此大动干戈，不就是一辆自行车？不过，那时自行车还是稀罕物，在一般家庭还买不起，也买不到。

　　我突然醒悟，刚才吴老师骂隔壁学生的那些话，莫非骂给高鹏听的。我越想越可怕，纯洁的师生关系，搞得像社会似的复杂哎，人心叵测。

四

　　我小学同学李叶，是个美丽女生，白皙的皮肤，大眼睛，水灵灵的。他爸是代课老师，教初中语文，水平不错，他和吴老师同在语文组。但吴老师从骨子里藐视李老师，因为李老师曾犯过男女错误。遇到教研活动，探讨教学问题，吴老师对李老师总不屑一顾。

听说，最近吴老师把李老师赶出学校大门。起因很简单，李老师把女生留在办公室补课，李老师抚摸女生的头，正好被吴老师撞见。于是，吴老师冲到校长室，大发雷霆，"像这种流氓，怎么有资格留在堂堂的中学教书，简直是学校的耻辱。"校长让他平静些，说话办事要讲究证据。吴老师咆哮："他在讲台，今后学校肯定要出大事，你不解决，我去文教局反映情况。"无奈，事发几天后，校长只能把李老师辞退。

那次，吴老师感觉真好，他觉得自己是个英雄，他把一个坏分子从教师队伍清除了。路上，碰见其他老师，头昂得更高，胸挺得更直，一副居高临下，漠视一切的神情。

吴老师有点像江湖上的大侠，乐意替天行道，伸张正义，但很少和同事搭腔，独往独来，天马行空。

最近，语文代课老师薛莹总趴在办公桌上，闷闷不乐，一副痛苦的样子。后来，大家弄明白，在乡政府上班的老公要和她离婚。她老公原来只是个乡机关的办事员，去年提拔为党委委员。多年来，他们夫妻关系很别扭，经常不理不睬，处于冷战状态。近日，因为女儿感冒咳嗽，两人互相埋怨，大吵大闹，老公正式提出离婚。

吴老师知道后，愤愤不平，他认为，是她老公地位变了，想抛弃薛莹，是典型的陈世美。他连夜修书一封《揭发当代的陈世美》，动员学校30多名老师，在信上签名。信不长，但言辞激烈，以大批判的口气，强烈谴责薛莹老公，道德败坏，喜新厌旧，要求乡党委、政府支持公道，严肃处理。

信送到乡里没几天，乡里派了文教干事，来校找薛莹了解情况。文教干事刚走出薛莹办公室，守在门口的吴老师就大声疾呼："打倒现代陈世美，人民教师万岁！"声音洪亮，响彻整幢大楼。

听到声响，好些老师，以为有家长来肇事，纷纷走出办公室，想看个究竟。见此一幕，不少老师内心像看戏般窃笑。一向和吴老师有芥蒂的于老师，探了探头，嘀咕了一句"神经病"，便折回办公室。

法庭受理了薛莹的离婚案，如期开庭。七月的阳光，烈日炙人。吴老师的心情如阳光般炽烈。他在法庭门口拉起横幅："反对现代陈世美，道德败坏者没有好下场"。他握着拳头，慷慨激昂进行演说，不时振臂呼喊，引来许多围观的人群。

几次开庭，反复拉锯。到年底，法庭还是作出判决，准许薛莹夫妻离婚。

五

我们班由六个班选出来的学生组成，是所谓的"快班"。在学校里，我们有些飘飘然，自我感觉忒好，似乎人人都能考取大学，个个已是天之骄子。班级的地位由班主任决定的，吴老师是什么人？用民间语言形容是"难剃的头""三角黄石"一块。人家知道吴老师的厉害，所以才买我们班三分账。

最近，老师们都去校长那里告状，说我们班目中无人，骄傲自大，卫生工作、课间活动做得最差；学习也放松，成绩在退步。

在紧急关头，校长挺身而出，要来拯救我班，挽救我们这些莘莘学子。那天，放学前的训话，由校长来执行，他要好好杀杀我们的威风，锉锉我们的锐气。一开场，他就毫不客气："听说，你们班不少同学有些神气活现，自骄自大，目中无人，本事大得很。告诉你们，我十七岁中师毕业，十九岁当中心校长了。你们上届的学生，尚明获得省物理竞赛的第一名，焦国华获得省化学竞赛第一名。你们也拿点成绩给我看看。你们有啥了不起，屁都不是。有啥理由在此自以为是，趾高气扬。"乖乖，那校长果真厉害，训起人来，比班主任吴老师果断杀伐，他一口气足足骂了我们足足三十分钟，骂得我们低头默认，一点声气都没有。他的骂，彻心彻骨，我们的傲气消失得无影无踪。我们好像天生的贱骨头，经他一骂，我们的骨头好像舒服了许多天，浮躁的心，沉静了许多，学习也变得踏实认真。消息灵通人士讲，这是吴老师和校长商量好的，演的是"双簧戏"，是吴老师借校长的口，来整整我们。看来，吴老师和校长团结一致，对付几个嘴上没长齐毛的学生，还是小菜一碟。

平素，李娜、岑美丽和顾娟几个漂亮女生，被吴老师宠着护着，自修课上叽叽喳喳，说话走路动静很大。被校长骂后，她们也识相许多，说话做事的声响也小了。

六

岑美丽是语文课代表，每天的报纸《解放日报》，归她管。同学都喜欢看每天的时事评论文章，有观点、有论述，是高考作文的典范。那天，放学前，大家没读到报纸，心里惘然若失。

我问她，她说老师没给。我天生敏感，心生好奇，想弄清楚为
什么。

第二天中午，趁老师不在，贼一般溜进老师办公室，在抽屉
里翻出了昨日那张报纸。从第一版快速翻至第四版，第四版有篇《手
淫好不好》的文章引起我的注意。大概就是这篇文章，是吴老师
不给报纸的原因。好奇心驱使，也是突发灵感，我把这张报纸夹
在当天的报纸内，溜出办公室。

岑美丽把两天的报纸拿到班里，那篇文章在全班迅速流转传
阅。那篇文章赤裸裸谈性，谈性欲，谈生殖器。读后，令我们瞠
目结舌。大家忌讳说性，没有人在公开场合谈论。这破天荒的文
章，男同学看后，在私下窃窃私语。女同学看后，都红着脸，低
头不语。

当吴老师发现时，已经晚了，全班几乎都拜读了。吴老师的
脸有些尴尬，表情很复杂，他无从言说，更无法指责。但他想不
通，藏起来的报纸，还是让岑美丽拿来了。他想问岑美丽，但开
不出口。

看来，吴老师对我们还是关爱有加，他怕我们沾染不良习气，
进入歧途，影响高考，可没想到还是让大家看到那篇科普文章。

其实，吴老师不知道，私下里，寄宿的男生都在看黄色手抄
本《少女之心》。班里成绩最好的"北极熊"，向隔壁班同学借
后第一个阅读。他看完，就借给我。我看得迷迷糊糊，幻想翩翩，
常常浮现漂亮女生的身子，几个晚上，做着春梦。我看后，他又
借给其他人。那手抄本描写初次性生活场景，比这篇文章震撼力
不知大多少，要是吴老师知道，肯定要让我们作深刻检查，说不
定把家长请来，一起肃清流毒。

七

绵绵秋雨，淅淅沥沥，吴老师一脸愁绪。眼下是秋收大忙，上完课，吴老师还得回家干农活。上课时，他一脸疲倦，内心一定像火山，一触即发。我对要好的同学阿荣讲，最近要特别小心，别做傻事，撞到吴老师的枪口上。

同学吴明头发向后梳着，"滴溜滑顺"的大包头，男生称他为"奶油包头"。"奶油包头"是街上人，标准的"街皮头"一个。班里男生跟女孩打招呼都害羞，只有他不怕难为情，有事无事找女孩说说话，借本书或者抄个作业。放了学，他还主动约女孩子谈谈，嘻嘻哈哈，一副成熟老到的样子。

今天语文课，"奶油包头"倒了八辈子大霉。吴老师在讲秦牧的《土地》，边讲边巡视全班，他发现吴明低着头，偷偷照着一面小镜子，发出一闪一闪的光。吴老师看在眼里，火在心里，没理睬。后来的事，实在让吴老师无法沉默。"奶油包头"盯住边上同学李娜的脸蛋看，看得发呆，忘乎所以。李娜长得小巧玲珑，瓜子脸，樱桃嘴，符合吴老师的审美观，是吴老师最喜欢的一个。今天，这个楞青头，稀里糊涂盯住李娜发呆，简直是吃了豹子胆。

"吴明，我讲到哪里。"吴老师突然发问，"奶油包头"没弄明怎么回事，听到喊自己大名，"瞪"地站立起来。吴老师来到"奶油包头"旁，因人矮，够不着高大的"奶油包头"，就跳将起来，"啪、啪"两个耳光，打得"奶油包头"面孔通红，手足无措。

"奶油包头"十分尴尬，和其他同学一样，不知原因。我观察得一清二楚，挨打的理由是，"奶油包头"课上盯住女孩子看，且看的是李娜，吴老师喜欢的女生。

我细细琢磨过，觉得李娜其实长得很一般，没有班上的尹华好看。尹华长着白净的脸，肉嘴肉面，丰满的前身，翘起的后臀，就是现在流行的"性感"。平时，路过她身旁，飘来阵阵香味，让人心起阵阵涟漪。

八

接下来，倒霉的不止"奶油包头"一个。那天早自修，吴老师在教室巡视一圈，无意中发现教室后面的黑板上，歪歪斜斜写上"七个小矮人"等字样。看到"小矮人"，他心里就来火。他从小为这个"矮"字，历尽了屈辱。村上的伙伴，常拿他开涮，骂他是侏儒，还动辄打骂他。为了摆脱伙伴的纠缠，乖巧的他，就时时讨好村上的"黑皮"，经常为他割青草，背书包。"黑皮"大他两岁，力气超过同龄人。自从攀上了"黑皮"，"黑皮"成了他的保护伞，关键时候，总护着掖着他。自此，伙伴不敢再欺负他。

今天，吴老师看到那刺眼的字眼，他憋着万丈怒火。但他还是忍耐，没有发作。他只是说："谁乱涂黑板，赶快擦干净。"

沉默，没有人站出来。

"谁写的，擦掉。"吴老师嗓音粗起来。

空气突然凝固。大家你看我，我看你。他问了几个寄宿生，都说昨晚不在教室复习。他不耐烦地问我的好友阿荣，阿荣回答：

"不晓得。"

吴老师脸色铁青，脖子边青筋暴起，怒火终于爆发了。他冲到阿荣的座位，"啪，啪"两巴掌，并在课桌抽屉里掏出他的书包，扔到教室外。又冲到寄宿生"小萝卜"处，驾轻就熟地把他的书包摔到窗外。

中午休息时间，吴老师把十几个寄宿生，喊到办公室。他说肯定是你们写的，要大家检举揭发。

无语。沉默。吴老师的脸色涨得像猪肝。过了十几分钟，吴老师突然抓起桌上的茶杯，泼向学生。站在前面的几个，头发、衣服，全部湿淋淋的，狼狈不堪。

最后，他勒令每人写一份检查。事情不了了之。

九

北风呼啸，天空里飘着雪花。吴老师几天没有来上班。班主任不在，我们像猴子脱了链条，心情轻松，行动自在。

两周后，吴老师步伐缓慢走到讲台前，走路时夹紧了屁眼。他有些元气不足，说话声音都沙哑。吴老师说，进医院开了刀，把痔疮挖去了。他比划着，说是大手术，拳头可以在洞里进出。本来还要休息，因为过几个月要高考，为了同学们的前程，他提前来上班。我们听得云里雾里，搞不清话外音。

若干年后，我才知道，班里有10多位学生，在吴老师开刀期间，他们都提了鸡蛋，买了水果、麦乳精去看望吴老师。难怪，老师平时都喜欢这些学生，从不批评他们。哎，老师也是人，也喜欢有人阿谀讨巧。何况，吴老师家境一般，日子紧巴巴。

我们都是乡下穷小子，智商差，情商更差。只有那些出身优越，家境富裕的同学，似乎先知先觉，懂得老师话里的真实涵义。不过，即使懂悟了，又如何呢？我们一天三顿，两顿稀粥一顿饭，咸菜加白菜，刚好填饱肚子，拿什么来孝敬。

过了春节，高考一天天临近，学习变得更加紧张。吴老师一点也没变，课上还是嬉笑怒骂，发挥自如。我们的心情也时好时坏，随吴老师的心情起伏。

炎炎七月，骄阳如火。公元一九八零年七月，迎来了一生难忘的七、八、九三天。吴老师微笑着送我们进考场，他神态悠然，气清神定，似乎稳操胜券。

七月三十日，高考成绩公布日。焦躁。忐忑不安。我们如恭候在乾清门外等待揭榜的一群士子，悬着的心，噗通噗通跳动。红榜揭开，傻了眼，语文成绩普遍不及格，平均成绩只有 49 分。有两个数理化拔尖的学生，语文仅 30 多分，总分不达线。全班只有孤零零的五位同学达线。我的同桌语文竟考 68 分，总分过关，被一所医学院录取。我问他秘诀，他慢悠悠地说，吴老师课上吹牛发挥时，他在看语文教材。当年语文试题教材占分比例大，课本内容他失分少。我睁大眼睛看着同桌，说不出话。

随后的日子，吴老师和我们一样，如秋后霜打的茄了，蔫了。他执教的语文成绩在全县同类学校拖后腿，成绩发榜后，再也没有露过面。

【辑四】

呓语

走进城市

这辈子注定和城市有缘。

1983 年 9 月，母亲用那根竹扁担，挑着行李，送我到火车站。我穿着的确良裤子、的确良衬衫、解放鞋。瘦小的身子，黝黑的脸蛋，一个乡下的愣小子。终于怀揣"城里人"的户籍，作别乡村，开始迈向城镇人的行列。

村里人把读书有出息称"书包翻身"。读过书的人，对书包都有特殊的感情。读书时，家境贫困，记忆里从来没有背过新书包，都是别人用过，或者母亲自己做的。村里兄弟姊妹多的，干脆用布袋或塑料网兜替代。好在大家境况相似，同学之间没有嫌鄙，背着旧书包或其他替代品，一点不难为情。

我们经常在书包里放只鸡蛋、塞个山芋。调皮的男孩，抓了青蛙，捉了小鸟，也藏在书包里。上课时，青蛙、小鸟从课桌里"噗落落"逃出，引得全班一阵轰动，被老师罚站和训斥。上学或放学路上，书包往泥地一扔，尽情玩游戏。同伴斗架，各自挥舞书包，你去我来，用书包当武器。有时抢来对方的书包，像投掷铁饼一般，扔得高高的，远远的。面对肮脏邋遢，伤痕累累的书包，母亲气得青筋直暴，在繁忙中她又要抽空把书包洗净，用针线缝补裂口。难怪母亲对此开骂，总是"杀千刀""短寿命"，骂得很凶很凶。

那时，流行穿军衣，戴军帽，背军用书包，十分时髦。我最羡慕解放军背的草绿色、上面饰有五角星的书包。每当我吵着要新书包时，母亲总是用大队书记女儿的实例教育我。书记女儿叫顾维芬，正读高中，天天路过我村。手拎塑料兜，放着书。母亲说："人家爸是大队书记，已经上高中了，用的还是塑料兜，多节约。"母亲的话，让我心服口服。没多久，顾维芬高中毕业，成了我的小学老师，她人稳重，一身正气。年纪轻，和我们这些小孩合得来，大家都很喜欢她。

家乡有个说法，小孩上学，新书包要由舅舅购买，里面放上雪片糕和菱角。雪片糕寓意"步步高升"，菱角寓意"读书灵，聪明伶俐"。但那时穷得叮当响，没拿到舅舅的新书包，更没有吃到雪片糕和菱角。随着年龄的增长，对书包的关注渐渐失却了先前的兴趣，而对读书的关心日益浓厚起来。无数个夜晚，我躺在床上，星星隐约的光亮，透过天窗照到床头。北风紧吹时，瓦楞呼呼作响，灰尘"窸窸窣窣"从屋顶掉下。母亲总在唉叹白天农活的沉重，发出腰酸背痛的呻吟。最后，不识字的母亲总要落下一句："好好读书，今后书包翻身，跳出农门。你看我们多苦。"懵里懵懂的我，似乎对农活的艰辛和乡村的苦难，有了初步的认识。而书包翻身，怎么脱离农村苦海，似乎还是一片混沌。

小学一到三年级在邻村何家里小学读书。何家里地主多，学校的房子都是地主家充公来的。学校有两个教室，一个办公室，操场是原有的一片砖场地，还有一个四处漏风的厕所。寒冬里，走进厕所，北风呼啸，禁不住打颤。夏天时，厕所臭气熏天，木踏板上爬满密密麻麻的蛆虫。

何家里小学一年级一个班，二三年级一个复式班。复式班上课时，老师先让一个年级做作业或自习，给另一年级上课。上到一半时间，再作交换。印象里，一年级的班主任黄耀明老师，为人正派，心地善良。记得有年"荒春三"，班上女生凌某家中缺粮断炊，黄老师就倡议大家帮助她。当时尽管所有的家庭并不富裕，家境贫寒。但第二天上学时，同学纷纷在书包里带些大米、面粉、腌菜等，接济她。黄老师是梅村中学的高中毕业生，教学水平高，深得学生的爱戴，家长夸他"压人势"好（镇得住学生）。而其他老师人很朴实，教课水平一般。有个退伍军人，只有小学毕业，教我们语文，操着蹩脚的锡普（无锡普通话）。有次上课，他读到课本里"问寒问暖"四个字，他读了几遍，没有读准。最后竟读成"问暖问暖"，同学笑了起来，情景尴尬。

当时，班里有两个同学住在学校教室附近。一个何姓女孩，住在教室的东北角，家庭出身地主，有三个哥哥。大哥老婆是上海知青，那知青隔三差五和婆婆吵架。特别是大忙季节，为了农活，婆媳经常大吵大闹。上课时，骤然传来知青哭骂声："地主婆，地主婆。"吵骂声不绝于耳。听说，因为生活习性悬殊，最终哥嫂离了婚。还有一个姓顾的同学，家住学校北边，和老师办公室连在一起，也是地主家的房子。走进他家，穿过黑咕隆咚的弄堂，时时心生恐惧。口渴时，我们常奔到他家，用铜勺在水缸里舀水，咕噜咕噜，连喝几勺子，甜润润，凉滋滋。再往北，一律是地主家的房子，都分给贫穷的农民居住。其中有一户最穷，姓周，是贫农代表。学校让他给我们作忆苦思甜。他不识字，讲话断断续续，一点不连贯。起始说，解放前他生活贫困，吃不饱，穿不暖，只得给地主做长工。到后来却说，解放前，上午10点多，地主给他吃冷粥，现在连冷粥都吃不到，只能喝冷水。他讲得我们一头雾水。老师发现他讲错了，以后不敢再劳驾他。北边还住着一个地主婆，村里人喊她"屎裤子"，住着几平方米的屋子。"屎裤子"六十多岁，风烛残年。我们看见她，常围着骂"地主婆"。冬天阴冷的午后，"屎裤子"缓缓行走在麦田埂上。有个男生，乘她不备，在背后用力一推，她一个趔趄，跌倒在麦地。老师知道后，把那学生喊到办公室，狠狠地训斥一通，并讲了许多做人的道理。从此，大家有了收敛不再骂她，欺负她。

不久，何家里小学撤并到"飞来庵小学"，整个大队的小学生集中在一起，有七八个班级，学生老师一下多起来。不同地方的老师，口音各异，孤陋寡闻的我们对老师的口音感到好奇。那时经常断电，大队买了机器发电。发电时，师生都很好奇，纷纷前往围观。有个人高马大的老师，边走边说："我也去瞟瞟那发电机。"瞟字他发音说的是"膘"，大家听了，很是新鲜，暗地里都学着说"让我去膘膘"。湿热的夏天中午，上学路上，我们忍不住"噗通，噗通"跳进沟渠，淴着冷浴。老师担心我们溺水，在课上严肃地说："明天谁要是再淴冷浴，你的衣裳兔子都不要了。"他把"裤子"说成了"兔子"。第二天中午，他果真把学生的衣裤拿走。淴冷浴的学生只能光赤条条，用手遮住小鸡鸡，来到办公室，接受老师的训话。其他同学，幸灾乐祸，在旁边看戏一般。

学校东边门口有一堵石灰水粉刷的砖墙，用粉笔、蜡笔歪歪斜斜涂满文字："千万不要忘记阶级斗争""毛主席万岁"等口号。一些小孩间骂人的话语也涂在上面："某某某，偷我两段墨，乱（卵）上涂得墨墨黑。"还有一句嘲讽老师的话，写在突出位子："先生先，屁股尖，坐勒马上颠勒颠，跌勒地上欠勒欠。"甚至，大队干部之间的矛盾，竟在墙上体现，像张贴的大字报。有位厂长和大队书记不和，书记手下人在墙上写着："陈某某，手表亮晶晶，钞票哪里来"不久，厂长就被调到镇上工作。

　　冬日里，暖暖的阳光下，我们经常倚墙孵太阳。有一天，突然发现墙上醒目的多了一条："狗肉香，请先生，先生吃仔烂肚肠。"大家都惊奇地围着，一边看，一边大声读着。事后知道，前天晚上，住校的几位男教师，把附近村上闯进校园的一条大黄狗勒死，煮熟，伴酒吃了。有个开夜工的农民目睹了全过程。他描述，两位教师，为狗鞭争了起来，一个说："那东西，龌龊，扔掉算了。"另一个说："狗卵可以吃，营养好。"最后，还是扔进铁锅一起煮了。狗的主人，家有好几个兄弟，在村上势力大，是个难对付的人。他到学校大闹了几次，要求赔偿。最后，强拿走办公室的几把椅子，事情才算了结。

　　那时，代课教师居多，正式编制的很少。大忙时，不少老师要回家种地。其中有个代课的黄老师，四方脸，大眼睛，一米八的个子。他起始教我们音乐，后来又教我们政治。初夏大忙，黄老师给我们上课时，老婆冲进教室，对他恶声恶气地说道："你个杀千刀的，队里喊你回去，今天要出猪窠灰。"黄老师脸涨得通红，样子很窘迫，乖乖跟老婆走了。有一次，他抱了一叠政治讲义走到教室门口，被同学围住，一抢而光，气得他青筋直爆，破口骂道：

"日你娘的，你们这帮流氓。"话很粗俗，像泼妇骂街。看到老师如此一幕，顽劣的我们一阵窃喜。

印象至深的是学校的陆校长，个子矮小，小头尖嘴。陆校长嗜好抽烟，断烟时，总让我们替他去校门口小店买烟。替校长办事，我们很光荣，都争着去。我们理直气壮地对店员说，"校长要买烟"，听见校长买烟，店员动作也很爽快。只是陆校长买烟，只买几支，从不买整包。他预先算好价钱，按四舍五入法，他总可以少付几厘钱，弄得小店的老板奈何不得。那时学校办了小工厂，一台冲压机，加工矽钢片。劳动课，我们去小工厂劳动，在压制的产品中把废品检出。一次，陆校长叫我随他去搬运成品的矽钢片。一根扁担，我在前他在后，扛着，运送到河边的机帆船。回来的路上，他低声对我说，明天中心小学的顾校长要来校了解情况，他让我反映张老师体罚学生的事。第二天，在陆校长的宿舍，年幼无知的我，就把张老师用乒乓板打我，以及殴打其他同学的事，作了汇报。班上还有一位同学，也由陆校长授意去了。下学期，张老师被调到很偏远的学校去了。张老师，人很凶，教数学，但人品、教学水平，对于年幼的我们，实在混沌一片。待长大懂事后，内心一直愧疚不安，觉得此事对张老师不公，也对陆校长利用学生来达到自己的目的，十分反感。

读初中时，就读的小学直接升为初中，叫"戴帽子初中"。初一时，传来了恢复高考的消息，这时，"书包翻身"，似乎有了具体明晰的涵义。村里人戏谑穷人书包翻身为"咸鱼翻身"，村里有位老爷爷，说起书包翻身，经常唉声叹气，对他孙子说着泄气的话："我们村地皮薄，出不了读书人。"但我们不信，坚持做着读书翻身的梦。小时候经常听锡剧，《珍珠塔》中的台词时常在耳边回响："姑母不要如此说，我把古人比你听，吕蒙正落难住在破窑时三朝得志列公卿。穷来不是钉钻脚。富豪不是铁生根，常言道砖头瓦片也有翻身日，困龙也会上天庭。"我们出生在六十年代初，正值生育高峰，同龄人特别多，一个大队就有两个班级。到初中毕业时，怀揣"书包翻身"的梦想，参加了中考。两个班有 17 人考取高中，我村考取了六名。当时，全乡招了 6 个班级，300 多位高一新生。考取高中，仿佛接近了"书包翻身"一步。

清晨，太阳还刚刚露出晨曦，我们背着书包，拎着饭盒，走在通往乡镇高中的泥路上。路很长，来回得 2 个小时。路两边是水田，刚莳过稻秧。一眼望去，像写字的方格本，星罗棋布，绿油油的一片，小虫们还在鸣叫，青蛙还在耳边不停"呱呱"鼓噪，它们是夜的余韵。清晨，高音喇叭播放的第一首乐曲《牧羊曲》："日出嵩山坳，晨钟惊飞鸟，林间小溪水潺潺，坡上青青草……"郑绪岚唱的，似水柔情，清新朴素，悠扬不绝，听着，血流加速，血脉偾张。脚步变得轻盈，路途不再遥远。书包，不再是儿时手中的玩物，背在肩上，顿觉沉甸甸的，它承载着一个家庭的希望，少年的梦想。

高考前夕，停课复习。老师说根据自己的需求，自己复习，重点弥补各自的短腿。我独自一人，躲到树木青葱、野草遍满的高岗。记不清从哪弄来一本文学杂志，被路遥的中篇小说《人生》主人公高加林的坎坷人生吸引。男主人公高加林生活在偏僻的山区，他的恋人是同村的巧珍。高加林通过奋斗拼搏，走出了一贫如洗的山沟，进入城市工作，成了正宗的都市人。但高加林和巧珍的距离越来越远。终于，高加林爱上了城市姑娘。消息传出，高加林成了大逆不道的负心汉。在世人一片质难声中，单位把他发回山沟。高加林从山沟来到城市，又被城市驱逐，赶回乡村。坎坷的遭遇，契合我的心情，一滴泪水滚落在复习的讲义纸上，泅湿一滩。

眼下的我，裤管沾满泥屑，举止多少有些猥琐，心情如同一心做着城市梦的青葱小子高加林一样。后来读到高晓声的小说《陈奂生上城》，我想，我和陈奂生一样，从头至脚充斥着庄稼人的气息。跳出农门的我，似乎有一丝"风萧萧兮易水寒，壮士一去兮不复还"的悲壮心情。

火车站站名——"硕放站"，因"五七一工程纪要"闻名全国。一小时泥路，一小时石子公路。两旁草木的芳香，夹杂着泥土气味。田间的青蛙，路旁的知了，间或传来阵阵鸣叫。它们仿佛为我送行。母亲和父亲一样，沉默寡语。内心是喜悦，苦楚，还是喜大于悲。我不甚寥寥。"咯吱，咯吱"，只有母亲肩上扁担发出的声响。

幼小时，村里谁家有个城市亲戚，孩童都会投去热烈羡慕的眼神。逢年过节，城里人大包小包回村过节，带着村里人稀罕的糖果、饼干、水果，还有城里人多余的肥皂、手套、工作服；城里小孩的小人书、花花绿绿的铅笔、练习本，铁皮制的玩具汽车、手枪，都像万花筒般，给村里小孩展示了一幅城市色彩缤纷的美丽世界。城里人身上特殊的气味，穿着打扮，说话的语气语调，走路的姿势，都可让乡下的孩子东施效颦一阵子。说不清何时起，我心底涌起强烈的愿望，这辈子要远离乡村，告别泥土庄稼，吃皇粮拿薪酬。愿望是如此强烈，如此执着。

当我接到红色的苏州大学入学通知书时，高兴，激动，失落，失望，百味杂陈。志愿填的是法律系和财政系，可偏偏录取中文系师范专业。跳出农门，把农村户口转为国家户口，多年的梦想化为现实。但想到四年后，打道回府，做"孩子王"，当教书匠，村里的老话"十只黄猫九只雄，十个教师九个穷"，如在耳畔。一阵淡淡的忧伤，扑面而来。

乡巴佬

来到姑苏，上了师范。最大的感触，吃得饱，喝得香。在农村苦读，一顿米饭，两顿稀饭，肚子一直"咕咕"叫。读师范，国家包伙食，苏大的食堂既便宜又入味，适合江南人口味。土豆烧肉，几毛钱，一大盆。晚饭，白米饭。菜肴，荤素搭配。不像在农村，晚饭喝稀粥，只有咸菜萝卜干。我们过着天堂般的生活。不多时日，脸上起了红润，肚子开始凸起。

我发现，城里人和乡下人差别泾渭分明。每晚睡觉前，大家躺在床上卧谈。那些城市来的同学，特别是城市重点中学的毕业生，海阔天空，天南地北都能神侃，书法、音乐、美术、足球、网球、橄榄球，世界著名作家如里尔克、叶芝、萨特、艾略特、卡夫卡、奥尼尔，他们似乎都能说出个子丑寅卯。而我们这些乡巴佬，乖乖冷落一旁，静静听着，做旁观者。

四顾茫茫，校园内还是土不拉叽的乡野学生多，正宗的城里人稀少。宿舍有个苏北的同学，大家喊他老吴，胡子拉碴，个子矮小，年纪已到结婚的年龄。人老实，少言寡语，三句打不出个闷屁。

他举动笨拙，体育考试，老是不及格。放学后，别人回宿舍休息，他还留在操场，穿着运动服，全身淌汗，练习体育课内容。为了及格，他坚持练，拼命练，一练就是几小时。他坚持着，不息气，不放弃，不抛弃，有点像电视里的许三多。

晚上，老吴呼呼酣睡。因为睡得死，睡得沉，半夜，他稀里糊涂，从几米高的上铺滚到地上。头着地，疼得哇哇乱叫。他担心，脑子出问题，去校医务室看医生。医生是个女青年，医学院刚毕业。老吴说："医生，我脑子坏了。"女医生问为什么。他说："摔的，从床上滚下来。"

女医生用手指着东边，那边是东还是西。"是东边"，老吴回答。女医生又用手指向西边："那边呢？"他回答："是西边。"女医生笑笑，告诉他，脑子没坏。

那年寒假，老吴回到村里，春节时偷偷和村里要好的姑娘结了婚，办了婚宴。大学毕业，儿子已会喊他"爸爸"。这小子嘴紧，把秘密藏得好好的。毕业后，同学才得到这个消息，大家面面相觑，戏谑他"不响的猫，会捉耗子"。不过，这小子胆忒大，要是校方知道，肯定得处分，或被勒令退学。我佩服他的勇气和忠贞，那时，我们昂着高傲的头颅，竭尽目力，四处搜寻城市姑娘的爱情时，他不离不弃，爱着家乡的村庄、土地和乡村的姑娘。

平时，最热门的话题是恋爱。现代文学课上，讲到张天翼小说《包氏父子》，小说中小包写情书开头的称谓"我的最爱的如花似月的玫瑰一般的等妹妹呵"，成了大家戏谑的妙句。有位农村来的男生，恋爱心切，精心设计情书一封，再复制一份，分别寄给同班的两位女生。一位女生在宿舍里当众宣读。另一位不甘示弱，当众展示。内容一模一样。大家嘲笑男生的笨拙，也感喟女生们的无情。

那时，自我感觉真好。几年的城市生活，似乎把自己练就了地道的城里人。如水中自由游弋的鱼儿，我们在城市的时空里徜徉。周末，空虚无聊，几个哥们经常徘徊在观前街，漫步在斑驳的石板小巷。我们放出眼光，在来往的人流里，搜寻能使眼前一亮、落落大方、气质高雅的城市姑娘的出现。无数次，期盼着能与撑着油纸伞、像丁香一般的姑娘邂逅。

校门内，有个理发店，为方便师生所设。理发员是两个美丽的苏州姑娘。穿着白大褂，白里透红的肌肤，发型新潮，一律向后挽着发髻。我坐在躺椅里，迷迷糊糊里听到她们讲私密话。一个说，最近又去流产了。一个说，你为什么不带套子，流产对身体不好。一个回答，戴套没感觉，不舒服，我宁可流产。听着她们旁若无人的交流，我血液飞涨，脑洞嗡嗡。她们无视我的存在，抑或当我是一个听不懂吴方言的乡巴佬。我脚步凌乱，踉踉跄跄中跨出理发店的大门。她们的高傲，让我刺激受伤。我有些自卑，从此，我不敢再踏进那家理发店。

冥冥中，似乎城市和乡村间，横亘着一条巨大的沟壑。那沟壑无以跨越，无法填平。

疼痛

八十年代的姑苏，还是一个古色古香的城市。市中心，玄妙观。主殿三清殿，全木结构，巍峨气派。殿前古木参天，遍布石阶。周围小吃、日用杂品、文具玩具、对联字画、花鸟鱼虫的摊店，医卜星相、江湖杂耍等等，五花八门。四周熙来攘往，热闹非凡。

我的阿姨尚根妹，先于我，融入这座城市，成为城市滚滚红尘中的一员。上午九点，她半坐半站在石阶，手里捧着几包"中华""牡丹""上海"牌香烟。无聊时，她自己掏出一支"牡丹"，点燃，猛抽几口，吐着烟圈。眼神四处飘移不定，目光盯住来往的人群，像探照灯扫来扫去，发现合适的对象，立即上前，兜售香烟。当时香烟紧张，凭票供应。黑市却盛行，几毛钱一包的香烟，经一捣腾，变成几元钱一包。

阿姨每天傍晚乘六点的火车，到上海从黄牛手中贩来香烟，再乘火车赶回苏州。列车上查得紧，她常把烟藏在蛇皮袋里，上面用破烂衣服覆盖。列车员看着肮脏不堪、散发出霉陈气的衣服，蹙着眉，让她过关。回苏州，她再把香烟藏匿在玄妙观附近老虎灶的壁橱内，白天推销给这座城市的客户。

尚根妹是我的三姨，母亲的亲姊妹。外公外婆生了七个子女，她排行老三。外公早死，家境贫寒，吃了上顿没下顿的外婆，出于无奈，把三姨自小送给大墙门镇姓尚的人家作女儿，尚家以摇面为生，家有几台摇面机，日子殷实富足。比起她的姊妹兄弟，阿姨在尚家日子过得舒心满足。

到了阿姨二十一岁，一位浙江的商人经常在她面前游说："我们那里山清水秀，有吃有喝，一天三顿白米饭。遍地是宝，茶叶、树木都可变钱。漫山遍野的小核桃，摘来可吃可卖。"生来不安分的阿姨，怀着年轻幻想、不甘寂寞之心，屁颠屁颠跟商人走了。

后来发现，那是个圈套。商人是个人贩子。回到浙江，商人以500元钱卖给比她大10多岁的男人做老婆。男人姓方，既黑又矮，像武大郎。男人家住临安县玲珑乡东山大队。商人说得不错，那里青山绿水，环境宜人。山上有产出，种植茶叶，可以靠山吃山；平地种稻麦，一日三顿白米饭。阿姨长得不赖，白净的皮肤，身材颀长，有江南女子的清秀。姓方的男人到三十多岁，才买来老婆，视阿姨为掌上明珠。他待阿姨好，百依百顺，阿姨感到惬意知足。不久，有了女儿、儿子。

阿姨邻居是个退休老工人，她时常向她唠叨苏州的人情风俗，和诸多的小城故事，阿姨的心开始荡漾。从小活跃、有男人性格的阿姨，早年在街上混过，见过世面，脑筋活络。她想不能像山里人一样，在山窝里寂寞一辈子，更不想终身憋屈在山沟，天天看日出日落，过明日重复今日的光阴。她向往山以外的生活，她要像城里人一般生活。她开始琢磨，逃出山沟，走进城里，做个城里人。有一天，她没有向任何人招呼，带着积攒的几十元钱，搭汽车，转火车，来到举目无亲的苏州，踏上了漫漫的城市之路。

踯躅徘徊在苏州街头，似幽灵般出没于玄妙观附近。观察数十天，阿姨发现玄妙观那个卖黑市香烟的干瘪老头，但慈眉目善。她冥冥之中感觉，他是自己的福星。她信他，依赖他。她为他招徕生意，为他站岗放哨。老头每天给她买饭，给她一些零钱，还花五元钱，为她开一间栈房，给她一个安身之处。栈房又暗又脏，但阿姨心满意足，觉得自己运气真好。在这座生疏的城市里，有一个如亲人般的老人，关心照顾她的生活。她似乎有了赖以立足的基础，有了生存活下去的勇气和希望。

老头临死前，告诉阿姨有关香烟生意的全部秘密。阿姨继承了老头的衣钵，俨然成了玄妙观买卖香烟的老手。她感喟那些老板、官员，真有钱。他们出手阔绰大方，一条烟一百、二百元不等，一条烟就是一个月的工资。他们三条、五条的抱去，眼睛眨都不眨。那个时候，她一天可赚500元、800元不等，运气好时，可以赚1000元。她的钱袋在鼓胀，她正向她人生之巅攀援。

知道阿姨在同一座城市，我是大学三年级的学生。兴奋，好奇。我去找阿姨时，她风头正健，周旋于各色人中，常常有城市里的男男女女围住她，她呼风唤雨，和男人打情骂俏。她的生意如日中天。香烟生意过时后，她开始倒卖进口彩电冰箱票。那些有权的人把彩电冰箱票私下以300元、500元卖给她，她再以500元、800元卖给没有后门的城市人。倒来倒去，她的获利最多，见效最快。有个友谊宾馆的供销，叫"培培"，方面大耳，西装革履，一派城市人气质。他和阿姨关系最铁，鞍前马后，形影不离。一眼看出，他们的关系，老派的苏州人叫姘头，新式的叫法是情人。那时，在大学后门处有一住户，热心义气，阿姨交几百元饭钱，他们供饭，阿姨热汤热水，吃在他家。在当时丝绸工学院附近，她租了一套房子，住下。我在那里认识那个城里人"培培"。

阿姨私下告诉我，她已有几十万的存款。在乡下还没有几个"万元户"的年代，她已是一个富婆。她改抽"良友"牌香烟，脖颈上的金项链粗大无比。她去外婆家，都是挥手打的。司机说"三百元"，她爽快掏出，从不还价。她的一双女儿，还有舅舅家两个表妹，经常光顾苏州。阿姨给他们买各种好吃的、花花绿绿的衣服。临走，大包小包带回去。她挥金如土，她高兴，她愿意，她风光，她要的就是这样的感觉，这样的境界。

有一阵子阿姨回到家乡，说学会了麻将。我很高兴，阿姨也有了娱乐活动，有了自己的寄托。最后一次回来，阿姨向第四个阿姨家借了一万四千元，向舅舅家借了一万二千元，向我家借了六千元。阿姨说，小生意不做了，要开大饭店，一时资金周转不过。

若干年后知道，就是那个"培培"，诱惑阿姨赌钱。租船去石湖，在美丽的石湖景区，在悠悠的帆船里，把她十多年的积蓄输个精光。此时的阿姨眼睛发绿，灵魂出窍，她向乡下亲戚四处筹钱，发誓要翻本。但她已失去理智，她不能分辨，这是一个局，是那个潜伏在阿姨身边多年的"培培"精心设计的一个阴谋。他们合起来"抽老千"，阿姨把所有的资金连那向穷亲戚处借来的钱，统统交给赌台。

阿姨内心痛恨"培培"，她曾发出狠话，今后遇见他，一定剁去他一只手。身无分分的阿姨，只能重起炉灶，做着小生意。时至今日，她还欠着她的弟弟我的舅舅的一万二千元钱。为这钱，外婆和舅妈无数次大吵大闹。难怪，那是舅舅家的血汗钱，是省吃俭用，一元一元积攒而成。外婆过世时，伤心的舅舅没有送信给阿姨。为此，阿姨伤心绝望。她责怪舅舅，说他无情。

我看过贾樟柯的电影《小武》。小武在城里混，他的绝技是"小偷"。最后，他被这所城市遗弃，他的友谊被背叛，爱情遭抛弃，就连父母亲情亦远离他。比起小武，阿姨的命运差不了多少。

夜阑人寂，北风呼啸。我时时想起阿姨，想起年近七十的阿姨，孤零零地在那座繁华喧闹的城市讨生活，我的心仿佛被什么揪住，拎出；再揪住，再拎出。想起她初到这座城市时的一幕，想起那个卖烟的干瘪老头，心里默默祈祷：阿姨能再碰上一回卖香烟的老头，能帮帮她，给她温暖，给她阳光。

铁饭碗

夏日周六的下午，在无锡国营厂工作的隔壁邻居如期回村度假，头发油光可鉴，雪白的短袖香港衬衫，留有叠痕、笔挺的的确良裤子，丝袜子牛皮鞋，脸膛白里透红，满含春风。夕阳挂在树梢，农人还在田间忙碌耕作，邻居家那片砖场地上，春凳已摆置好，男主人坐在春凳前，面前放有花生、猪蹄笃黄豆、红烧猪头肉等搭酒菜，他畅饮着"嗞嗞"翻泡的啤酒，悠然惬意。村童闻着香味，呔着舌头，站在村角落远远观赏。这场景自然和铁饭碗挂起钩来。偏仄的小村里，都是赤脚、光膀子、满脸黝黑的农民，他们还饿着肚子，为"饭碗"奔波操心。而持铁饭碗的人，竟过着如此近似奢侈的生活，在村里人心灵深处，留下一道深深的记忆沟痕。

把职业和饭碗扯在一起，是特定年代的产物和印记。那些吃皇粮，享有国家户口的工人、干部，都被归属到铁饭碗的行列。年少时，村上有五十来户人家，家里男主人捧铁饭碗的有五六家，他们在无锡市、上海市和南京市等地的国营企业工作。时光闪过近四十年，记忆的渊薮里，还时时明黙出上一幕。

若干年后，我遇见隔壁阿婶。她已届风烛残年，满脸榆树皮似的皮肤，深凹的眼睛，干瘪瘦小的身躯，实在惹人怜爱。聊起乡村往事，她不无喟叹，家里缺了男劳力，所有的重活累活落到她妇人的身上：村里开砻船到河滩头，几百斤的口粮米，一根扁担，一头是不满二十岁的女儿，一头是她，用蛇皮袋，一袋袋扛到家，来回四五次；家里养猪到了出圈的日子，没有男劳力，她低着颜面，好言好语央求自族的男人，帮忙把猪抬到集市，完了，千恩万谢，总觉欠了人情；家里修修补补，爬上高低的男人活，种自留地的粪桶担子一一压在她肩上。"最气恨的是，那倒头光，出门一里，不管家里，在外花天酒地，每月的工资不见一个水花。"说着，隔壁阿婶有些激动："每到月底发工资，苦了大女儿，光着脚，坐轮船到无锡厂里向他逼要，才勉强夺回一点。"隔壁阿婶的眼角挤出了浑浊的泪水。我内心一颤，在铁饭碗的光环里，掩藏着留守妇人的满腹苦水。

七十年代末期，时兴"接班热"。国家虽然恢复了高考，有些成绩不错的同学，都弃考顶替父母的工作。苦难的乡下人最讲究现实，认同实惠。他们知道，攥住眼前这个"香饽饽"，让子女跳出农门，继承自己手中的铁饭碗，意味着享有工资、福利、医保，终身远离重活粗活。对这些家庭，特别是顶替者，不啻是天大的恩泽。子女多的家庭，还为选老大、老二、老三哪个去，争得家庭不睦，同胞兄妹产生龃龉。父母伤透了脑筋，无奈中用划拳抓阄来解决。那时，高考落榜的学生只有回家种地的份，仅有一小部分能凭着关系，去乡办企业谋职，到农忙时，还得返家耕作，脱不了种田的"紧箍咒"。

　　时光匆匆，岁月留痕。高中毕业三十年聚会，大家畅说往事。曾经顶替接班的 L 说："像做了一场梦，混了 10 多年，好不容易坐到副厂长位置，一声令下，企业转制，到了私人手里。后来我和他人一起合作办企业，现在，做些绿化小工程，勉强过日子。"言语里透着无奈和沉重。我们一届同学 6 个班，有 10 多个顶替接班的同学，他们手里的铁饭碗，在上世纪九十年代的改革声中，打个粉碎，和 L 类似，他们都在市场经济的大潮中博弈沉浮，长期的安逸，反让他们泯然不如众人矣。

　　村上的老屋已经拆迁，昔日的村庄夷为平地，易作他用。村民搬进了小区，我的父辈和同辈都持有了城镇人的户籍，拥有了几套房子，月月有一份几百元的养老金，过起了准城里人的生活。生活恒定，岁月静好。每每晚饭过后，小区的广场，音乐悠扬，昔日的农村大娘阿婶，翩翩起舞，这就是眼下时髦的广场舞（或"大娘舞"）。老一代农民已告别贫困，作别了生存的威胁，从养家糊口迈向享受人生，享受生活的阶段。在绕梁的乐曲里，铁饭碗意识已渐离渐远，是喜是忧，我很茫然。只是意绪绵绵，总是缱绻，无法释然。

西漳有约

炎炎八月，顶着毒毒的日头，我骑着 28 寸的长征牌自行车，来到距老家 20 多公里的西漳镇，一所省重点中学报到。

西漳镇，典型的城郊结合部。和西漳的缘分，缘于四年前的那场高考，考场就设在工作的学校。高考期间，晚上借住在西漳蚕种场。西漳蚕种场原名"三五馆"蚕种制造场，1926 年建造，是江苏省内历史最悠久的蚕种场之一，它见证了江浙一带蚕桑业从传统家庭养蚕、作坊养蚕走上工业化历程。2008 年，西漳蚕种场旧址被无锡市人民政府公布为市级工业遗产，后来，蚕种场规模逐渐缩小，到近几年完全停产。还有，西漳造船业十分有名，西漳式木帆船，无锡独有，在中国造船字典上有记载，上世纪 60 年代，由于修造木帆船的材料缺乏而逐渐消失。我曾去苏州吴江的黎里古镇，一位花白的长者告诉我，民国时，黎里运输繁忙，当年除了农船，还有更多的专用船只，像无锡西漳船、江苏常熟船、杭州驳船等，是专业的运米船。

当时，江苏省第一个中外合资企业"江海木业有限公司"，落户在西漳镇。我执教的班级，有个女生姓蔡，家长是该公司老总。老总原任省外贸公司处长，相貌堂堂，潇洒干练，一副居高临下的气派。他平素只和校长来往。我刚出茅庐，一个愣小子，在他眼里不屑一顾。好在他做他的总经理，我教我的语文，在两条不同的轨迹上滑行，没有交集，互不相扰。

闷热的中午，蔡总邀我去公司吃便饭。饭桌上，他透露真实的意图，他和原配夫人在法庭离婚，两人为女儿的归属有争议。是鸿门宴，我很别扭，像饭桌上见到苍蝇，胃里捣腾，一阵不自在。他授意，如果律师来调查取证，让我站在他一方，女儿跟随他。自己还是个大孩子，第一次面对这样的家庭难题，觉得很棘手，很为难。她女儿心理早熟，多愁善感，对外界事物特别敏感。她成绩中等，喜欢语文，尤喜写作。我试探她的态度，面临如此重大抉择，她忧心忡忡，郁郁寡欢。她和母亲感情深厚，内心倾向和母亲一起。但跟父亲生活，于今后前途更为有利。蔡总在她面前，也做过细致的分析。我出于正义，同情她母亲，倾向她母亲。但最终却世故，做了滑头。出于自己学生的前途，替蔡总说了话，法庭判给了蔡总。悠悠时光，几近三十年，我为人生的第一次做证，忐忑不安。常扪心自问，由我签字的那份证词，是否起了作用；我的证词是否违忤了她人生原本的轨迹，以致误导了她的人生？

学校最南面的一栋楼房，底楼的那间教室，我高考的试场，我终身难忘。神圣的高考三天，在答题之余，同窗互相挨近，斜视邻座的卷子，一霎间获得了答案。高考成绩公布，分数比平时"蹭蹭"上升一截。"一霎间"的定格，成了人生命运的定格。以后的日子，我试图对此做"解读"，似乎只得以"命运"两字来参悟。

就如我大学毕业分配到这所学校，人生的大半辈子以至于往后整
个的生命，将与这个小镇结缘，融为一体，无意分离。

　　我居所的南面，是大船桥。桥下，南岸是高岗，是农家的自留地，
遍栽着一畦畦青翠碧绿的蔬菜。如今已是一幢高楼，是镇上最大
的华润超市的所在；北岸是水稻田，成棋盘状，刚插下的秧苗，
汪汪一碧。眼下，已是商品房小区——天一花园，我就住在其间。
那时，河水汤汤，向西直奔，汇进锡北大运河。如今的河面被淤
泥堆积而变得臃肿狭窄，湍急的水流因两端阻断而如潴留，成为一
死河浜。工作后的第二个暑假，我曾携学生在河中泅水游玩，抓
蚌捉鱼摸螺蛳，在宿舍架了电炉煮烧，打着牙祭。但八十年代末期，
化工厂、水泥厂的污水，一股脑儿灌入河道。水质污染已相当严
重。不知是呛进了河中脏水，还是吃了污染的河鲜，我上吐下泻，
在镇医院里打滴一个礼拜，身体才得以渐渐康复。从此，孩提时
见水就想跃入戏耍的热望和冲动，消失殆尽。

搬场咏叹

　　莘莘学子，学成而归。虽无衣锦还乡般富贵，却怀揣天之骄子似的荣耀。仿佛，沉甸甸的文凭，隐藏着不可估值的含金量。毕业前夕，日日抱樽入睡，夜夜海誓酣梦。毕业赠言一律是"一片冰心"似的深情，还有"吾辈岂是蓬蒿人，仰天大笑出门去"式的豪情。

　　孔夫子搬家尽是书。纸箱盒装载的几大包书，八元钱，雇佣一辆黄包车（那是姑苏八十年代的一道风景），拉至车站，邮回老家，权当给江东父老的见面礼。诸如热水瓶、饭盆、洗衣盆、衣架、席子、被子等等，干脆做一回阔绰的公子哥儿，扔的扔，送的送。人去楼空的宿舍，一地狼藉，如劫后的现场。携回老家的，除了替换的衣服，外加一只皮箱，那是父母辛苦劳作几个月才换来的。

　　说起那些遗弃在母校的日用品，父母摇头哀叹。"作践""倒头光""败家子"，这些家乡骂人的俗语，统统写在他们阴沉的脸上。休整两个月，奔赴新的工作单位。当开始自掏腰包添置什物，数着少得可怜的薪酬，干瘪的口袋，凸显捉襟见肘的尴尬，才日渐体悟到，昔日的风光不再，几十元的工资，要统筹谋划，不能寅吃卯粮。

学校最头疼的事，莫过于住房紧张。青年教师分配进校，都到了谈婚论嫁的接点。但学校经费紧缺，没有财力为教师打造公寓。昔日同窗好友，在一所重点中学任教。他恋爱几年，学校无法安排婚房，一直和学校门卫同住一室。一天，他和对象在宿舍里闲谈。不知何时，两人情起，热烈拥抱亲吻起来。门卫无意闯入，见到他们相欢的一幕。门卫是个老古董，认为瞧见此事"触了霉头"，到处传播，说他们上班时间经常在宿舍做爱，云云。一时，校园议论纷纷，视若洪水猛兽。校长听到如此大逆不道的事，第二年暑假，把我同窗惩罚到僻远的乡村学校执教。

我最早工作的单位，买下一栋两层楼老乡医院，把病房改作已婚青年职工的住房。中间通道，南北病房，每户可得一南一北两间。南面作居室，北面作客厅。二十几个青年职工，从学历、职称、工龄、荣誉等打分，从高分到低分选房，拿钥匙。

从集体宿舍，搬到独立的新窝，内心充满温馨和憧憬。入住前，粉刷墙面，油漆地面。考究的在地面铺塑料地毯、化纤地毯，个别的还铺了木地板。从商场搬回床、柜、电视机、冰箱等，如鸟雀筑巢，生活起了微澜，有了色彩。入住后交流心得才知，小小的整饬，如八仙过海，各自借助头顶一方天地，有的雇来便宜的劳力，有的通过关系，购得价廉的家什。从中似乎懂得，人情人脉的背后，和金钱关系紧邻。但懂得归懂得，说要从此改变人生，走别样的人生路，也断断做不到。"生在骨里，注在皮里"，秉性难易。凡人群所在，就有三六九等性格，必有泾渭分明之人。

否则，读了《厚黑学》，人间岂不成了大奸大诈的天下？

搬入新居，生活中增加了买、汰、烧，猛然添了生活气息。居所没建卫生间，多了一"绝活"要做。一个个大男人衣冠楚楚，上班前得拎着满满的马桶，路经一户户门口，从二楼走到一楼，放在楼后的空地。下班再提着干净的"宝贝"回家。刚接这活，见到熟人，面部神经僵硬，脸带羞报，显得底不足气不顺，浑身不自在。要是哪天忘了那差事，尴尬马上会袭来。到了晚上，夫人只得亲自动手，补那"功课"。遇着阴霾不见天日的时光，那"家伙"潮湿冰冷，深夜坐着，犹如"美人卷珠帘，深坐颦蛾眉"。

时隔不久，楼里的多个同事得了病。心存怀疑，自然和所住的屋子是"病房"这一关乎"风水"的事挂起钩来。渐渐，有实力的在外面买了商品房，乔迁回避。剩下的，在无奈焦急里窝着，刚入住的兴奋和激动日渐消失。

从单位宿舍住到拥有属于自己的第一套商品房，人生已历经多次搬场。似乎心路历程雷同：以向往激动始，以平淡寡味终。期间，对旧物的存与弃，扔与搬，纠结矛盾。

阳台上、床底下、墙角里，静静躺着曾用的旧物，收音机、DVD、玩具、自行车、旧电视、书刊杂志等等。打开抽屉，梳子、镜子、照片、发票、零钱、钢笔、信件、贺卡，琳琅满目。平素，它们闲置一隅，沉睡着。遇到搬迁，翻开整理，如打开尘封的记忆，往日的拥有和陪伴，温馨依旧，如藕断丝连难以割舍。想着随后的日子，也许有一天它们将重返自己的生活，不愿就此弃之。如眼前那只废弃的电视机，陪伴了多少寂寞的夜晚。为了电视里的节目，邮订了电视节目的报纸。看电视剧还是看体育比赛，夫妻争来争去，弄得划拳抓阄，总以一方闷闷不乐收场。有时，达不成共识，"啪"的关掉，背对背，互不理睬，各自睡大觉。而抽屉里藏的两本通讯录，毛边四起，纸张发黄，字迹洇满了年代的印痕。翻开数年前的姓名、电话、地址，也许早已子虚乌有，面目全非。好几位同事、领导，竟已驾鹤西去。盯着他们的大名，如同见到昔日的音容笑貌，通讯录便成钩沉往事，追思故人的纪念。

眼下家庭的搬迁，已今非昔比。搬迁，成了家庭实力财富的比拼，讲究的是小区的品位，房屋的大小，装潢的档次，家具的豪华。搬场的财物越搬越多，越搬越沉。曾经，有领导调动工作搬迁，满载几卡车家什，引来背后的指指戳戳。议论他，来时寒碜局促，去时满载而归。言外之意，捞了不义之财。其真实性如何，没有，也无以考证。想想，随着时光的积累，每个人的财产必将囤积聚多。但终有家产万贯，谁可改变走向西天的归宿，届时，谁可携载钱财而去？即使日后能伴你入葬，像古代的帝皇将相一般，他们有几个不是陵墓遭掘，财去墓空，落得个尸骨曝于天日的结局。富贵荣耀，贫困潦倒，殊途同归的是：光溜溜来，赤裸裸去。想想百年后的寂寞，生前的钱多钱少，荣耀屈辱，都如一蓬青烟。如此这般，泰然一笑，可也。

一次次的搬场，终于明悟，房屋附加的东西越多，人的心情越是沉重；身携赘物越少，人的感觉越轻。一介平民，一瓢一锅，外加粮油米盐即可；一桌一椅，清茶陪伴书籍可矣！我想起了储福金在莎翁故乡朝圣时的顿悟："人只是人，所生活过的地方，就算是再华丽的宫殿，看久了也属普通。而人之灵，一旦超越，恍若飞天舞花，幻化出不可思议之天地，点化出无尽深邃之世界。"

敲门砖

在村里人眼里，我俨然是一个"外头人"。村里人的共识是，"外头人"见多识广，人脉多，路子粗。小的时候，村里人办事，总削尖脑袋，挖掘祖宗十八代，拜托方方面面的关系。造房砌屋，购买砖瓦，得托人；参军，进社队厂当工人得托人；买时髦的手表、闹钟、收音机、电视机、自行车、缝纫机等等，都得托人；后来，村里办起小工厂，找原料寻销路，更得找过硬的关系。

可我一个穷教书的，哪来这么大的能耐。亲戚邻居有事找上门，我装出笑呵呵的样子，敷衍说，想想办法，想想办法。过些日子，我捎信回去，恭请谅解，实在没法。我想，我一定让他们失望。但我比他们更失望。我寒碜，憋屈。我对自己的无所作为，感到深深的失望。

我的叔叔从小喜欢我，有事总找我商量。他四十多岁，学做供销，为厂里跑业务，多次路途遥远赶来找我，让我帮助他。我想为脸朝黄土背朝天的江东父老，尽一份绵薄之力，帮帮他们。可我实在无能为力，那段日子，我吃不香睡不安，我太窝囊了。

甚至，有一次，我的小学班主任，我最尊敬的老师，为了侄子上学，找过我，可我还是办砸了，为此纠结好长时间。我结婚办酒席，鱼很紧俏，出于无奈，我厚着脸找了党校的老师，婚宴上的鱼才得以解决。外甥学校毕业，想找一份工作。我豁出去，盯住做官的同学，好说歹说，得以安排。

平生最得意的事，我曾经把阿姨、舅舅家的几百斤大米，推销给学校的食堂。他们用拖拉机运来，我在食堂用大饼、油条作为早餐招待，从他们满意的脸上，我似乎挽回了一丝虚荣和尊严。

夜深人尽，月朗星疏。我仰视天空，凝望闪烁的星星。我知道，我就是那其中的一颗，不会发光，没有热量。我黯然，丧气。

晚上十点，顶着寒冷的月光，拖着疲惫的脚步，走回宿舍。突然内心一阵发问，我的价值在哪里，人生坐标在哪里？每天站在讲台上，今天重复昨天，明天重复今天。这是我以后全部的生活吗？想着这一简单深奥的问题，我自己都吓了一跳。想着先前的梦想，暗暗发起誓来，再也不能这样过，再也不能这样过。我要离开校园，不做一辈子孩子王。

彷徨。沉重。观察，琢磨，发现当时机关开始吃香。我仔细琢磨着，公务员队伍中，不少都以"豆腐干"文章起家，以文章为"敲门砖"进入。八十年代，科班出身的少，弄笔头的都是半路出家。每个乡镇都有一批通讯员，称"土记者"。这些通讯员除了做好本职工作外，深入大队、生产队、企业，进行采访报道，宣传基层的先进典型，为地方单位涂金擦粉，深得领导青睐。有些被领导看中，调到乡镇专门从事宣传报道，有的还直接调到乡镇党政办当主任或党委秘书。再有一批就是部队复员转业干部，在部队重视文书或通讯工作，回到家乡，孜孜笔耕，最后进了机关，修成正果。

　　借鉴于此，我利用教书之余，牺牲休息时间，开始写"豆腐干"文章，给《锡山日报》《无锡日报》《江南晚报》投稿。写的最多的是通讯报道，报道学校、老师的先进事迹。那时写稿的人少，所在学校人脉关系多，文章容易发，几年下来，发了几十篇。后来，凭着这些"豆腐干"文章，离开了学校，进了机关，当了公务员。内心感谢这些"豆腐干"，让我又一次扬起人生的风帆远航。执教十一年，苦乐参半，离开原单位，不断问自己，人生有多少个十一年可以腾挪迁移呢？

逃出乡镇

小崔年轻漂亮，让人心动。她晚我两年进入校园，长着孙俪式的脸型，适中的身材，粉嫩亮泽的肌肤，明亮的大眼睛。笑起来，眉宇间透出妩媚的神态。在校园的美人圈中，她无与伦比，鹤立鸡群。她给人的印象是那种可亲不可近的人。我喜欢她，出于爱美，更出于男人对美女的好奇。

同宿舍的女孩有点嫉妒她，背后说她懒。除了个人的私事，她很少关心其他的事，包括室内清洁卫生。她一直享用别人提来的开水，从不亲自去食堂打开水。她天生有一颗傲慢的心，气质高贵的她，独往独来，不甘心混同于凡人。她的心不在校园，也不在这逼仄的小镇。她向往城市，憧憬城里的生活。

办公楼，灯火通明。每个夜晚，同事埋头批改作业，伏案备课。小崔姗姗来迟，在众人面前露个脸、报个到。一会儿，一阵风似离去，留下美丽的倩影。她不喜欢周边的男孩，她觉得，他们无助于她改变现状，他们无法给她渴望的生活。而最关键的，这些男孩来自乡村，都是穷光蛋，他们低廉的薪酬还不及乡办企业工人。她身边有几个小车司机经常围绕她转。司机是当时的香饽饽，她和他们打得热乎，为的是出入城市的方便。

教师穷，源于学校穷。一度，学校发不出工资。可乐了我们，我们一群光棍男教师，大摇大摆进食堂，饭菜赊欠着吃，整整一周。理由充分，口袋没钱。过后，我们统统赖账。校长辛苦忙碌。为了筹钱，他整天在桌上陪酒。他的身影出没在乡镇的头头脑脑，大大小小的老板周围。杯来盏去，觥筹交错，疲惫不堪。学校附近，有一座舞厅。夜幕降临，霓虹闪烁。在灯光摇曳里，校园的美女们相拥着挺着大肚、头发油光可鉴的乡镇干部和企业老板。舞池里，《绿岛小夜曲》的节奏和小崔轻盈的步子，相得益彰。小崔如鱼得水，兴奋激动，这吻合她的生活轨迹，这是她理想生活的一部分。听说，小崔她们都是由校长精心挑选而来，为的是从权贵和老板的口袋里掏得更多的教育经费。我蜷缩在沙发，狂热的气息，恣意的气氛，我无法融入。我有点寒冷，只是默默地思索，一旦灵魂绑上权贵，斯文出卖给金钱，尊严、师道、人伦开始沉沦，社会如巨大的泰坦尼克号驶向冰山。教育的希望在哪里，我和小崔们的价值在何处？

八月，炽烈的天气。校园财务处的窗前，人头攒动。到处充塞着满脸岁月刀刻似的农民，我鼻吸到他们身上散发的泥土气味。树皮一般粗糙的双手，捧着厚厚实实的一叠纸币——十元一张，三万元，抖抖颤颤交给财务的窗口。我凝视那含有体温的钞票，我的心一阵抽搐。我暗自庆幸，侥幸。幸亏我比他们的子女年长10多岁，否则站在窗口交钱的，有我的父母。这么一大叠，我的父母交得起吗？当美丽的校园向可敬的乡亲抛出充满金钱气息的媚眼，淳朴的乡亲毫不犹豫投给一个个苦涩的热吻。在似乱伦式的爱里，将会结出多少艳丽而带有毒性的果子？

清晨五点半，太阳在云层里高眠。高音喇叭播放着《牧羊曲》，曲调悠扬，绵长。我的同事体育老师小魏，因我的要求，天天准时播放十九首流行歌曲。我睡眼惺忪，走在夜雨过后的校园路。远远望见小崔，肩挎提包，匆匆进校。蓬乱的头发、隔夜的化妆挡不住一脸憔悴。"少年听雨歌楼上，红烛昏罗帐"她的心境也如蒋捷？我猜测，她还在营造她的城市梦，痴痴地，一如我昔日跳出农门似的万丈雄心。

直到三年后的八月，小崔脱离教师岗位，调到市中心的一家单位。她成功了，她胜利了。这座城市安置了她的工作，递给她靓丽而温馨的名片。校园的枷锁挣脱了，我想，在高楼入云端的城市，她应该矫正好她的心智，修复她的灵魂，城市才得以慰抚她的心灵，安置她的灵魂。可惜，此时的她已经走火入魔。经常有消息入耳，她厮混在那些红眼睛绿眉毛的洋人之间。有时是日耳曼人，有时是美利坚人。可洋人高贵的血统，没有抛给她爱情的彩球，她经常伤痕累累。

市中心，咖啡店。巴西咖啡豆的甜味中夹杂丝丝苦味。萨克斯《回家》的曲调，悠扬里带有淡淡的哀伤。小崔对面坐着一位美国富商，手上的名表，金光璀璨，吸引着小崔的眼球。她把名表借来戴在自己手腕，心里无比羡慕渴望。她去趟卫生间，出来时，竟没有回到座位，径自走了。富商在长久的等待之后，报了案。公安找到了小崔。小崔的父母和民警再三解释，说小崔神经有些紊乱，请求谅解。小崔被拘留一个月。原有的单位辞退了小崔。无奈，她乖乖向钟爱她的城市缴械，投降，她打道回府，回到了乡村。

　　多年前，小崔已经结婚，丈夫是一个富家的后代。我闻讯，深深为她祝福，祝愿她过得好。只是听人说，夜深人静独对丈夫时，她常如老人给孩童讲故事般述说先前的浪漫故事，描绘和那些男人在一起的情景。小崔沉浸在先前的幸福往事里。

大佬倌

　　大佬倌阴着脸，如秋天的阴霾，不见一丝阳光。最近，他心里像压着石头，郁闷，烦躁，蹙着眉头。妻子有点担心，是不是得了什么毛病，劝他去医院检查检查。

　　大佬倌不吭声。他清楚，自己心里纠结。搬进小区才一年，原先那帮兄弟像掉在地上的玻璃，一地粉碎，各顾各的。哎，人心散了。

　　刚住小区那会，道上撞见同村的"瘌痢头"，"大佬倌、大佬倌"的叫唤声不绝，听起来热乎乎的。他伸手从口袋摸烟，"瘌痢头"已经把烟递上，给他点燃，他心里十二分的满足。

　　上午八九点，阳光泼洒在小区凉亭。大伙各自提着斟满的茶壶，围坐一起，大佬倌坐中间，嘻嘻哈哈，扯着老空。有事迟到，大伙都热情站立起来，给大佬倌让座，把中间的位子腾给他。大佬倌在场，气氛马上活跃。

　　大佬倌最近发现，坐着喝茶，抽烟，大伙话语少了许多，气氛也不如先前，只说些不痛不痒的应酬话，没了从前那般贴心着肉。

最气人的是，大佬倌迟来了，大伙冷冰冰的干坐着，没人站起让座。"瘌痢头"见了他，一烟不发，自顾自猛吸着苏烟，旁若无人。大伙说笑时，不出名的"阿狗"冷不丁冒出一句："最近牙龈常发炎，疼痛厉害。哎，人老珠黄不值钱。"边说，用手摸着下巴。大佬倌像针刺一般，隐隐发痛。"阿狗"比自己小好多岁，却在他跟前倚老卖老，明明是指桑骂槐，说他大佬倌老了不中用？他生着闷气。

大佬倌真名朱德官，年轻时魁梧剽悍，孔武有力。他有魄力有胆气，更有一股子蛮劲和杀气，他平时点子多，擅长出谋划策。初出茅庐时，"瘌痢头"有些小觑他。一次，队里安排重活挑"猪窠灰"，"瘌痢头"负责用泥篮装灰，朱德官被指派挑灰运送。那"瘌痢头"存心要掂掇朱德官的分量，见见他的能耐，给他装灰时，故意垒得又高又满，足足有二百斤。但你装，他挑，虽是汗流浃背，朱德官却半天不吭一声，坚持把活干完。朱德官的力道和韧劲，让"瘌痢头"添了一丝担忧："这楞青头满身一股子锐气，今后绝不是好惹的种。"

朱阿二家砌屋上梁，全村男人聚集喝酒。"瘌痢头"安排主桌，坐主位，他大声嚷嚷着，对身边的人发号施令，仿佛他是这里的主心骨。朱德官倚坐墙隅，看不惯"瘌痢头"的作派。众人对自己的冷落，他心里有股酸酸的滋味，难以言状。

酒过半巡，朱德官立身去厨房间要水喝，一次，两次，接连几次。厨子有些不耐烦："怎么一直往厨房间跑？"

"菜太咸，口渴"朱德官平静的回答。

回到酒桌，朱德官大声喧嚷，菜肴太咸，不入味，厨师技艺不行。在场人面面相觑，尴尬无语。

"痫痢头"不服，跳将出来，要和朱德官拼酒。朱德官说可以，谁输，谁钻到桌子地下。一碗，二碗，三碗。三碗下肚，"痫痢头"烂醉如泥。朱德官要他兑现承诺，两人抱作一团，气氛顿时一团糟，好端端的酒席给搅乱。

这次，大伙心里有了底，那朱德官是难缠的角色，凡事得让着他，他喜欢呼风唤雨，做村里的老大。后来，村里人婚庆丧事喝酒时，安排朱德官坐主桌，坐上位，男人们前呼后拥，开始围着朱德官转。

"大佬倌"的地位一经确立，朱德官在村里仿佛成了村中的"老娘舅"，上海滩的"大阿哥"。

眼下的冷落，让大佬倌回味以前的情形。每到夜晚，大佬倌家人头攒动，围着八仙桌喝茶说事。室内通体炫亮，温馨融融，村里人点的是几十瓦的灯泡，可他家点的是 100 瓦。大佬倌掏出茶叶罐，来者一杯，"太湖翠竹"根根嫩芽水中飘荡，生青碧绿，香气逸人。冲泡的水是桶装的纯净水，村里人平时喝的是自来水。他指着茶杯，说是"雨前茶"，同村的镇长送的，神情带着炫耀。

大伙众星捧月般敬重大佬倌，连镇长也卖他三分账，他有点喜不自胜。大佬倌父亲七十岁举办寿宴，镇长有事不能赴宴，大佬倌老大不高兴，事后谈论镇长，大佬倌当着众人，说话阴阳怪气，满含鄙夷，嘲讽。隔些时日，镇长棉衣内藏着两条苏烟，上了大佬倌家，向他再三解释，致以歉意，他才释怀宽心。

清晨，一群百姓堵住镇长家前门后门。邻村的七八个人怨气冲天，七嘴八舌嚷着，说是房屋已被拆迁，补偿款迟迟不到位。这伙人说着，情绪激动，逼迫镇长当场表态，阻止镇长出门。大佬倌闻讯，手执扁担，冲入人群，一副横刀立马的气势。他大声吃喝："这里是私宅，有公事去办公室谈。你们私闯家宅，属犯法，快滚，否则老子不客气。"那气场和架势，立马把那伙人镇住，一个个乖乖离去。

拆迁时，几个钉子户和镇里对着干，"瘌痢头"闹得最凶。村里干部聚在大佬倌家私密合计，由他出面，把他们搞定。"瘌痢头"儿子结婚新装修，要求镇里赔偿人民币 15 万元。大佬倌上门和他论理："人们政府为民办事拆迁筑路，是公益事业，受法律保护，谁胡搅蛮缠搞破坏，要吃官司。"几番理论，"瘌痢头"败下阵来，同意政府赔偿 6 万元，改日签订协议。

一幕幕经历，浮现在大佬倌脑海，如水面泛起的涟漪，他有一阵莫名的兴奋。

晚饭后，大佬倌踱步走上小区边的无畏桥，俯视桥下，河水汤汤。水面有一节浮动的木棍，一忽儿功夫，木棍在眼前迅速向东消失。他触景生情，昔日的雄风，有点像那逝去的木棍，一阵悲凉从头到脚爬满全身，想想自己六十岁刚过，已遭人遗弃，心有不甘，浑身难过。他苦思冥想，要追回失落的过去。

秋日的一清早，大佬倌开门步出家门，耳边传来"磁磁"的电锯声。循声走去，小区的休憩区围拢五六人，两人用电锯割树，其他几人在收拾锯割下的香樟树和白玉兰树。

"为什么把好端端的树木锯掉？"大佬倌质问。

"小区空地紧张，汽车没有地方停放，要建停车场。"锯树人理直气壮回答。

"谁允许的，有没有规划设计，拿出文件。"大佬倌铁青着脸说。

"秋天不能砍树，坏了风水，谁负责。"有人附和。

僵持着，争执不下。大佬倌操起手机，拨通本地的电视台"阿福台"，告知某某小区，有人破坏绿化，把成片的树木锯掉。

半小时后，两位记者兴冲冲地赶来，一个还扛着摄像机。围观的人越来越多，事情一下子变得复杂起来。小区领导马上向街道汇报，街道负责人风尘仆仆赶来。街道负责人毕竟沉得住气，他告诉记者，事前不知道，马上停止锯树，千万别在电视里播出。街道负责人和记者斡旋着，低声下气，不断说着好话。

连续几天，社区、街道干部都来到大佬倌的家中，和颜悦色向他解释，小区里电动车、自行车经常遭小偷偷盗，建了停车场，便于管理。现在，小区汽车日渐增多，车子经常堵塞，影响居民出入，建停车场势在必行。大佬倌心里明白，应该见好就收，看看预期效果已经达到，第四天，他点头同意锯树建停车场。他皱着的眉头终于舒展，脸上有了久违的笑容。

村里通知，礼拜三镇人大选举，村民不得缺席。那天，大佬倌故意一大早去城里，说是办事。下午回小区，选举已结束，获得成功。大佬倌早已盘算好，他连夜一纸告状，递到区里，说是选举不合法，镇里没让他参加选举投票。调查结果，大佬倌的选票未经本人允准，由别人代替投票。区里领导很生气，把镇里和社区干部狠狠训斥一通。

那天晚饭，大佬倌让老婆特地炒了鸡蛋、花生，喝起小酒，神情悠闲，脸上喜滋滋的。

大佬倌的门庭一下子又热闹起来，一拨人一拨人上门给他解释，向他道歉，立下许诺：往后有事一定不忘和他商量。

春日里，村委换届选举，大佬倌被邀请担任村里的选举小组长。他激情高涨，配合社区干部深入每家每户去做工作，劝说村民要贯彻上级指示，落实领导意图，一定要把这次选举搞好。

选举那天，大老倌特意去理发店理了头，刮了胡子，穿着新西装，挺直了腰板，昂头走进会场。

瘟疫

告别世纪末，和新千年握手相拥。

父母随我搬到西漳镇，过上城镇的生活。自此一家人团圆一起，闲着时，母亲常和我唠叨，某家已经在镇上买了商品房，准备搬出村子，住到街镇；某家已申请拆迁，镇里已实地丈量房屋面积，旧屋马上拆迁，将住进安居房。

周末，母亲不顾路途遥远，总要坐公交车回村里看看。她牵挂家乡，牵挂那里的一草一木。回来后，母亲适时把村里传来的八卦信息向我述说。某家的儿子，结婚不久就离了婚。那媳妇长得漂亮，家底厚实，可新婚不久，发现她竟是"瘾君子"。半夜发作，呼天抢地，讨要那毒丸。男的无法忍受，只得离婚。某家的儿子，身高1米75，长得白净，俊俏。可新婚不久开始吵闹，女的说他那方面不行，一气之下走人。母亲还要举例，我阻止，她收住。

以前，村里老辈常讲起，堂伯父、堂伯母隔三差五吵架。吵得凶，闹得不可开交时，双方高喊："离婚，离婚，日子无法过了。"但床头吵架床尾和,隔些天又恩爱如初。村里老人都有类似经历,平日吵吵闹闹,却不离不弃一辈子。要是动了真要分手,村里人不会袖手旁观,他们会充当老娘舅,主动出面双方做工作,想法子撮合。他们会讲许多的道理:"夫妻原配的好","夫妻关系如唇齿相依,有时候不小心牙还咬了舌头","一个巴掌拍不响。""既然有缘成为夫妻,就不必太挑剔对方,要宽容对方,多多理解和谅解对方,千万不要站在这山望那山高,以为老婆(老公)总是别人的好"。

从我记事起,村里没离婚的先例。眼下的年轻人,结婚离婚如同儿戏,想结婚,就结;想离婚,就离。母亲讲到村里的离婚潮,满脸的惆怅,满腹的忧郁。母亲说,眼前的离婚潮,像几十年前那场瘟疫那样可怕。

解放前,隔壁大队张更上村,一个朱姓的大家族,靠做竹器为生,日子过得殷实富足。有一年,朱姓家族里有人突然得了怪病,全身无力,上吐下泻。请来医生,无力解救,不久就死去。但随后接二连三的人,得同样的病症。村里人私下议论,那是瘟疫,会感染传播。阴霾笼罩着村庄,恐惧攫住每个人的心。朱姓家族死了一个又一个。到最后,扛死尸、抬棺材的人都没有。只剩下在外做生意的兄弟俩,逃过一难。后来,村里人背地里叫那个村为"朱败落"。

母亲和村里人的恐惧,不无道理。他们担心,这样的尴尬事,有一天会降落到自身。终于,有一天,亲戚带来口信,舅妈在医院抢救。当舅妈得知自己女儿女婿已冷战两年,面临离婚时,她的家业大厦"訇"的倒塌。他们苦苦经营的家业,赖以生存的精神寄托,一下子奔溃。她不吃不喝,神情恍惚。她脑筋转不过弯,如同走进死胡同。终于，她关紧房门，吞下一瓶安眠药。幸亏，舅舅及时发现，送往医院抢救，转危为安，免于一劫。

　　离婚如阴影在村庄上空游荡。离婚潮如同瘟疫一般，村里人忧虑重重。

当兵

刘老汉几天不吭声。他紧锁着眉毛，满脸愁相，顶着火热的日头，在院子里来回走动，猛抽烟，嘴里的南京香烟一支接一支，烟头落满一地。

他老婆不敢吱声。知夫莫若妻，遇到这种时候，她知道，他在思考重大事情，要是和他搭腔，必定招来一顿臭骂，等于自寻没趣。

儿子今年毕业了。刘老汉在为他规划人生大事。他仿佛是个战略家，凭他的几十年的人生经验，和独到的眼光，他总能做出正确的选择。现在，他要为儿子选择，去参军当兵。

在农村，当兵参军无疑是一条不错的出路。当兵两年，军队包吃包住，还有津贴，复员时有六万元的安置费。要是在部队学个技术，回家时有了就业的资本。要是能入党，回乡在村委混个一官半职，今后说不定能飞黄腾达，为刘家光宗耀祖。

主意已定，刘老汉在床底下拖出珍藏多年的两瓶五粮液，把包装上的灰尘擦拭干净。晚饭后，他去找了老婆的表哥。对老婆方面的亲戚，他从不怠慢，平时走得较勤。要紧的是，这位表哥，曾做过先前的人武部长。

刘老汉把事情一说，表哥很高兴。他说，你找对人了，现任人武部长，和他关系不错，可以为他去打打招呼，疏通疏通。

第二天，表哥就赶到镇里，和部长寒暄几句，直奔主题。部长告诉他，今年的征兵工作已近尾声，唯一可能的是每年入伍的新兵，去部队要进行体检，不合格的要退回，有机会可以顶上去，部长可以为他去争取。

刘老汉有些懊悔。没有早些办这事，怪自己糊涂，耽搁了儿子的大事。

过了一月，因身体原因，部队退回一新兵。真是峰回路转，事情朝着有利于他的方向发展。

区人武部和镇人武部的同志，亲自去刘老汉家。他儿子热血沸腾，信心十足表态："一定听部队首长的话，好好在部队锻炼，决不辜负地方领导和部队首长的希望，做一名出色的人民解放军！"

随后，儿子去了指定医院体检，体检合格。接着政审合格，一切顺利。敲锣打鼓，欢天喜地，在镇饭店办了酒席，宴请亲朋好友。那天，刘老汉和表哥，喝了许多酒，竟有点失态，高兴劲都在脸上。

过几天，刘老汉的儿子被送到了东北某部队。

可老天真会开玩笑。过了半月，部队来电话，儿子在部队无法忍受种种训练，提出要回家。

这可是大事，区、镇领导和刘老汉马上赶到部队。见到儿子，他满是委屈，诉说受的种种苦难，悔恨当初不知部队的艰苦。父亲连哄带骗，和儿子谈了三个小时。父亲告诉儿子，吃得苦中苦，方为人上人。别人能吃的苦，你为什么不能吃。忍一忍，就过去。只要坚持，开始挺过去了，以后就适应了习惯。好说歹说，儿子勉强答应。

过了五天，部队又来电话，告知，部队正在派人把儿子送回家。原来，刘老汉一行走后，他儿子无法忍受部队的强化训练，寻死觅活。找他谈话时，他竟哇哇乱叫："连长虐待人啦，连长虐待人啦"，"连长杀人啦，连长杀人啦"！还几次威胁要跳楼。部队考虑再三，只得遣他回家。

刘老汉儿子的从军梦破灭了，刘老汉的如意算盘落空了。

刘老汉的表哥见到人武部长，一脸羞赧，连续说了几个对不起，对刘老汉的儿子愤恨至极，咬着牙说："败类，简直是败类！"

母亲：丢失的钥匙

母亲作别老家，随我们住到街镇小区，已有十余年。

几月前，母亲趿拉着棉拖鞋，把洗衣水泼到地上，不小心在院子里滑倒。她忍住股骨疼痛，坚持揽着做洗菜、烧饭、拖地等家务活。到第三天，实在无法忍耐，到医院拍片、检查，医生诊断为：骨折，卧床静养歇息几周。

母亲骨折前几天，翻遍屋内，四处寻找一纸箱，里面有几双旧鞋子，日后还要穿，其中有一双半新的雨鞋。她在我跟前嘀咕："肯定是被你们扔掉了，为啥扔之前不吭一声。"我说不晓得，扔掉就扔掉吧。为几破双鞋，她心疼了几天。骨折后，她埋怨那拖鞋，鞋底磨平了易滑，才导致摔跤。我乘势做她工作，一双拖鞋少则几元，多则十几元，摔伤了，花钱不说，还要经受皮肉之痛，不划算。她眨巴着眼睛，没有言语，似乎有点明白其中的道理。

骨折痊愈后，母亲取出积攒的另一箱旧鞋，装在塑料袋，扔进小区的垃圾桶里。但她心情沉重，没有平素扔垃圾时的爽快轻松，我知道，她有些舍不得。闲聊时，她经常回忆生活艰难时的情景。那时全家衣着满是补丁。衣裤实在不能再穿时，在昏暗的煤油灯下，母亲把衣裤裁剪成块，缝成洗脚的揩布，溻浴的浴巾，灶台上的擦布。我们小时，新裤子屁股处，要缝上一块圆圆的布，因经常屁股着地，覆布后屁股处裤子不易磨穿，以延长穿着时间。甚至，裤管的膝盖处也会覆块布。父母做家务时，总要在上衣袖管套上袖套，保护衣袖。那时，宁静的小村经常传来妇女的骂斥声，"小杀千""小短寿""狗娘养的"等等，起因仅仅是小孩摔破了一个碗，或打碎了一个陶罐，或蹭破了衣裳。那时乡下人干活，谁穿得一板一眼，打扮得油头粉面，就会招致村人的鄙视和嫌弃，这不是地道的庄稼人。

父母住进小区，过上了城镇生活，但对于我们的作派常含疑虑。春寒料峭时，父亲在小区边的河岸堤下，栽插了茭白。秋天时，一把把雪白鲜嫩的茭白采到厨房，却遭到我第一个反对，坚持不让下锅。理由是，小河的水不干净，充满化学物的洗衣水、洗碗水，都灌入河中，能吃吗？无奈，父母只能把茭白送给小区里的熟人，满怀惋惜。小区里老人喜欢垂钓，钓的鲫鱼要送给父母，他们委婉谢绝。因为，他们知道我反对吃小区河里的鱼，包括河里的螺蛳。父母闲不住，在小区围墙外垦种了几分地的蔬菜。六月里，父亲买了几斤化肥回家，被我发现。我就小题大做，劝说父母不要施用化肥。母亲反驳，哪有那么多有机肥。菜场上的蔬菜，不全是使用的化肥？我沉默着。他们用小河里的水浇地，我动员他们，买根塑料管子，接通家里的自来水，放自来水浇灌，我嫌鄙河水脏。他们纠结，自来水要花钱买。这件事他们始终没有听我的。每天晚上，剩下的蔬菜，母亲要藏到冰箱，第二天早饭时当粥菜。

我竭力主张倒掉。我屡次宣传电视、电脑上经常介绍，隔夜的蔬菜易变质，吃了有碍健康。母亲只得皱着眉头把剩菜倒掉，脸色很难看。在乡下时，剩汤剩菜母亲都和着饭吃光。厨房已经多年没有买白糖和味精。我们主张饮食清淡。青菜、白菜、生菜等叶子菜，放在开水里煮了，就上桌，不放油盐。有一次，舅舅上门，烧了一桌的菜，舅舅吃着，皱着眉头，对我们的菜肴很不适应。母亲知道原因，苦着脸，不吭声。

空闲的日子，母亲常弓腰枯坐在小板凳上，折着"锡箔"，嘴里念念有词。我们夫妻小孩三人生日时，她总要焚烧"锡箔"，祈祷我们的平安，初一、月半时，也要在我的汽车前，化上"锡箔"，祈求保佑我行车安全。空闲时，她还经常帮别人家折"锡箔"。我知道，她是在用这种方式，打发时光。在乡下时，她总嗒着饭碗，边吃边和邻居扯家常。她有空就往别人家跑，走门串户，和村里的妇女拉家常，掏说心里话。进小区后，她很少出门，话也似乎少了几许。有人告诉她，街镇上的人际关系复杂，人心隔着肚皮，不能随便乱说话。她尽量少和邻居说话，怕说漏嘴，招致不必要的麻烦，影响我们小辈的口碑。

父母和我经常提起家乡，聊起昔日的往事。有一次，我无意问母亲："还愿意回乡下过日子么？"母亲说："愿意。"她一点没打咯噔，回答得干净利落，脸上充满忧郁。我有点伤心。老屋早已拆迁，小村已经消失，母亲还能回去么。

父亲：失落的脚步

开饭了，饭桌上不见父亲的影子。我步出小区，踏着坑坑洼洼的泥路，寻找父亲。这里是父母开垦的一块荒地。灼热的日头下，父亲正奋力挥动铁耙，翻着地。他不时弯腰捡拾地里的碎砖瓦砾，扔置一旁。刚过期的长豆棚、黄瓜棚，拆下的竹竿，堆成一摊。八十岁的父亲，黝黑的脸上泛出颗颗汗珠，皮肤里仿佛冒着油。父亲上穿薄薄的背心，已被汗水浸湿。下穿短裤，光着脚。

"怎么赤脚？"我发问。

父亲回答我："蛮好，挺舒服的。"

我知道，父亲习惯赤脚。在乡下时，暮春时节，阳光融融。布谷鸟在田野发出"快快撒谷，快快撒谷"的鸣叫。这时，父亲就开始光脚，翻地耕耘，灌水播稻种。秋风秋雨，落叶纷飞。稻谷登场，栽种完小麦，父亲才把布鞋穿上。村里人都喜欢赤脚，夕阳西坠薄暮降临时，村里的男女老幼手提鞋子，肩搭毛巾，纷纷走向河滩头，濯足洗漱。

乡野的孩子，到了五月，放学归家，扔掉书包的第一件事，把鞋子卸下，赤脚奔跑在田野。雨天，光着脚走在软绵绵的泥地，滑爽，凉快。在泥地奔跑，不小心会踢到石头或砖块，脚趾常踢破，鲜血淋漓。踩到玻璃碎片，划破脚皮是常有的事。忍一忍，过几天伤口自然愈合。夏日炎炎时，我们最怕走上村里的水泥桥。赤脚踩在桥坡上，水泥晒得像烙铁。有年暑假，我们几个伙伴，光着脚，提着竹篮到几里外的杨树坝割草。割草时，我懵里懵懂，脚踩到了锋利的镰刀上，殷红的血，汹满了镰刀和青草。我疼得哇哇乱叫。同村嫁到杨树坝的阿婶见状，赶忙背着我，送我回家。

外婆在世时，屡次提到父亲小时候赤脚的情景。父亲上过半年学堂，后来交不起学费，只得辍学。寒冬腊月，雪花飘飞。七八岁的父亲，光着脚穿着草鞋，上穿单薄的棉衣，腰里系着稻草绳子去上学。路过外婆家门口，这一幕定格在外婆的脑海。以后的一段岁月，父亲经常头顶草笠，赤着脚去放牛。外婆出身贫苦，家里自小兄弟姊妹多，家中无法养育她，只得把她送给别家抚养。饱尝艰难的外婆认为，父亲生长在穷苦的家庭，在苦水里泡大的孩子诚实靠得住。后来，婆把小父亲7岁的母亲许给了父亲。

几年前，去镇上参加亲戚家的喜宴。中饭后，为了打发时间，我们邀上另一家亲戚去了足浴馆。足浴馆豪华气派，富丽堂皇。走进大厅，父亲不停发出"啧、啧"的惊叹声，我似乎感觉着他的呼吸有点加重。跨进包间，初次进足浴馆的父亲显得手足无措，任服务生摆布。服务生给他按摩足底时，给他讲按摩的作用。脚底是穴位集中的地方，通着许多的经络和神经元。经常按摩，有利于身体健康。父亲听得似懂非懂。空调暖风紧吹，父亲仰面慵懒躺着，一会儿阖着眼，迷迷糊糊打起呼噜。结束时，我去前台买单，七人共消费近千元。看着付出的一叠钞票，父亲睁大眼睛看着，心痛不已。有几次，父亲问我，在乡下天天赤脚，行走在凹凸的泥路，是不是也在做足底按摩。我说是的，但心里觉得有些可笑。父亲听了，脸上露出莫名的高兴。

近些年，小区住户锻炼身体蔚然成风。我们经常沿着小区通道快走几圈。有时在小区对面广场的鹅卵石上，我们光着脚，摆动双手，尖着脚，走上几个回合。我女儿大学毕业后，第一件事是花两千元钱，买回跑步机，天天光着脚在上面竟走一小时。她还花了几千元买了健身房的年卡，定期去运动。看着我们如此这般，父亲显得有些不屑。他觉得我们的锻炼，是巨大的浪费，耗费时间和钱财，不如他劳作来得畅快和见效。父亲匍匐在土地上，不停劳作着。只要有闲，他总会赤脚在地里翻土、浇水、施肥，侍弄着庄稼。他认为，干农活是最接地气不花钱的锻炼，还可产出各种吃不完的蔬菜。

饭桌上，父亲多次嘀咕，眼下小区里的人，住在高高的火柴盒里，长年行走在坚硬的水泥地，这样不好，不接地气，容易得病。看着自信的父亲，我不想回驳，败他的兴致。细细品味，父亲的话不无道理。环顾四周，我们已被钢筋水泥高楼大厦重重包围，泥地差不多全让水泥覆盖。出门上街购物，一律由电动车、汽车、地铁代步。我们已经很少走路，更不必说走泥路。脚的功能在岁月中日渐减弱。

父亲已届耄耋，身体硬朗，鲜有小毛小病。他自诩，这归结为经常赤脚干农活，踩着泥土，接着地气。

【辑五】

物语

河滩头

家乡有条小河，河水向东融进伯渎港。小河两岸栖居着50多户村民，岸边有接近20个河滩头。偎依在村里的水泥桥上远望，那一个个用条石逐级堆砌而成的河滩头，像一张张伸进河水的梯子，任人上下踩踏，来回奔波；又如一个个饱经风霜的老人，端坐在河沿，鼻吸着村里的气息，窥视着村人的喜怒哀乐。

清晨，一阵犬吠鸡鸣之后，上了年纪的老者，一骨碌从床上爬起，"唉咿"的开门声，惊醒了隔壁四邻。男的去河滩头拎水，女的去淘米洗菜搓衣倒马桶，河滩头的平静打破了。一会儿，袅袅炊烟，伴随着晨霭，倒影在碧绿的河水中，稻草灰的清香和着村庄的气息一起升腾。村里中年妇女在河滩头登场，便是最热闹的时候，河滩头成了喧闹的茶馆。妇女们叽叽喳喳，七嘴八舌，边干活，边传递着许多新鲜八卦的信息，哪家牲畜生崽了，邻居家儿子昨夜去相亲了，隔壁村上老人去世了，嘻嘻哈哈之中，夹杂着大大咧咧骂人声，"我家杀千刀，刚刚新换的衣裳，一天下来邋遢不堪，不懂得卫生。""我家懒猪，只吃不干活，到现在还没起床，自留地都荒落哉。"有些泼妇，还会指桑骂槐，大声骂街，发泄心中怨气。等贪睡的年轻人醒来，拿了牙刷毛巾来到河滩头，赶早的老人已端着粥碗，蹲坐在河滩头，"囒噜噜"喝着稀粥，拉着家常，戏已渐近尾声。

村里小河的北岸是一字排的村户，南岸住着三排村民。居住最南面的村民，去河滩头要途经两排的农户住房，走几百米的路，实在不方便，队长一声令下，在最南的村户空地上，开挖几间房屋大的池塘，用石头驳了河滩头，方便村民拎水洗刷，这是惠泽村民的善事，村民自然满心高兴。但意外随之而来，当年夏季，16岁的少年陆，在河滩头洗脚时，淹死于池塘。是不会游水，还是受冷抽筋，谁也说不清。悲哀、恐惧笼罩在村里。第二年，春寒料峭的三月，我三岁的弟弟，刚会蹒跚走路，一袋烟功夫，在大人的视野里消失，家人四处呼喊寻觅，不幸竟在池塘里发现。全家沉浸在无比的痛苦和伤心之中，大人悲伤的哭声，让六岁的我，一下子懂事了许多。村人当天用泥土把池塘填平，南面的村人又重返北边的河滩头。

自我懂事起，河滩头是有趣而神往的地方，是童年的乐园。河岸树木葱葱，杨柳依依；河面上鹅鸭悠悠，嬉戏弄水；河水清纯甘甜。波光粼粼中，鲫鱼、穿条鱼、鲹鲅鱼穿梭来往，随处可见，土婆鱼、黄鳝掩藏在河滩石罅隙中，伺机浮出水面，透气觅食。当筲箕（淘米箩）轻轻置入水中，泛出浓白的米浆时，小鱼们闻讯涌来，欢呼雀跃，有的还飞出水面，发出轻微的"噼啪"声，胆大的甚至突入箩内抢食，被生生活捉。螺蛳默默爬吸在水中石壁上，沿壁摸去，就是一捧，村里人叫"摸螺蛳"。只要去几个河滩头，就能摸到满满的一碗，美美喝一顿"清蒸螺蛳"或"酱爆螺蛳"。

最激动兴奋的是洗冷浴（游泳），炎炎酷暑，我们整日浸泡在水中避暑。打水仗，潜水，抓鱼，摸蚌，玩游戏，那趣味远远胜过鲁迅小时候的百草园。

村里最大的交通工具是水泥船。结婚娶亲时，主人用船把新娘子接到河滩头。"砰、嘭"，震耳的炮仗声响起，接新娘的船到了，全村男男女女老老少少潮涌到河滩头，眉飞色舞，奔走围看。当新郎抱着新娘从船上走到河滩的石阶上时，男女老少"哦""哇"齐声欢呼起来，人声鼎沸，热热闹闹。河滩头，见证着一对对新郎新娘新的人生旅程的启航。

村上老人去世后，要用船运到查桥火葬场火化。当老人的尸体抬到河滩头，亲戚呼天抢地的哭声，乐队奏出的哀乐声，呼来众多的村民，在一片悲恸的气氛中，村人交头接耳，窃窃私语，回忆逝者生前种种艰难遭际，喟叹人生的短暂、命运的坎坷，于是掬一捧同情的泪水，注目向逝者告别。在凄凄惨惨戚戚中，老人离开了日日相伴的河滩头。

后来，河水慢慢变浑浊，村上接通了自来水，村民不再用小河水，热闹的河滩头，一下子变得冷清萧条。石阶起了青苔，经风吹雨淋剥蚀，石块爬满斑驳折皱。那一块块长石枯坐着，独自面对河水，仿佛喁喁细语，数说着村里的前世今生。

木杆秤

  家里的木柱上挂着一杆小小的木杆秤，连同秤杆、秤钩、秤砣。木杆秤像伏在墙上的壁虎，窥视着家人的一举一动，见证着生活的内涵。那秤杆用的是硬度大、不易变形折断的花梨木制成，木杆秤黯淡的色泽、模糊的星花，仿佛诉说着时光的久远，岁月的倥偬。

  农历的三至五月，放学时，老师布置回家采桑葚。年幼的我们，钻在枝叶繁密的桑田里，边摘边吃，酸酸的甜甜的，满嘴巴乌紫乌紫，像是涂着的唇膏。斑驳的紫印，成了童年的色彩。晚上，在昏暗的煤油灯下，妈妈取下墙上的木杆秤，秤钩吊住竹篮，把采得的桑葚称量。第二天，我高高兴兴上交给老师。老师说，桑葚是中药，卖给镇上的药铺。老师在班级挂着表格，像作战的地图，公布着每人摘桑葚的数量。大家暗暗较劲，比试着谁的数量多，谁的名次前。老师的劳动作业还有割草、拾麦穗、拾稻穗，劳动的成果，都由小小的秤杆来称量。那个时候，小小的秤杆，衡量的是我们劳动的卖力，年少的热情，以及赤子般的淳朴和无邪。

自留地是农家的给养。在集体劳动之余，农人的第一要事是，拖着疲惫的身躯，奔向自留地，延续着繁重的农活：翻土、耕耘、栽种、浇水、施肥、除草、搭棚。自留地的产出，是每家的辅粮，补充着主粮的不足。芝麻、黄豆、蚕豆、绿豆、赤豆，收获晒干后，母亲总要用小木秤称量，盘算着收成的好坏，然后把它们藏进瓮头。它们是贫寒里的美味，是苦难中的色彩，是长长日子里的温馨和记忆。冬瓜、南瓜、山芋、土豆等从地里摘回家，母亲会一一称量，甚至家养的鸡鸭兔，时不时在小秤上称一称。小小的秤杆似乎检阅着劳动的果实和岁月的份量，称量的是父母的汗水、简洁里的丰盛以及贫瘠里的成长。

小村的生活恬静而漫长。村边宁静的河水在阳光下，熠熠发光。村人像河水里的水珠，我拥着你你抱着我。"金乡邻银亲戚"，捉襟见肘时，乡亲会出手相助，谁家有难，乡邻来帮衬。他们用那杆小秤记载，今天我借你 10 斤米，明天我赊你 3 斤豆。结实的豆米，似珍珠般的心。村里人借物从不抵赖，有了及时归还。好借好还，再借不难，是乡人的思维和逻辑。村里人一贯的准则是，穷得有骨气，你待我一分，我待你一尺。滴水之恩，涌泉以报。村里人容不得芥蒂，容不下欺诈，没有信誉缺少诚信的人，为村里所不齿。小小的秤杆，是村里人品质的鉴证。那高高翘起的秤杆，是村里人的大方和质朴，是世代薪火的传承。

房屋是村里人最大的财富，是村里人的尊严和面子。村里人往往竭尽一生的心血，倾其所有的积蓄，打造几间新屋。盖新屋，是每个家庭的渴望，是所有男人追求的标杆。新屋，是村里人一辈子的福祉，是女人最美的心上地。上梁的日子，在竹筛里，放着红红的发禄袋、万年青植物，还有那杆小木秤。那小小的秤杆，是村里人辟邪的物器，秤杆上的星花，寄寓着"福禄寿"的祈愿，它祈愿着岁月静好、家人健康平安、家园富足殷实。

春天的夜晚，细雨霏霏。奶奶去世了，没有遗嘱，没来得及和众多的子女道别，在历尽人间的磨难后，她悄然地走了。奶奶为子女操劳一辈子，终于没有等到苦尽甘来的日子。磕头鞠躬告别遗体时，奶奶的脸安详宁静。奶奶的身上，放着一只竹匾，竹匾里是那小小的称杆和天竹。那小小的秤杆，似乎在颂扬一个弱小女人灵魂的高尚、心地的圣洁；它仿佛在祈祷，含辛茹苦恬退隐忍一辈子的奶奶，来世能远离苦海，过上甜蜜的日子。

小村搬迁了，老屋消失了。母亲带着那小小的秤杆，住到新的居所。如今，那小小的秤杆，掂量着我思念的分量，乡愁的厚重。

小钢轨

村里的电线杆上，挂着一截铁路上废弃的钢轨。孤零零的，和枯立的电线杆相依为命，晃荡晃荡几十年，像传达室门卫，又像护戍的士兵。无数个酷暑隆冬，经风沐雨，已锈迹斑驳，经小铁锤敲击，"铛一，铛一，声音清脆响亮悠长，在小村上空回荡。队长按时敲击它的躯体，"铛、铛"声响起，似痛苦的呻吟，更似勇敢的呐喊，它是村民集击的号子声，出征的战鼓声。在小钢轨激越的声响里，三三两两，鱼贯而出的村民，扛着锄头、铁耙、铁铲，挑着竹泥篮、粪桶，走向田间。晴天。下雨。刮风。一年 365 天，天天如此，日日循环。小钢轨的声音响起，村民慵懒的身肌、松弛的神经，马上振作起来。放下饭碗，丢下手里的私活，跨出家门，走向田埂。村里最顽皮的小孩，他们爬屋塞烟囱，上树捅鸟窝，但从来不敢去触摸它，叩击它，他们慑于小钢轨的神圣和威严。他们知道，这是大人世界的游戏，就像自己校园里的钟铃，不可藐视，不可冒犯。

终于，有一天队里分了地，大家散伙了。在阵阵冷风里，小钢轨摇摆着，痛苦呜咽着，它曾经辉煌的历史默默地结束。

高音喇叭

小时候，村里高高的电线杆上挂着高音喇叭。居高声自远，高音喇叭发出巨大的音贝，声音响亮，传遍村庄每个角落。

早晨六点，高音喇叭开始工作。会议通知，农事安排（喷药灭虫，施肥灌溉），天气预报，都通过高音喇叭向村民传递。每年夏季，台风来时，高音喇叭一天播几次，人心惶惶。其实，台风对小村实在影响不大。相反，台风一到，天就凉快多了。难忘1976年，村里人通过高音喇叭，获悉许多惊人的消息：周总理逝世、"四五"运动、唐山地震、朱委员长逝世、毛主席逝世。

中饭或晚饭时，高音喇叭经常播放村民喜闻乐见的锡剧、越剧，如《珍珠塔》《双推磨》《红楼梦》《梁祝》等，在忙碌的农活之余，听着祖祖辈辈心理积淀下来的传统文艺，是放松，是调节，更是风雅和精神享受。乡里还有自编自导的文艺节目，在广播里播放，大都是歌唱农民、颂扬劳动的内容。我还依稀记得，用锡剧演唱的内容："在毛主席的革命路线指引下，硕放公社气象新。你看那，老贫农年纪这么大，人老心红斗志昂扬，革命的风尚比天高。还有那……"大忙时，乡广播站在每个大队确立通讯员，负责本大队宣传稿子。记得，大队的通讯员是高中毕业生黄某，他找到我，让我撰写村里在大忙中涌现的好人好事。我贪玩，直接回绝了他的要求。黄找到我父亲，让父亲做我工作。父亲似乎比平时更有耐心，和颜悦色跟我讲，你不损失什么，写写吧。终究难以推辞，我写了一篇，是关于生产队养猪员朱根虎的，赞扬他每天除了为队里养好猪，还一天三次烧水送茶到田间。文章经黄修改后，不久就在乡高音喇叭里播出，上初中的我，小小的虚荣心得到一点点满足。

"日出而作，日落而息"，是村里生活的慢镜头。晚上六七点，村人已经无所事事，鸡犬也停止了闹唤，小村寂静一片。还没有夜生活概念的村人，没有电视、没有麻将，唯一可做的，带上小孩，到感情热络的邻居家串个门，扯扯老空，打发时辰。更多的是早早洗脸洗脚躺在床上睡大觉。那时的高音喇叭，最契合乡村的作息时间，八点过后，高音喇叭播放《二泉映月》，预示节目将要结束，这是每天的压轴戏，日日月月年年，在《二泉映月》淡然悠扬，微微忧伤里，村人告别白天劳作的艰辛，忘记烦恼和忧愁，伴着希望进入梦乡。

黑白电视机

八十年代初，电视机是稀罕物，村里人能见到的也只是黑白电视机，很小，只有 14 寸、12 寸，甚至 9 寸。当时，我姐夫在梅村电视机厂工作，是厂里的技术员，会组装电视机。姐夫利用职务之便，买齐零件，熬几个通宵，组装成一台 12 寸的黑白电视机。

有了电视机，家里一下变得热闹起来。每每夜幕降临，村里男女老少，像赶集似的汇聚而来。家里的大小椅子、春凳、长凳、骨牌凳都搬出；座位不够，有的自带凳子，有的干脆站着。到了夏天，把电视机搬到门前砖场地，邻居们围着，像看露天电影。阵阵夜风吹来，大家边乘凉，边看电视，度过一个个难忘的"今宵"。

偏僻的村庄，电视信号较差。有时，看得入神时，电视机的画面一下子雪花飞舞，似星星闪烁，夹着"毗毗"的声响。于是，着急地摇动天线，变换频道。好在大家有足够的耐心，静心等待图像清晰。最烦心的是，大家正陶醉在情节里，突然"啪"的一声，屏幕上最后的一点亮光消失，停电了。那时，用电紧张，村里经常停电，大队备着柴油发电机。在黑暗里，大家开始说笑、等待，10来分钟后，自发电来了，所有的目光重回屏幕，但情节已过了许多。

村里人喜欢电视连续剧，印象里，我们看过《霍元甲》《虾球传》《射雕英雄传》《上海滩》《血疑》《排球女将》等。期间，还欣赏到我国早期的影片，如《一江春水向东流》《乌鸦与麻雀》《七十二家房客》《春桃》等。而一批较早进口的电影，如《悲惨世界》《红与黑》《流浪者》《佐罗》《尼罗河上的惨案》等，也在电视里播放，大饱眼福。一批老电影如《闪闪的红星》《地雷战》《地道战》《小兵张嘎》等，尽管屡次看过，但还是百看不厌，打发无聊的夜晚。

电视机，开始改变着村人坐井观天的生活，开始拓宽村人的眼界，认识外面精彩的世界。

砖场地

村里家家户户屋前有一方场地。只有几十平米的场地,用砖铺砌而就,小小的砖场地,让人无法忘怀。

清晨的第一件事,村人要把场地洒扫干净。场地是人的脸面,肮脏邋遢,意味着主人的懒惰和不整洁。阳光灿烂的日子里,一根竹竿,一头搭在树杈,一头搭在用三根木棍或三根竹竿做成的脚撑,村妇把洗好的被套、外衣、内衣、内裤、袜子,一一晾晒在竹竿上,花枝招展,像个博览会。没有隐私,没有忌讳。一年四季,晒得最多的是稻谷、麦子、稻草、麦秸、黄豆、青草,仿佛展示自己的家底。冬天阳光四射时,场地上晒满棉被棉胎,大大小小的棉鞋、布鞋,它们吸收着冬日的暖阳。村里有句老话"晒晒着着(穿穿),烘烘坼坼(断裂)",村里人的理念,多晒阳光,布制的物品能延长寿命,符合节俭的原则。但布类物品不能放在火边烘烤,经常烘烤,布制品会坼裂,缩短寿命。

夏天的傍晚,我们搬出矮桌,端上饭菜,在砖场地吃风凉夜饭。孩子们跳着、唱着:"风凉簌簌,蛳螺嗄嗄;炒毛豆嗑嗑,咸鸭蛋剥剥。"夜幕降临时，坐在砖场上乘风凉，是村庄特殊的节目。家家倾巢而出，搬出板凳、竹塌、藤椅、春凳，劳作一天的农人，放松筋骨，叙叨着陈芝麻烂谷子的事，我们却在萤火虫星星儿歌童话里，渐入梦境。

砖场地，是孩子们的乐园。我们常在这里玩弹玻璃球，滚铁环，斗鸡，老鹰抓小鸡，跳皮筋，跳方格，挑线，打弹弓，丢沙包，拍纸包（又叫拍元宝、拍三角），抽陀螺，做木头人，挑棍（挑火柴杆），吹肥皂泡等等。贫乏的年代，在这神奇的砖场地上，每天演绎着丰富的游戏，创造着无穷的快乐。

沟渠

最早，村里的田间灌溉的水，来自八一大队小园里，小园里的电灌站，承担八一、东方红、建丰、春光四个大队的稻田用水。电灌站的水泵大，抽水的洋铁管子很粗很粗，管子出水时，发出"轰隆隆"巨响，响得吓人。那时的沟渠，是敞开式的，两条泥岸，中间凹陷，成梯形，类似"凹"字。冬天，一般不通水，沟渠干坼。我们在沟渠内奔跑，视沟渠为战壕，和邻村的小孩开战。春天时，沟渠宽厚的两岸，是难得的空地，长满各式野草，马兰、蒲公英、荠菜、马齿苋、车前草等等。放学后，我们拿着镰刀，提着竹篮，聚集在沟渠两侧，爬上爬下挑猪草。等到做秧田、割麦耕地时，沟渠湍急的流水，白哗哗，整日流淌。溅起的浪花，雪白透亮。要是你口渴了，用手从渠中捧起一把清澄透明的水，甜丝丝凉沁沁。水流里还有飞快行走的鱼，那是抽水时，随大铁管子带上的。到了夏天，我们就"噗嗵"、"噗嗵"跳到沟渠里，追逐玩水，顺水游，逆水游，像鱼一样畅快。

四个大队的农田用水，由一个电灌站负责，无法应付，影响效率，各大队自建电灌站。为了节省土地，开始探索使用暗渠。暗渠三面用石灰和泥搅拌后的土，用石夯夯实，路面先用木制框子遮盖在沟渠，把石灰拌生泥夯实盖上，再把框子脱去。暗渠上面走人，下面流水，两边种植了树，节约了许多土地。但时间一长，经水冲刷，泥土剥落、塌方，水"汩汩"冒出沟渠，像断裂的自来水管，弄得水漫金山。最后，还是改用地下放水泥管子，上面走路。水泥管子成本大，大队安排人力自己浇制，埋下水泥管子，没有了漏水渗水，一劳永逸。

由此启发，在田间发明了暗沟。每年种下麦子后，田里的明沟改开暗沟，暗沟比明沟要复杂，耗时耗工，但确实节省许多的土地。暗沟像地道，冬天里，原来无处藏身的黄鼠狼、野兔等，在暗沟里奔走觅食，休憩生活，繁衍生息。

母鸡

刚学会"唧唧"说话的毛茸茸的小鸡，抱到农家，盛放在脚盆里，或纸盒里，垫上破棉絮。稍大些，村人用破砖给它搭窝，上面用砖瓦或塑料纸盖着，挡风遮雨，四面砌砖隔风，一面开个小门，晚上用木门关死或砖石堵住。开始鸡窝搭在自己的园子、场地上，后来发现有盗贼或黄鼠狼光顾，于是干脆搭在家里，或者做个竹笼子。鸡窝里放些稻草，阻挡寒冷入侵。村人对孱弱的鸡儿，当做宝贝，关心备至，它的冷暖温饱让人牵挂，菜叶拌糠，精饲料伺候。

鸡长大了，产下血迹斑斑的第一枚蛋，村人称"头窝蛋"，营养极好。精明的主妇把它煮熟，留给男劳力或正在发育的男孩吃，其他人无缘惠食。村里人养鸡，视同一笔小小的投资，细水长流。母鸡"咯咯"叫，农人日日一把稻谷，换回那一枚或白色、或浅褐、或褐色、或红褐色的鸡蛋。贫寒的农家，炖一碗鸡蛋，煎几枚荷包蛋，饭桌上徒添了一道靓丽的荤菜。农人掐着过日子，不做倒头光，更不会杀鸡取卵。相反，把日日产下的鸡蛋积攒在木桶的砻糠里，聚多了，做个人情，作为礼品赠送，或者到街上变卖，贴补家里的油盐酱醋钱。这是村里人的脾性，同村里人的日脚呼应——不温不火，不紧不慢，鲜有大开大合，跌宕起伏。

　　喂鸡生蛋，看到鸡蛋，农人仿佛看到希望，看到火红的日子，生活暖呼呼的。

茶事

　　村里人把双抢大忙喻为战双抢。一个"战"字，透露出农事的紧张而忙碌。好在生产队长运筹帷幄，在纷纭的农事里，有条不紊，把农活安排得井井有条。

　　村里专门指派养猪员阿根虎烧茶送水。兵马未动，粮草先行，茶水就是双抢时的粮草。一大早，阿根虎就把一大盆大麦放在镬子里炒熟，放入井水烧开笃煎。到了10点钟时，闷热的阳光下，农事正酣，农人汗流浃背，喉咙口渴冒烟。阿根虎挑着两大桶茶水，一桶是清香的大麦茶，解渴提神；一桶是清甜沁凉的井水，放的是糖精、拇指大一小瓶痧药水，那痧药水有强心醒脑，去暑解毒的功用。那阿根虎是个半聋子，人未到田头，声音先到，"茶来了，茶来了"的声音响彻田野，他生怕别人和他一样，听不见。村人听见声音，放下手里的活儿，围在茶桶前，舀起一大碗凉水，"咕噜、咕噜"一口气喝完，再来一碗大麦茶，完了咂咂舌，真过瘾。阿根虎在旁瞧着，脸上显出惬意的神态。大家有说有笑，借机歇息休整。下午二点到三点，整个田间热浪翻滚，农人就像在一个大蒸箱里劳作，全身上下湿漉漉的，最迫切喝水解渴，这时阿根虎要连续送两次茶。阿根虎的茶，解渴醒神，成了村人在超负荷劳作时的能量补充，也给白热化大忙时的村人带来缕缕慰藉。

送点心

夏季双抢大忙，仿佛是一场男女老少齐上阵的全民战争。父母收割、脱粒、垦地、翻土、拔秧、莳秧，这是火热的前方；老人小孩割草，喂猪羊，晒稻草，烧饭做菜忙家务，是活跃的后方。后方的服务保障，确保了前方安心放心干活。疲惫的农人收工回来，见到热腾腾现成的饭菜，那是一种享受和安慰，在外再苦再累，回到家里填饱肚子，打个瞌睡，便信心大增，又有了浑身的力气和使不完的劲。

后方的我们除了做好家务外，还有一项特殊的任务，给田间干活的父母送点心。早饭喝的稀粥，肚里没有油水，几小时的粗活重活，父母们的肚子早已咕噜咕噜直叫。上午十点左右，我们就把早晨剩余的稀粥，送到田间大人手里。家境好的，还会做些面衣饼之类的干粮。我们常常把稀饭放在竹篮里，上面一层，下面一层，中间用饭镬内炖碗的镬架隔开。竹制的镬架，成井字形，里边放饭碗，固定不容易滑动。我的任务是送四碗冷粥，给同村的舅舅舅妈和我的父母。有些劳力多的家庭，需要两人送，或者一次不行，送第二次。到辰光，村里老的小的，端着碗提着篮，行走在窄窄的田埂上。对十多岁的孩子而言，那一篮的冷粥，沉重不堪，路上要停歇几下，到目的地已是气喘吁吁，满脸是汗，小手发麻；猴急的，往往不小心把那稀饭倾倒泼出，或把筷子掉了，引来同伴的嘲笑和大人的指责。小小的农活，培养的是细心和耐心。

春游

　　尽管历史上有踏青的诗句，古人也早有春游的记载，但上世纪六七十年代，老百姓家庭经济拮据，交通工具不发达，在普通乡村学校组织春游，是十分稀罕的事。我小学一年级到五年级毕业，班级总共组织一次春游，去的是无锡。初中两年，班级也组织一次春游，去的是苏州。

　　小学的一次，大概在四年级。那时，班上有个姓宿的学生，他爸是无锡市厂里的驾驶员，开客车接送工人上下班。班主任让姓宿的学生带话给他爸，说明去春游的意图。大概看重老师的面子，他爸竟然同意了，答应利用星期天接送我们。春游是班级的第一次，况且，许多同学，还是初次去无锡，平时连汽车都难得坐，那劲头，甭提有多高。因为预先几天知道，春游成了课余的话题和梦里的主题。大家热烈的盼望着，一天天的等待，就多了一份幸福的期待。春游的隔夜，准备了水壶、鸡蛋、面饼之类，条件好些的，父母给几毛钱，但大部分同学没有零花钱带。六点，晨曦刚露，我们已集中在鸿峰桥，翘首等候。六点半，我们坐上了一辆轩敞明亮的大客车，隔窗望着飞速退后的树木，绿油油的油菜花、麦苗，幸福之感爬遍全身。

当天，我们游览了蠡园和鼋头渚两个公园。汽车把我们送到公园门口，买票进门后，我们这些来自乡野的孩子，像一群羊似的散开，到处乱窜，赶东赶西。熙熙攘攘的人群，满眼花花绿绿的桃花、樱花和很多不认识的花，只觉得好奇而新鲜，像刘姥姥进了大观园、陈奂生进了城。至于欣赏什么景点，景点美在哪里，都懵里懵懂。

在蠡园，碰见两个外国人，一男一女，红头发高鼻子一身牛仔。见到洋人，顿觉稀奇，我们几个跟着围着，像看西洋镜。两个老外也颇有童心，那男的操着半生不熟的汉语说"你好"，还伸出手来和我们握手，当时大家没见过世面，战战兢兢，没人回应。我鼓足勇气，斗胆回了一句"你好"，还伸出手，握了他毛茸茸的手。事后，老师知道了，表扬我有礼貌，有出息。

在鼋头渚山上，我们看到铁丝网拦着的地方，有"游客止步"的木牌。猎奇心理的驱使，我们几个钻过铁丝网，直往里面闯。在山的尽头，我们看到了一栋栋洋房，红顶白墙，室内走动着穿白大褂的护士，还有一些大腹便便的人，穿着竖线条的花衣（睡衣）。我们似乎感觉进了一个神秘的地方，而最让人感到新奇古怪的，那墙边的龙头哗哗出水，里面竟然还冒着热烟。等泡水人离开，我们小心翼翼提着水壶水瓶去接水，拧开龙头，果真是热水，我们惊讶得无法相信，赶紧盛得满满的带走。回到班级集体，我们炫耀了半天。后来才知道，我们闯入的是江苏省干部疗养院。

初中春游去的是苏州。班主任和大队领导商量，借用大队的机帆船。一路上，机帆船上柴油机发出"突突突"的噪声，流水的"哗

哗"声，伴随着我们。我曾乘船去过苏州，一路上的码头和地名
印象很深，路上经过大马桥、后宅、方桥、黄埭、蠡口、陆慕等。
期间，还要途经一些开阔的河面，矮小的我们，在船上向岸远眺，
白茫茫一片，无边无际。浩淼的水面，春风吹拂，浪花阵阵，时
而溅到舱内，泼在身上，凉丝丝的。有时浪来，船晃动着，摇几
摇；左右颠簸，老师命令我们坐正别动，避免船体向一侧倾斜。
我们不敢发声，有些害怕，但更多的是兴奋激动。不必上课，同
学同坐一船，有说有笑，看着两岸青翠的麦田，擦肩而过的船只，
少年的心仿佛在天空飞翔。

　　船行驶了大半天，到达苏州已过中午，好在我们有自带的干粮。
那次，足足玩一天，第二天中午，匆匆赶回家。我们大概玩了虎丘、
拙政园和西园等几个园林，除了西园的千手观音还有模糊印象，
其他记忆寥寥。当晚，班主任替我们省钱，通过熟人，安排住在
一所中学的教室里。把课桌拼在一起，我们爬上课桌，拿出自带
的被子，两个同学一个被窝；一人的被子铺在下面，另一人的被
子盖在上面。开始似乎有些寒冷，但白天兴奋疲劳，不久很快入眠。
这一夜，注定是一辈子无法忘记的晚上。

采购员

采购员曾经是一个时髦而充满诱惑的职业。计划经济时代，物质匮乏，有本事搞到市场上的紧俏物品，谁就会被人刮目相看。

七十年代，阿D和阿G，是村里第一代采购员。他们几乎接近文盲，四五十岁。阿D负责采购五金原料，阿G开始做五金生意，后来介绍碎砖之类的买卖。生在穷乡僻壤，阿D、阿G没有硬档的人脉关系，尽管在外淘金奔波，收获甚少。阿D只做了两年就告别了采购员的行当。

阿G还坚持着。周末回家，阿G让读高中的儿子辍学。儿子不肯，他干脆把儿子的书包一把火烧了，儿子很沮丧。阿G有6个子女，还有3个没成家，家境困难。阿G跑采购，起先能勉强养家糊口，后来，没了生意。阿G想回村种地，但已习惯外面的生活，想想年纪一大把，干脆继续留在城里混。他每天吃住在无锡市里的浴室，浴室老板为招徕生意，凡洗澡的人，付了浴资允许留在浴室过夜。

百般无奈的阿G只能去医院卖血。抽血换来的钱，除了开销，还贴补家用。抽血后要补充营养，他每天吃一枚生鸡蛋，用钢针在蛋壳戳个洞，再用管子吸吮，饱一餐饥一顿维持生计。几年下来，身体渐渐抽空，最后，患癌症，死了。

后来，村里又冒出第二代采购员，他们大多健在，已六十开外。他们选择做采购员，希望找到快速发财之路，更想回避繁重的农活。但他们没有文化，更没背景关系。个别采购员没有法律意识和道德底线，凭三寸不烂之舌，骗取他人钱财，肆意挥霍享受。

宁静的午后，采购员家乱哄哄，围着一屋子的人，有人追债上门。"虱多不痒，债多不愁"，无以偿还，往地上一躺，千年不赖，万年不还，似现在的"老赖"。个别的还骗色，村上采购员 Z 把邻乡 16 岁的弱智女睡了，弱智女怀孕，肚皮凸起来，父母羞愧难忍，打骂弱智女，最后逼得她跳河自尽。Z 被苏州法院抓去，以强奸罪论处，判了无期徒刑。

改革开放后，第三代采购员诞生了，他们都是我的同龄人，初高中文化。那时，市场已放开，物质渐渐丰富，时代发展对采购员的要求越来越高，除了要吃苦、头子活络，有人脉关系外，还要具备较好的智商和一定的专业知识。这一代采购员综合素质高者寥寥，终究有作为的很少，最后都打道回府，重操种田旧业。

红小班

读小学在上世纪七十年代。那时的学校和政治、社会贴得很紧，社会上历次搞政治运动，学校师生都得参加，不论年龄大小。批林批孔时，我们读三、四年级，懵里懵懂，老师带着我们参加各类活动。班主任老师画了许多的漫画，从孔子画到林彪，一幅一个故事，足足几十幅，挂起来到各生产队巡回展出。展出时，老师让两个男生脸上带着面具，一个扮孔子，一个扮林彪。老师站在画傍，用教鞭指点着画，讲故事给社员听，但社员似乎没有多少兴趣，听者寥寥。

很多时候，我们只上半天课，上午上课，下午放假，老师集中到乡里政治学习。放假时，老师布置我们成立"红小班"，以村为单位，一起做功课。我们村大，有 17 个同龄的学生，集中在一起，有不小的规模，我是红小班的头。建华、振华兄弟俩相差两岁，和我们在同一年级，红小班就设在他们家的厅堂里。老师不在，闹哄哄的，显得特别舒心自在。我们先把老师布置的作业完成，然后，开始其他的活动。建华擅长音乐，会唱许多歌，由他教我们唱歌。他教的第一首歌是《春苗》主题歌："翠竹青青哟，披霞光；春苗出土哟，迎朝阳。迎着风雨长挺拔更坚强、他领唱，我们跟唱。人小，记性好，不久全都会了。后来，流行的《映山红》《红星照我去战斗》《小小竹排》等，也由他教会。我们用面粉打成浆糊，把自己的作文黏贴上墙，引来家长们的围观，他们对抒写、文采进行评议和指点，我们觉得颇有成就感。竟有伙伴提出，模仿大人的劳动，去空地开一小灰塘，割草浸泡其中沤泥作肥。但那究竟是大人做的气力活，小孩子只能是游戏，有始无终。现在想来，红小班让我们度过了愉快的时光，不仅活跃了我们的思维，还锻炼了我们的各种能力。

放忙假

七十年代，每到大忙，小学低年级（1–3 年级）学生，上午、下午都提前一节课放学，老师鼓励大家回家烧饭、割草、捡麦穗、拾稻穗、看管弟妹；小学高年级（4–5 年级）开始放忙假，时间三、五天不等。

大忙时，低年级学生要参加生产劳动，下午两节课后，老师带领学生，帮生产队拾麦穗或稻穗。老师经常安排为何家里和施方园小队做农活，时间一长，招致村里大人的眼红，他们提出，我们小队有近 20 个孩子，一直帮邻队干活，有失公允。回到村里，大人挖苦我们"吃家饭，屙野屎"。但老师也有难处，他要按大队书记的意思行事。他课上解释，这两个小队，田多人少，是典型的困难户，否则会影响整个大队的生产进度。

到了四年级，开始放忙假。有几次忙假期间，学校通知我们回校劳动，帮助施方园小队割稻。乡村孩子调皮顽劣，但原始淳朴，老师的话视作圣旨。我们虽然都是土生土长的乡野孩子，喜爱干农活，但割稻的活儿属初次，不知道割稻的苦累。刚开始，热情高涨，身体一弯一直，你追我赶，不甘示弱。但总因年小，不久腰酸背痛，四肢乏力。手脚疲软的直接后果，割稻时镰刀滑向手指，鲜血淋漓。半天的劳动，就有 10 多人割破手指。面对倒下大片金灿灿的稻穗，老师的脸上藏不住的高兴，一个劲表扬，可惜，我们已疲乏不堪，对此显得很茫然。

药香伴着泥土香

村里人治病，主要靠大队赤脚医生。说起赤脚医生，他们像走马灯似的，换了一茬又一茬。名字有一长串：何天民、华雪芬、许盘生、黄荣娣、黄丽华、曹建初等。

为何变动大，换得勤？当时乡村病人多，情况复杂，赤脚医生每天接触各类病人，对病情不断总结，医务水平提高很快。有了技术，往往被乡镇医院相中，提拔当医生，像何天民、许盘生被提拔到镇医院做医生，何天民还做了乡镇医院院长。而女赤脚医生，因有一技之长，职业比较吃香，往往都找了好夫家，远嫁他乡。

赤脚医生看病，上午坐镇医务室，给病人诊断、打针、配药。下午到各村出诊。生病卧床不起的，由家人去医务室申请，医生按各村方位顺序，上门看病。遇到突发病情，刮风下雨，白天晚上，赤脚医生总会在第一时间赶到，所以，老百姓对赤脚医生怀着感激之情。

赤脚医生的药械是银针和草药，称为"一根银针治百病"，"一把草药走千家"。药箱里只有四环素片、土霉素片、阿斯匹林片和银针，患者得了病，常常要么扎银针，要么使用中草药。西药紧张，青霉素、链霉素等注射剂常供不应求。小时候，我奶奶生病用的链霉素，是苏州伯父托关系购买后，送到乡下。每逢盛夏，小孩身上都要生疖，村里的老三生得最多，头上、屁股上都长满大脓包。这类脓疡只要注射一两支青霉素就能止痛消肿，苦于无法搞到，只好忍痛，直到脓包成熟，赤脚医生用刀捅破，流出脓血。小孩只进行天花的预防接种，麻疹和腮腺炎自生自愈，不少人都经历麻疹和腮腺炎的痛苦，还有常发的癞痢头、红眼病、粗脖子病，肉体上忍受着巨大的痛苦。

当时，有一部电影《春苗》很流行，反映的就是当时的社会现实。她治病靠的就是"银针"和"草药"。影片主题曲有几句，"身背红药箱，阶级情谊深，千家万户留脚印，药香伴着泥土香"，今日唱来，别有一番滋味。

一亩三分自留地

当年，村里家家有块自留地。说起自留地，和城里的亲戚交谈，他们对此很羡慕：乡下人喝的是井水，口粮队里分，蔬菜瓜果自留地上种，柴火不花钱，乡下人的开销似乎比城里人小得多。但他们不知道，农人种地的艰难，小小的一片自留地在特殊的历史年代，承载了太多的沉重和无奈。

小时候我很好奇，年纪不大的父亲，经常使用那把绿色的夜壶，宜兴陶瓷制的。晚上，他把尿撒在夜壶里。清晨，天刚蒙蒙亮，父亲提着夜壶来到自留地，把壶里的尿撒在蔬菜瓜果地里。那韭菜，可以直接用尿撒浇，撒尿后的韭菜长得特别快，又黑又壮；其他植物，承受不起过浓的尿液，要用沟渠的水勾兑后，浇洒。壶里的尿倒完后，父亲还会放些碎砖片，灌水反复摇荡几次，倒出。既充分利用，又作清洗夜壶。那时，家家屋前有个小灰潭，家里的柴灰、室内的灰尘、舍弃的菜根、鸡鹅鸭粪屎，统统倒入混合发酵，过些时候，用泥篮装运到自留地。

村里人都很勤谨，谁家荒废自留地，谁家就是懒惰，会招致背后的骂名。自留地，一般在出工前或收工后侍弄，村里人称"抽空落夫"。大集体种地，农活累活，已是疲乏不堪，农人歇工后，还要栽种自留地。农人起早摸黑，大多在自留地上劳作。有了那片自留地，村民天天有时鲜的果蔬，轮流上桌：菜苋、菜薹、大蒜、水芹、金花菜、韭菜、莴笋（莴苣）、蚕豆、蕹菜（空心菜）、菠菜、茄子、丝瓜、毛豆、扁豆、长豆、白菜、包菜、萝卜、黄瓜、山芋、南瓜、冬瓜、香瓜、玉米等，记忆里，药芹、番茄进入七十年代，村里才开始种植。

"哪个杀千刀的，偷我家的莴苣，吃了烂肚肠、短寿命。自己双手生疮烂掉了，自己不种，专来偷吃。"清晨，自留地传来女人大声叫骂声，准是自留地的菜，被人偷了。

自留地，一般按人划分，国家政策规定，可以划分集体土地的5%—7%，农家有使用权，没有所有权。但江南水乡，人多地少，因水田服从集体种粮，自留地大都是旱地，如高墩、河岸边的土阜岗丘，后来经整田平地，土阜岗丘变了农田。集体划出部分水田给村民，用于自留地，但比例一直没有达到允许的范围。随着村里人口增多，自留地一次次划分，却一次比一次少。哪里有空地，村人就会去翻土，洒水，播种。

自留地的界线，在村人心目，如国界一样重要。谁要是越界，谁就是挑衅。贪心的人，垄地时，偷偷越过界线，为此，常引来邻里纠纷，甚至还大动干戈。

滋补品

母亲常提起，奶奶活着时，每年冬天自制一种"苦草饭"进补。"苦草"，中医叫益母草，长得像芝麻。-"三九严寒"，食用苦草饭，可以暖身，补气。方法是将苦草晒干，剪成小段，放柴火灶头的铁锅里，加水烧滚。待到苦草杆变软，把杆子取出，将熬出的水沉淀后滤清杂质。放入赤豆、芝麻、糖等和苦草水一起熬煮，再放入糯米，煮成糯米饭。有些富裕的农户，会放入枣子、桂圆、莲心、鸡、鸭、人参等。熬苦草水的时候可以煮鸡蛋，称"苦草蛋"。将嫩苦草洗净、晒干，和芝麻、黄豆、大米（或糯米）一起碾磨成粉，叫草麦粉。都是补品。

八十年代初，经济有所好转，滋补品有了一定的市场。寻常百姓家里开始流行白木耳、枣子、莲心汤放在一起熬笃的羹，吃时放些白糖，既当营养品，又作待客的礼遇。外婆是退休工人，她用医保卡配两瓶维磷补汁，作为滋补品，送给备考的我。当时，自己对此很迷信，以为吃了会出奇迹。食后发现，有两个功用，一是想睡觉，一是胃口大增。

　　时下，各种滋补品充斥商店货架，品种也名目繁多。高级的如海参、鱼翅、燕窝、冬虫夏草、西洋参、野山参、石斛。而现代人营养过剩，吃了究竟有多大作用，只有食者自知。

　　而今，每进入"三九"，母亲还总设法弄来苦草，烧几锅子苦草饭，全家享用，是补品，又是回味。

后记

从 2014 年起，我的文笔生涯开始拐弯。许是因心情变化，我重拾文学梦，围绕自己感受至深的人事写了几篇小文。然而这些当时感动了自己的文字，却没有感动身边的朋友。现在回看，许多的问题昭然，因以前写过多年的论文和报告，议论和感慨用得过多，概括和结论性的语句还冷不丁地跳将出来，使文章少了散文味。而且，行文好用"的""了""有一次"之类的字词，语句拖沓，不够简洁。而真正需要细致刻画之处，却似笔下断水，一带而过，干巴巴。

和同事惠兴闲聊，经常聊到体育运动，如游泳、打乒乓等方面的体会。他介绍，任何一种运动，都有一个从生疏到熟悉再到娴熟的过程，大约需要花一万小时。比照写作，是不是也要经历这一万小时呢？虽一时难确定，但权当是个目标，自己起步伊始，离一万小时这个数字实在遥远。有了这个认识，心中有了底，也似乎知晓了自己文章为何不够耐读的缘由。

有几篇回忆幼时村庄生活的文章，如《猫的浪漫生涯》、

《捉黄鳝》、《朋友阿昌》等篇什，请教作家黑陶、李鸿声、周国忠、顾萧等老师，他们给予了诸多的肯定和鼓励，特别是黑陶老师发来邮件指出，一定要突出"个人性"和"地域性"，而最终的目标是通过"个人"表现"普遍"，由"地域"来写出"中国"。

脑洞匐然打开，天地一下开阔许多。好友陆阳鼓励我花一段时间专写自己熟悉的村庄"朱米山"的生活，实录民情民风民俗。他热情，把文友叙写乡村生活的文章和书籍推荐给我，供我参考。平时的习作传给他，他不厌其烦提出意见建议，对文句、用词，甚至错别字都一一纠正，不断鼓励我坚持，不能放弃。受他启发，在网上购读了有关乡村生活的散文书籍，如刘亮程的《一个人的村庄》、《李汉荣散文选集》、傅菲的《南方的忧郁》、宋长征的《住进一粒粮食》等作品。他们独到的视角、开掘的深度以及个性化的语言，让我折服。

2015年年底，把记忆仓库里所有的人与事爬梳一遍，该写的似乎都写了，字数也超过了13万字，便有了结集出版的愿望。回望来路，自己的情感、思想和写作思路，曾有过起伏变化。起始时，沉浸在童年、少年的时光里，沉醉在逝去的乡村生活里，在淡淡的乡愁里幸福而充满幻想。后来，《依依墟烟》一文在《江南晚报》发表，作家李鸿声读后，传来他写的《墟烟无痕》一文，附信说："读罢《依依墟烟》一文，想起前几年我也写了一篇《墟烟无痕》，寄上盼闲时一读。相近的记忆和相似的经历，让我们不约而同地对那一段生活留有很强的印痕。"不久，他又来信指出："我只是觉得，我们是农耕生活的送行人，站在这个节点上，要把握好这个尺度挺不易的。毫无疑问，农耕时代属于过去时或即将过去时，取什么样的角度来观察当下以及寻找过去——当下——未来之间的纽带，是我们面临的一个新课题。你有很好的文字功底和生活积累，相信一定能做得更好。"

读着，肩上一沉。尽管方向模糊混沌，脚下无路，但激起思考和探索。直到朋友推荐，阅读了高尔泰散文著作《寻找家园》，思想起了大的变化。高尔泰文章对人性、人道的种种反思，振聋发聩，心生震撼。我渐渐发现，自己行文时的陶醉和津津乐道，和村庄农民的真实感受并非一致，他们似乎没有太多的小资情调和满腹诗意，他们更多的是苦难和艰辛，无奈和屈辱。我想起了苏州大学范培松教授说过的话，历史为大人物说话，文学为小人物说话。就此，试探着写《竹刀》《黑夜沉沉》《粮食啊粮食》等文章，力求反映乡村小人物的苦难和不幸，也使笔下的江南生活多了一份浓烈和疏朗。

以后读到江子的《田园将芜：后乡村时代纪事》、卢年初的《从乡村到城市：一路疼痛》、阎连科的《高寿的乡村》、小引的《悲伤省》，才清楚意识到讴歌乡愁，反思乡村，并非站在原有乡村的角度，应该站在今天或者未来的角度，审视、反思昔日农村农民的生活，在昔日里发现其价值，在当下里寻找其存在。似乎渐渐懂得，回忆乡村生活不是单纯怀旧，而是一种追寻。意大利历史学家克罗齐说过一句经典的话：一切历史都是当代史。它的意思说研究历史，在相当程度上离不开研究者的当下情怀和当代意识。书中第四辑"吃语"一组文章，就是在这样的思想认识下撰就。

文学给了我巨大的幸福和快乐，在不断写作中，拜访我熟知的，寻觅我未知的，似乎感觉到自己当下的存在，更感觉到今后进一步探求真相真谛的必须。杨绛先生在"百岁感言"中说："我们曾如此渴望命运的波澜，到最后才发现：人生最曼妙的风景，竟是内心的淡定与从容……我们曾如此期盼外界的认可，到最后才知道：世界是自己的，与他人毫无关系。"我想，写作就是寻找自己内心的"淡定和从容"，是营造自己"人生最曼妙的风景"，在自己的写作中"涵养性中天，栽培心上地"。

最后，衷心感谢黑陶、李鸿声、周国忠、陆阳、都峰、顾潇等老师对我写作上的帮助和勉励，感谢丁一、苏子明老师百忙中为本书作序，也感谢我的夫人章淑君，在本书的成稿中，默默承担了大量细致繁琐的工作，对他们无私帮助赐教作揖致敬！